안개 사냥

※ 이 책은 강원도, 강원문화재단 후원으로 발간되었음.

안 개 사 냥

박문구 단편소설집

Kyungjin Publishing co. 경진출판 Since 1999.

『안개 사냥』을 집필하면서 전남 담양 세설원 촌장이신
김규성 시인의 따뜻한 격려를 많이 받았다.
고마움을 전한다.

목 차

비

    남에서 빠르게 북상하는 태풍 뉴스가 포털 메인으로 뜬다. 이틀째 바람비. 김은 우산을 쓰고 집과 건너편 논으로 이어주는 콘크리트 다리 위에 섰다. 비바람 사이로 사라센의 칼날이 빗줄기를 가르는 듯 날카로운 비명이 울린다. 우산 위로 세찬 비가 내리쳐서 반바지 아래 종아리가 금세 빗물에 젖었다. 계곡에는 황톳빛 흙탕물이 세차게 흘렀다. 계곡 복판에 독처럼 둥글게 치밀어 오른 바위. 급하게 밀려오는 계곡물이 바위 위로 용출하듯 솟구쳐 오르다가 아래로 급히 몸을 뒤틀면서 주변을 휩쓸고 내려갔다. 다리 건너 들판은 곧 수확할 벼가 빗줄기 밑에서 속절없이 고개를 흔들고, 농로 옆 배구장만한 논에는 다 익은 벼가 허리를 꺾고 한 뼘 정도로 고인 논물 속에 머리를 박고 있다. 머릿속이 맑지 못했다.

지난밤에 잠을 설쳤다. 지나간 흔적이 축약된 수많은 덩어리가 머릿속을 휘젓고 다녔다. 몇 번이나 깼다가 다시 잠들면 덩어리들이 다시 잘게 부서져 하양과 검정으로만 치장된 세계 속을 날아다녔다. 그것들은 면도칼로 종이를 베는 듯한 소리를 내면서 김의 시선을 갈기갈기 잘라냈다. 익숙한 시골 풍광도 펼쳐졌다.

고교 2학년 때 가로등 불빛이 차단된 골목에서 소주 한 명을 병나발 불고 꺽꺽대던 비오는 날의 치기도 꿈에 날아다녔다. 대학 시절, 여학생의 자취방 불빛이 창문 틈으로 삐져나오는 그 담장 아래에서 속으로 부르짖던 이름도 들렸다. 치마 아래 환하게 드러난 예쁜 종아리를 가진 애었다. 꿈의 세계는 수많은 기억의 편린이 조각조각으로 변해 오직 흑백의 색깔로만 허공을 날아다니다가 사방으로 갈라졌다.

연결되지 않는 그림이지만 몇 가지 공통된 요소가 없

지는 않았다. 산골에서 보냈던 1년의 기억이 엇갈린 꿈에서 몇 번이나 나타났다가 사라졌다. 이 모든 그림 사이로 배경처럼 박혀 있던 어떤 소리. 아득히 먼 이국의 하늘에서나 들어봄직한 울림처럼 신비로운 소리가 꿈의 조각 틈에서 들려왔다. 김은 도무지 깊이 잠들 수 없었다. 새벽에 깨어나, 방에서 불과 몇 발자국 떨어진 산기슭 좁은 계곡의 세찬 물줄기가 울어대는 소리를 들었다. 저 소리였던가.

꿈은 아침이면 흐릿한 실루엣처럼 기억에서 어른거리다가 점차 사라지는 현상이 보통이지만 잠에 덜 깬 머릿속에서 뚜렷이 남아 있는 영상, 산골에서의 1년이 꿈에 그대로 재현되는 현상을 김은 다시 생각했다. 그러고 보면 몇 년에 한 번씩 꿈에 나타났다는 사실을 생각했다. 이번이 처음은 아니었다. 이미 이십 년 전의 일. 이십 대에 국어 선생으로 근무하다가 서슴없이 사직서를 던지고 떠났던 그때의 일이 꿈에 자주 나타났다. 김은 꿈 내용에 그리 의미를 두지 않았다. 그러나 꿈은 그것을 거부하고 김에게 옛 사실을 자꾸 일깨우고 있었다. 허재옥, 아니 '너나'가 아직도 김에게 살아 있는 탓이었다. 연속된 그 사건들도.

어제부터 장대비가 내렸다. 밤새도록 지붕을 두들기고 지금까지도 세차게 내린다. 김은 우산을 부숴버릴 것처럼 떨어지는 빗소리를 감상하듯 들으며 종아리에 달라붙은 빗물의 선뜻한 느낌을 온몸으로 받아들이고 있었다. 후드득 떨어져 부서지는 빗방울의 감촉은 쓰러진 벼이삭을 바라보는 농부들의 애타는 마음과는 다른 아득한 기억을 불러일으켰다. 그때 그 사건이 벌어졌을 때도 이렇게 비가 쏟아졌다.

80년대 중반 산골 중학교 국어 선생으로 1년 동안 몸을 담았던 그곳은 수몰예정지역으로 고시되어 집의 증개축이 불가능했다. 면 소재지는 대략 오백 호 정도의 집이 산 밑으로 스며들 듯 형성돼 있었고, 그 앞으로 제법 많은 수량을 담고 흐르는 냇가가 있었다. 대개 일제강점기에 지어진 집들이라 흙벽이거나 시멘트블록으로 얼기설기 지어올린 집이 내부분이었다. 그래도 전교생이 900명으로 산골에 비해 학생은 제법 많은 학교였다.

면소재지에서 냇가만 건너면 학교가 있어서 중심부에 사는 가정에서는 등하교가 어렵지 않았지만 몇 십리

밖 골골 박혀 있는 학생들은 통학이 가장 큰 문제였다. 사정이 여의치 않은 학생들은 면소 주변에서 방을 얻어 자취를 하곤 했는데, 문제는 증개축이 전혀 불가능한 지역이라 변변한 방이 많이 없다는 점이었다. 또 있어도 수리가 제대로 되지 않아 방바닥이나 벽에 틈새가 많이 벌어진 그런 방밖에 없는 상태였다. 궁벽한 산골이라 형편이 넉넉지 못한 주민들은 몰래 곁방을 많이 붙여 학생들을 들이곤 했는데, 개축이 불가능하다는 현실을 무시하고 그런 방에 학생들을 받아들여 월세를 받곤 했다. 수몰고시가 이십 년도 넘었고, 수리를 못한 남루한 집이 대부분이어서 가끔 옛날을 배경으로 한 영화 촬영도 심심치 않게 있었다. 이런 곳에서 김은 하숙을 했다.

첫 인상은 삭막했다.

포장 되지 않은 흙먼지 길을 버스로 달려 내린 시골 역에는 봄눈이 조금씩 날리고 있었다. 낮은 집들은 금방 삭아 내릴 듯 깔려 있었고 산골바람은 봄추위를 타고 목덜미 속으로 파고 들었다. 매서운 추위였다. 해발 육백 오십 미터. 긴 다리를 건너 판자를 덕지덕지 붙인 학교를 찾아가 발령장을 밀고는 젊은 선생의 안내로 하숙집을 정했다. 선생들만을 위한 하숙집인 듯 자그마한 방이 여섯 개나 붙어 있었는데 방방이 모두 선생들로 꽉 찬 그런 오래된 집이었다. 스물여덟의 총각 선생 김은 이렇게 첫 직장 생활을 시작했다.

교무실은 장작 난로를 가운데 두고 선생들의 책상이 창가로 붙어 있었다. 늙고 머리 벗겨진 교감은 그 가운데서 업무를 봤는데, 할 일은 교무에게 맡기고 운동장을 천천히 산책하거나 아니면 회전의자에 기대어 꾸벅꾸벅 졸았다. 낯선 곳에 돌연 솟아오른 사람처럼 김은 어색한 환경에 쉽사리 적응하지 못했다. 학생들의 순진한 어투와 총각 선생에 대한 호기심으로 다가오는 여학생들의 수줍은 모습에 정을 붙이기까지 한 달이 걸렸다. 그리고 세상은 달라졌다. 사월의 산과 들은 자연의 원형을 그대로 불사르며 산골의 깊은 정취를 맘껏 뽐냈다. 사방이 꽃 천지였다. 수업이 없는 시간이면 학교 옆 냇가에서 원시성이 담긴 맑은 물과 숲 속을 마음껏 돌이다니며 전날의 과음을 삭이곤 했다.

술. 술은 시간을 조절하는 열쇠처럼 김의 곁을 떠나지 않았다. 대학 시절부터 술에 일가를 이룬 탓도 있지만 당시는 경제적 궁핍으로 빈약한 안주에 막걸리나 소주를 눈치 보며 마셨다. 그러나 지금은 하숙비를 제하고도 술값은 풍족했다. 산골이라 고급 술집이 있을 턱이 없었다. 원형 탁자 가운데 연탄불이 달아오르면 삼겹살을 안주로 밤이 이슥하도록 동료들과 어울렸다. 한번 붙으면 술판이 다할 때까지 자리를 떠나지 않았다. 소설을 쓴답시고 가끔은 방구석에 배 깔고 뒹굴며 노트에 어설픈 문장을 채운 적도 있었지만, 첫 부임한 그때는 세상 부러울 일 없는 배부른 한량처럼 맘껏 게으름에 젖어 마시고 놀고 돌아쳤다. 서른 명 직원들 중 남자가 이십 명 정도였다.

그해 가을 어느 주말, 구름이 잔뜩 낀 싸늘한 날이었다. 김은 강릉으로 가기 위해 마지막 버스를 기다리던 중 허재옥 선생을 만났다. 엷은 분홍색 점퍼와 청바지 차림이었다. 2학년 담임이며 영어 선생인 그녀는 이곳에서 자취를 하고 있었다. 항상 말이 없고 표정이 그리 밝지 못해서 직원들과 잘 어울리지 못했다. 자기 일만 하면 바로 퇴근해버리는 편이었다. 서른 초반 됐을까. 아직 이십 대의 미모를 긴 머리에 묻고 다니지만 피곤한 얼굴 표정이 미모를 살리지 못했다. 남편은 건달이라고 들었다. 봉급날만 찾아와서 허 선생의 돈을 낚아채고는 그대로 사라진다는 소문. 남편이 온 다음날이면 그녀의 예쁜 얼굴 한쪽이 퍼렇게 변해서 짙은 화장으로 가리지만 선생들의 눈을 피하지 못했다. 김은 그녀를 안타까운 눈길로 바라보고만 있었지만, 대부분 선생들의 뜨악한 눈길을 의식하는 그녀의 고개는 항상 굽어져 있었다.

'팔자 하난 참 한심하지. 봉급날만 되면 그 녀석이 와서 다 뺏어가는 판에 무슨 낙이 있나. 멀쩡한 여자가 그런 날건달을 만나 만날 저렇게 살고 있으니 보기도 딱하고. 에이 참, 개떡 같은 팔자는 어쩔 수 없어.'

이런 말들이 교무실 밖에서 오갔다. 그녀는 학교에서 김의 유일한 대학 선배였다. 그렇다고 김이 끼어 들 일이 아니있다. 어느 누구도 가정사라는 테두리에 함부로 들어가서 시비를 걸 수는 없었다. 그저 딱하게 바라보기만 할 뿐.

"강릉 가세요? 저도 지금 강릉 버스를 기다리고 있는 중입니다."

김이 가볍게 목례를 하고 말을 걸었다. 그녀는 말없이

고개만 까딱했다. 핸드백과 얇은 책 한 권을 들었다. 김도 더 이상 말을 나눌 수 없었다. 도로 곁에서 담배를 두어 대 피우자 버스가 왔다. 승객 여럿이 먼저 올라 자리를 잡았다. 김과 그녀가 늦게 타고 보니 맨 뒤에만 빈 좌석이 있었다. 할 수 없이 두 사람은 서로 옆에 앉았다. 그녀는 창밖을, 김은 앞을 묵묵히 응시하면서 뒤로 사라지는 가을 풍광만 바라보고 있었다. 강릉까지는 한 시간 반 거리였다. 출발한 지 삼십 분이 지나도록 서로 각자의 망막으로만 세상을 재고 있을 뿐 말이 없었다. 불현듯 떠오르는 사실. 그녀의 집이 속초라는. 강릉으로 해서 속초 집으로 가는 모양이다, 라고 김은 생각했다. 그녀의 냉랭한 분위기는 버스 안 같은 좌석에 앉아도 여전했다. 그녀의 불행에 어느 누구도 비집고 들어갈 수 없는 상태에서 김도 역시 막연한 감정으로만 대할 수밖에 없다는 사실을 잘 알고 있었다. 자신의 일은 결국 자신의 몫으로 남을 수밖에 없을 터. 그렇다고 해도 이렇게 동료와 같이 앉아 한 시간 반을 침묵으로 보낼 수는 없다는 생각이 들었다.

"집에 가십니까? 이렇게 선배님과 같이 하기도 첨이

네요."

김은 선배님이라고 호칭했다. 나이로 짐작해서 삼 년 정도 대학 선배가 될 성싶었다. 어색한 상대를 만나면 먼저 자신이 숙이고 들어가야 한다는 생각과 선생님이란 호칭이 이런 분위기에서는 너무 딱딱하다는 느낌도 있었다. 창가에 앉은 그녀는 잠시 고개를 오른쪽으로 돌리며 김을 흘긋 보다가 다시 창밖으로 시선을 옮겼다. 역시 그녀는 말이 없었다. 삽당령을 넘어 성산면으로 들어설 때까지 서로 입을 다물고 묵묵히 각자 시선 속에서 스스로를 헤아리고 있었다.

"김 선생님은 집이 강릉이세요?"

뜻밖이었다. 먼저 말을 걸었다. 낮은 음성이었다. 김은 잠시 당황했다. 학교에서 공식적인 대화 몇 마디가 전부였다. 집, 강릉이란 평범한 단어가 그녀의 입에서 나온다는 사실이 김에게는 무척 생소하게 들렸다.

"에, 강릉입니다. 강릉에서 모든 학교를 마쳤습니다."

잠시 뜸을 들이며 그녀는 창밖의 저수지를 바라보다가,

"제가 대학 선배인가요? 선배란 말을 처음 들어서 어색해요. 사실 선생이란 말도 제게는 아직 어색하지만요."

역시 낮은 음성이었다. 처음 말을 던질 때보다는 어감에 온기가 있었다. 김도 그 말에 공감하고 있었다. 학생 티를 벗지 못한 처지에 나이 든 지역 주민들이 선생님으로 부르는 호칭이 아직도 어색했다.

"저도 아직은 선생이란 말에 작은 거부감이랄까, 뭐 그런 마음입니다. 햇병아리라서 그런가 했는데, 선배님도 그런 생각이네요."

그녀는 다시 저수지를 보았다. 저녁 무렵의 저수지는 산 그림자를 담고 고요한 숨소리를 수면 위로 뿜어내고 있었다. 중심부에 순간 작은 파장이 일었다. 그 파장은 바람을 타고 건너편 산기슭으로 스쳐갔다.

"칠 년이 다 돼 가는데도 아직도 선생이 아닌가 봐요. 학생들에게 마음을 던져야 하는데, 항상 땅 위에 떠 있는 것 같아서 미안하기도 하고. 김 선생님은 젊은이라 몸을 맘껏 던지면서 생활하는 모습, 볼 때마다 좀 부러웠어요."

그녀의 말 호흡이 점차 길어졌다. 이번에는 김이 침묵했다. 부러웠다는 말이 이상하게도 살갑게 들리지 않았다. 그녀는 학교에서 다른 선생들 행동에 눈을 닫고 지냈다. 타인에게 시선을 던지지 말자, 라는 표정이 짙게 깔려 있는 사람의 입에서 김의 행동을 보고 부러워했다는 말을 지금 들었다. 낯선 말.

"부러워하다니요? 새내기는 천방지축 뭔지도 모르고 그저 날뛰는 모습밖에 없다는 걸 잘 아시잖아요?"

김도 낮게 말했다. 버스는 강릉 초입으로 접어들고 있었다.

"이제야 조금 정을 붙이는 중입니다. 낯선 세계를 아주 조금씩 받아들이고 있어요.선배님이 저를 좋게 보아주셔서 고맙습니다. 다른 선생님과 학생들이 저를 어떻게 볼지 늘 궁금했고 또 두렵기도 하고……아직은 확실한 무엇이 떠오르지 않아요. 늘 허둥대기만 하죠. 선배님은 그래도 경험이 있으시잖아요 경험만큼 확실한 지혜는 없겠지요."

대화가 계속 이어지기를 바라는 말이었다. 김의 머릿속은 조금씩 돌아갔다. 그녀의 딱딱한 마음을 조금이라도 풀어주고 싶었다. 학교에서 그녀를 볼 때마다 답답하게만 느꼈던, 굳어버린 형상을 조금이라도 깨어버리고 싶었다. 그녀는 고개를 잠시 돌리다가 다시 굳은 표정으로 창밖에 시선을 던졌다. '이분은 자신의 작은 부분이라도 드러낼 마음이 아직은 없구나.' 버스는 시가지로 들어섰다. 곧 버스 승객들은 헤어져 각자가 쌓아놓은 세계 속으로 스며들 일만 남았다. 정류장으로 다가갈수록 김의 마음 밑에서는 작은 희망 같은 조각이 남아 있음을 느꼈다. 몇 마디 나눈 대화에서 받은 그녀의 빈 공간은 결코 딱딱한 나무 조각처럼 삭막하지 않다는 사실. 그러나 아직은 뚜렷한 무엇을 찾을 수는 없었다. 순간순간 그녀는 말보다 표정과 침묵으로 자신의 세계를 포장했고, 이 사실을 김에게 전달하고자 하는 분위기였다. 그러나 몇 마디 대화에서 자신의 마음을 조금 열어놓은 듯한 어투. 김도 알아차렸다. 더 이상 자연스럽게 대화를 나눌 수는 없지만 마음의 빈 공간은 따뜻한 분이라고 판단했다.

"그 경험이란 게 그리 중요한 사실은 아니죠."

그녀의 말과 함께 버스는 정류장으로 들어서서 멈췄다. 승객들은 서로의 짐을 챙기며 일어섰다. 우린 계속 앉아 있었다. 승객들이 다 내리고서야 우리는 천천히 통로를 빠져나와 대합실 밖에 섰다. 그녀가 잠시 머뭇거렸다.

"전 집에 가기 전에 경포에 가서 잠시 시간 보낼 생각입니다. 같이 경포에 가서 커피라도 하시겠어요? 아니면 사천 바닷가도 좋은 곳이 많아요. 제 고향에서 선배님을 조금이라도 대접해야지요."

"그게 좀……좋아요. 경포보다 주문진이 좋겠네요. 저녁 버스는 많으니까. 저도 주문진 바다 본 지 오래됐네요. 선배 티를 내 볼까요? 커피는 내가 사죠 뭐."

"아닙니다. 제가 사겠습니다. 경포나 주문진은 제 손때가 묻은 곳입니다. 저도 가본 지 몇 달 됐어요. 택시를 탈까요?"

몇 달 만에 온 주문진은 주말이지만 사람들이 별로 없이 한가했다. 김은 대학 시절 친구들과 여러 번 찾았던 아담한 커피숍을 알고 있었다. 주문진 앞 바다에 육지로 연결된 작은 돌섬이 있었다. 돌섬을 마주하는 작은 커피숍. '커피와너'라는 네 글자를 낙서처럼 휘갈겨 쓴 조그만 입간판이 입구에 붙어있었다. 학생 시절부터 경포가 싫증나면 사천진이나 주문진 바다를 찾았고 가끔 친구들과 들락거린 곳이라 주인아주머니도 잘 알고 있었다. 무겁지 않은 세미클래식이나 잔잔한 팝이 살아있는 곳이었다. 두 사람이 들어서자 주방 의자에 앉아 신문을 보던 아주머니는 흘깃 보더니 반색을 하며 일어섰다.

"하이고, 백만 년 만에 오는 반가운 손님이네. 누구한테 들었더라? 준서 학생이 정선 어디서 선생님 한다고 들었는데. 맞아?"

순간 그녀는 풋—웃었다. 일 년 만에 처음 들어본 그녀의 웃음소리였다.

"왜 웃어요?"

"준서 학생이라고? 후훗."

"학생이었죠, 뭐. 지금도 학생입니다. 앞으로도 그럴 거고요. 그러니 계속 그렇게 웃어도 돼요. 참 아주머니, 이분은 같이 근무하는 영어 선생님. 제 선배님이기도 하고요."

"잘 오셨어요. 어서 앉으세요. 준서 학생, 아니 이젠 선생님이지. 김 선생. 좀 어색하네. 하하. 전처럼 뜨거운 커피 줄까?"

김이 그녀에게 시선을 돌리자 고개를 까딱했다. 탁자

가 넷. 우리는 창가에 앉았다. 정말 그녀의 웃음소리는 백만 년 만에 듣는다고 생각했다. 음악이 나오기 시작했다. 항상 듣던 곡. 아주머니는 김의 음악을 잊지 않았다. 폴 모리아 악단이 작은 실내에서 울렁거렸다. 곧 뜨거운 커피가 나오자 그녀는 한 모금 천천히 마셨다.

"고독한 양치기. 곧 러브 스토리, 이사도라, 그리고 나자리노도 나오겠네. 모나코도. 혹은 버터플라이거나. 커피 맛있어요."

김은 잠잠히 있었다. 그녀는 혼자는 아니다. 폴 모리아도 그녀 곁에 있고 내 앞에도 있다. 이럴 땐 무거운 클래식은 어울리지 않는다. 평생 웃지 않을 사람으로 보이던 그녀도 결국 가벼운 음악 곁에 있을 수 있다는 사실.

"김 선생님은 학교에서 활기만 보이더니 이런 분위기에 가라앉기도 하네요."

김은 기다렸다. 그녀의 말을 막지 않고 다음을 기다렸다. 김은 느꼈다. 무엇이든 풀이질 거라는. 그녀의 생머리 속 작은 얼굴이 더욱 희게 유리창에 박혔다. 밖은 이미 어두워졌다. 늦가을의 짧은 태양.

"이런 말. 내가 좀 답답했죠?"

"무슨 말씀을?"

김은 모른 척했다.

"잘 아실 텐데요."

"사람들이 알고 있는 사실과 실재의 모습과는 거리가 있다는 것 정도는 알고 있습니다."

"생각보다 침착하면서도 능숙하군요. 저를 유도하고 있는 말이죠. 좋아요. 나도 오래간만에 마음이 좀 풀려요. 김 선생의 학교생활과 나를 비교해 보면 알겠지만, 자신을 묶어둔다는 것에 아무 의미는 없죠. 그냥 현실에 묻힌 상태로 이해하면 되겠네요."

그녀의 말에서 선생님의 '님'이 사라졌다. 본인의 호칭에서도 '저' 대신 '나'로 바꿨다. 김은 그녀의 딱딱한 가슴에 조금씩 공간이 확장된다는 의미로 읽었다.

"제가 선배님의 현실에 시선을 제대로 던지지 못한다는 것. 알고 계시잖아요. 저뿐 아니라 직원 모두가. 어쩌면 선배님 개인에 관한 문제는 아니겠죠. 우리 모두 그렇게 지내는 게 아닐까요? 각자는 각자의 시선 속에서만 살아간다는 다분히 게젤샤프트 사회가 아닌가요? 선배님이 상대에게 느끼는 그런 단절된 관계는, 상대도 또 다른 이에게 그렇게 느낄 것이라는 거죠. 아 이런, 대화가 딱딱하군요. 우리 술이나 한잔 하지 않을래요? 소주라도 한잔 하면 좋겠어요. 맥주도 좋고."

"소주? 좋아요. 한잔 해 보죠 뭐. 술 마신 지 참 오래됐네."

우리는 밖으로 나왔다. 일순 다가오는 싸늘한 바닷바람. 그녀는 점퍼 지퍼를 목까지 올렸다.

"참, 물어보려 했는데 잊었네요. 커피집 상호가 '커피와너'던데, 무슨 뜻이죠?"

"그냥 그대롭니다. 커피 앤드 너."

"후후 나도 그렇게 생각했어요. 재밌어요, 이름이. 그럼 난 잠시 '너'가 되었네요."

밖에서 드러내는 그녀는 명랑했다. 밝았다. 학교에서와는 딴판이었다. 억눌린 세계를 이곳에서 잠시 떨쳐버린 탓일까. 학생을 한쪽으로만 보면 볼수록 그 좁은 틈에서 드러나는 모습만 보게 된다고 교육심리학 시간에 배운 적이 있었다. 타당한 논리였다. 지금 역으로 그녀를 보면서 또 다른 면을 읽었다.

"제가 '너'인지도 모르잖아요. 우린 서로 '나'이고 또

'너'죠."

"재밌는 말이네요. '나너, 너나'."

그녀의 음성은 처음보다 높아졌다.

"그럼 '나너'로 할까요?"

"해 보세요. '너나'. 홋"

그녀는 다시 웃었다. 즐거운 웃음이었다. 김이 저녁밥을 애기하자 그녀는 머리를 저었다.

"횟집 같은 곳은 싫고, 우리 그냥 슈퍼 앞 탁자에서 소주나 맥주 마셔요. 찬 기운에 정신이 맑아지는 것 같아요. 어때요?"

마다할 리 없었다. 우리는 해변에 바짝 붙어 있는 슈퍼 앞 탁자에 앉아 소주와 맥주를 마셨다. 간단한 빵과 오징어포, 초콜릿이 안주를 대신했다. 그녀가 초콜릿을 좋아한다고 했다. 그녀는 술 실력이 김에 못지않았다. 대학 시절 술 하나는 따를 자가 없다고 흰소리 치던 김이었지만, 자신과 같이 잔을 기울이는 그녀의 실력도 만만치 않았다. 우리는 소주 세 병과 맥주 서너 병을 비우고 있었다. 술잔은 맥주 컵을 사용했다. 취기가 올라도 그녀의 표정은 변함이 없었다. 바닷바람도 그치고 구름이 하늘을 반 넘게 덮었다. 틈틈이 열린 빈 하늘에 반달이 휘움하게 세상을 비추고 있는 사이로 살짝 거친 파도가 자신의 피부를 할퀴며 거품을 쏟아냈다. 터진 구름 사이로 달빛이 수천 마디의 긴 부챗살처럼 바다 위를 휘젓다가 사라지곤 했다. 그때마다 흰 윤슬이 잠시 빛났다. 그녀는 정갈한 손가락으로 컵에 소주와 맥주를 잡고는 간단없이 조금씩 마셨다.

"술, 참 오래간만에 마셔보네. 아깐 춥더니 이젠 바람도 그치고."

"그러게요. 마시기 좋은 날입니다. 선배님도 술 잘하시네요. 전 이미 좀 취했는데."

"그 선배님이란 말 그만 할 수 없어요? 거슬려요. 그러고 보니 적당한 호칭이 생각났네. 아까 그 커피숍 상호가 '커피와너'였지요. 너와 나. 맞네요. 김 선생은 나를 '너나'로 부르세요. 그럼 난 김 선생을 '나너'로 부를까."

그녀는 빈 잔을 김에게 밀었다. 소주와 맥주를 적당히 부었다.

"기막힌 호칭입니다. 어떻게 그런 생각을……. 자, 너나에게 술 전합니다."

"나너, 술은 가득 차게 부어야지."

우리는 너나 나너를 주고받으며 시간을 마셨다. 취가가 깊게 돌았다.

"나너는 내가 궁금하지 않아요? 생활이 좀 이상하게 보였을 텐데."

"너나의 삶은 너나의 삶일 뿐이지만, 시선의 테두리 속에 있으면 당연히 궁금증이 깊어지는 게 인지상정 아니겠어요? 그렇지만 전 깊게 알고 싶지 않았어요. 상대에 대한 의식적 배려 같은. 사실 이 말엔 어떤 개체를 무시하면서도 그 삶을 배려해주는 척하는 헛된 거품이 많이 끼어 있네요. 죄송합니다."

그녀는 슈퍼의 불빛 속에서 살짝 웃었다. 불빛 속의 눈자위에 살짝 불그스름한 색이 비쳤다.

"흐훗. 웃겨. 의식적 배려라니. 아마 직원들도 마찬가지로 그런 생각들 갖고 있겠네. 별별 소문도 다 들었겠고. 좋아요. 소문이란 게 굴뚝 연기처럼 실체가 있으니 연기도 나겠지. 그렇지만 상황과 나는 별개라는 사실 하나만 말하고 싶어요. 이상 끝. 흐웃."

그녀는 말을 마치고 고개 숙이며 입에 손을 대었다.

잠시 숨을 고르는지 상체가 가늘게 떨렸다.

"너나, 괜찮아요? 이젠 그만 해야겠어요. 우리 너무 마셨는데."

떨고 있던 그녀는 천천히 상체를 세웠다.

"한 잔만 더 주세요."

김은 머뭇거리며 잔에 반을 채웠다.

"나너, 그러지 마. 배려하는 척. 그런 거 역겨워!"

가득 채웠다. 그녀는 그대로 마셨다. 그런 후 잠시 고개를 숙이며 술을 삭였다. 김은 몇 년 전 냉방 같았던 자취방에서 친구들과 마시던 때를 생각했다. 우동 그릇에 사홉 소주를 다 붓고 한숨에 마셔댔던, 차갑던 사랑과 외로움과 경제적 궁핍이 뒤섞인 넋두리로 밤을 새웠던 그들. 이호섭의 절규, 그의 시 '비오는 날'을 읊으며 가버린 여학생을 손에 잡을 듯 움켜쥐며 흐느끼던 호섭.

"나너는 아직 혼자니까 혼자만 책임지지만 난 그렇지 못해요. 건사할 일들, 다 내가 건져 올린 것들이지만 그래도 어쩌겠어? 숨 쉬는 일 외엔 내 것은 없어요. 나너는 이해 못하겠지."

김은 빈 잔에 마지막 액체를 붓고 한입에 없앴다.

30

"갈까요? 밤이 깊어요."

김은 일어섰다. 그녀는, 앉아 있을 때와는 다르게 일어서다가 휘청 탁자를 짚었다. 김은 그녀를 부축했다. 그녀는 순순히 기댔다. 한 팔을 김에 어깨 위에 걸치고 김은 그녀의 허리를 단단히 잡고 걸었다. 가까운 모텔로 들어가 김이 계산을 하고 뜨악한 눈빛을 던지는 쥔 여자를 무시한 채 방으로 들어갔다. 허술한 모텔에 침대가 있을 리가 없었다. 방은 미지근했다. 이불을 펴고 그녀를 눕혔다. 조용히 말했다.

"편히 쉬세요. 아침에 해장국 하러 올게요."

밖으로 나온 김은 갑자기 몰려온 추위에 몸을 부르르 떨었다. 택시를 타고 강릉 시내로 갔다. 물론 자취 생활을 한 강릉에는 잘 곳은 없었다. 계속 밤거리에 묻혀 걷다가 그냥 보이는 모텔로 들어가 잤다.

심한 기갈에 눈을 뜨니 창밖이 훤했다. 급히 샤워를 하고는 택시를 타고 주문진으로 달렸지만 모텔 방은 비어 있었다. 이불이 방 한쪽에 가지런히 놓여있을 뿐. 김은 한숨을 놓았다. 별일 없었군.

경포로 옮겨 호숫가를 어슬렁거리다가 낚시꾼들 주

변에서 텅 빈 머리로 호수를 바라보며 시간을 보냈다. 커피숍이 문을 열 즈음 들어가 커피 몇 잔으로 다시 시간을 죽였다. 떠오르는 영상 속에 그녀의 학교생활과 흘러간 지난 대학 시절 자신의 허접한 행위가 연속으로 피어올랐다. 그러다가 속이 허전하면 대구탕으로 속을 채우며 오후를 보냈다. 산골 행 마지막 버스를 탔다. 그녀가 있을 수도 있다는 생각에 주변을 힐끗거렸지만 없었다. 하숙집에 돌아왔을 때는 밤이 깊었다. 온몸이 피곤했다. 그대로 잠에 떨어졌다.

무언가 알 수 없는 형체가 하늘로 날아다녔다. 몸이 수백 층 건물 꼭대기에서 부연 회색 공기에 잠긴 지상으로 추락했다. 살기 위해 팔다리를 휘저었다. 아슬한 건물 위를 훨훨 날아다니다가 추락의 무서움에 건물 모서리에 바짝 붙기도 했다. 다시 검은 바닥으로 떨어지자 김은 몸을 허우적거리며 비명을 질렀다. 자신의 입에서 터져 나온 그 비명 소리는 건물 벽에 반사되어 사방으로 울렸다. 문이 심하게 울리는 소리가 났다.

"선생님, 김 선생님. 전화 받으세요. 학교에서 급한 전화입니다."

방문을 급하게 두드리는 소리에 눈을 떴다. 주인아주머니 목소리였다. 꿈속 비명소리는 방문 두드리는 소리로 변했다. 방문 소리는 계속 이어졌다. 상체를 일으키자 옷을 그대로 입고 잤다는 사실을 알았다. 네에. 말이 터지지 않았다. 크게 말했다. '네에—, 일어납니다.'

밖은 어느새 샐녘이었다. 돋을볕이 검은 구름에 가렸지만 그래도 모든 사물이 한눈에 들어왔다. 안방으로 들어가니 중학생인 딸아이가 아직도 잠에 빠져 있는 머리맡에 전화 수화기가 바닥에 놓여 있었다.

"네, 김준섭니다."

"야, 왜 이리 늦어? 빨리 면사무소 뒤 영풍상회 알지? 그 집 뒷골목으로 가 봐. 이학년 애들 둘이 신통찮아. 연탄까슨가 봐. 빨리! 담임도 거기 있을 거야. 나도 곧 갈게. 지금 연락이 급해서."

바로 끊었다. 학생과 최 선생이었다. 정신이 번쩍 들었다. 급히 세수를 하고 두터운 점퍼를 입고는 달렸다. 기어코 사고가 났구나. 엉성한 자취방에서 아이들이 뒹굴더니….

골목을 돌자 경찰관 둘이 밖에서 담배를 피우다가 급

히 들어오는 김을 슬쩍 보고는 얼굴을 돌렸다. 애들이
자취하는 집은 낡은 블록 담장 윗부분이 듬성듬성 떨어
져 나가고 지붕은 먼지가 두껍게 쌓인 검회색 슬레이트
를 얹은 집이었다. 대문이 없는 마당으로 들어서자 왼편
에 날개집처럼 작게 꾸민 방이 있었고, 사람들 두엇이
열린 그 방 앞에서 서성거렸다. 학생과 소속 두 선생도
심각한 얼굴로 기웃거렸다. 김은 가슴이 철렁 무너지는
듯했다. 뜻밖에도 허 선생이 새하얗게 질린 얼굴로 방문
옆에서 멍하니 서 있었기 때문이었다. 그 반 학생들이었
다. 옆방에 살던 두 여학생이 밖에서 떨며 울고 있는 모
습을 보고 김은 빨리 방에 들어가 있으라고 말하고는
다짜고짜 방으로 들어갔다.

애들은 둘 다 반듯하게 누워 있었다. 살짝 열린 입에
는 마른 거품 자국이 묻었다. 이미 회색 벽돌처럼 변한
얼굴을 보자 김은 한숨을 쉬며 손을 잡았다. 차가왔다.

"담임선생입니까?"

방안에 있던 사람이 물었다.

"아닙니다. 학생과 선생입니다."

김은 밖에 있는 허 선생을 지목하지 않았다.

"경찰이 의사를 불렀는데, 곧 올 겝니다. 와도 별 수 없겠지만. 쯧쯧. 난 이웃에 사는데 학생들이, 어제 일요일이었지요? 연탄을 연탄 집개로 하나하나 들여놓는 걸 봤어요. 지금 보니 열 장 정도 있던데. 에이 참. 애들이 심곡 애들이라고."

"그럼 이 추위에 지금까지 애들이 연탄도 없이 지내다가 어제 피운 겨?"

"그런 모양이지. 이 방이 얼마나 오래 된가? 처음 불을 피우니 연탄가스가 굴뚝으로 바로 빠지지 못한 모양이야."

"에이 참. 성칠이는 어디 있는가?"

"찾지 말어. 그 친구도 난처하니까."

안에 있던 사람들이 크게 떠들었다. 성칠이란 사람이 집주인인 모양이었다. 심곡은 면소에서 이십 리가량 떨어진 산속 마을이었다. 다시 얼굴을 쓰다듬었다. 김도 잘 알고 있는, 예쁜 아이들! 한눈에 이미 이곳에서 떠났다는 걸 알고 있었지만 김은 거푸 얼굴을 쓰다듬었다. 사체. 등록금 때문에 경포 해수욕장에 인명구조원으로 2년을 지낸 적이 있었다. 그때 익사체를 많이 다뤘다.

사체는 그리 섬뜩하게 다가오지 않았다. 더구나 평소 애교스럽게 잘 따르던 애들. 눈앞이 핑 돌았다. 깊숙한 곳에 잠겨 있던 물기가 몸 밖으로 빠져나오려 하고 있었다. 김은 침을 삼키며 크게 심호흡을 했다. 밖으로 나오자 마당가 담에 기대어 하얀 얼굴로 고개를 숙이고 있는 허 선생 곁으로 갔다. 가볍게 안아 어깨를 두드렸다. 말이 필요 없을 때가 지금이었다.

뒤처리는 신속하게 진행되었다. 김이 생각해도 너무 진행이 빨랐다. 학교에서는 사고 경위를 교육청에 보고했다. 사체는 의사의 진단서가 첨부되고 보호자의 확인을 거쳐 소형 트럭에 실려 심곡 언덕으로 향했다. 학생과장과 김, 그리고 담임인 허 선생이 동행했다. 동네 산역꾼들이 산 아래 야트막한 언덕 잔디밭을 파고 두 사체를 각각 묻었다. 부모들은 그리 울지 않았다. 모두 슬픔을 참는 데 익숙한 모습처럼 보였다. 작은 봉분이 거의 완성되어 갈 때 갑자기 몇 걸음 뒤 짙은 다복솔 쪽에서 애처로운 여자 울음이 터져 나왔다. 허 선생이었다. 누구도 말리지 않았다. 참으면서 터져 나오는 젊은 여인의 울음이 산역하는 사람들 주위로 번지자 애써 가슴을 억누르고 있던 애들 엄마 둘이 봉분 옆에 그대로 퍼질러 앉아 검은 하늘로 슬픔을 토하기 시작했다. 역시 누구도 말리지 않았다. 이때 비가 쏟아지기 시작했다. 굵은 빗줄기는 곧 작달비로 변해 마지막 작업 중인 마을 사람들 몸체를 거세게 두들겼다. 그러나 모두 하던 일을 계속했다. 선생들도 그대로 비를 맞을 수밖에 없었다. 센 빗줄기는 차츰 가랑비로 변했다.

산역을 마치고 내려올 때 비는 그치고 부연 는개가 날렸다. 그 속에서 허 선생의 몸은 가냘프게 휘청거렸다. 퉁퉁 부은 눈두덩은 흰 얼굴과 대조되어 더욱 붉게 보였다.

이번 주일도 전과 같았다. 시간표대로 수업 들어가고 차임벨 소리에 나왔다. 구백여 전교생 중 두 명이 사라졌을 뿐. 퇴근하면 삼겹살집에서 막걸리나 소주를 마시고 밤이 이슥하면 각자 자신의 방으로 돌아갔다. 허 선생 반에서 두 명이 사라진 사건 외에 모든 일은 전과 같았다. 허 선생도 마찬가지였다. 겉으로 드러나는 표정은 역시 전과 다름이 없었다. 말없이 지내고 있었다. 가끔 운동장이나 복도에서 마주치면 가볍게 눈길을 스치며 고개를 까닥하고는 지나갔다. 김도 그렇게 한 주를 마감했다.

그동안 김은 희미한 불안감이 가슴 속에서 꿈틀거리고 있음을 알았다. 구체적으로 끄집어 낼 수 없는 불안감. 실체를 짐작하면서도 말로 내뱉는 순간 그 일이 구체화될 지도 모른다는 생각에 휩싸였다. 학생들의 얼굴을 전보다 자세히 바라보는 버릇도 이전과 다른 변화였다. 불확실한 미래의 윤곽을 잡을 수는 없었지만 그것이 살아 꿈틀대며 김의 속을 조금씩 잠식해 들어왔다. 그렇게 느낄수록 표현해야겠다는 마음은 더욱 숨을 죽이고, 대신 증폭되는 불안감은 김을 자연스럽게 술집으로 몰았다. 술이란, 그랬다. 잊기 위해 마시는 술은 절대로 불안의 본질을 지우지 못한다. 마시면 마실수록 더욱 자신의 가슴을 파헤치며 본질의 형체를 끄집어내게 하는 액체가 술이었다. 그러니 꾹꾹 눌러버릴 뿐 달리 어쩔 방법이 없었다.

그 와중에도 사이사이 떠오르는 모습. 고개 숙이고 말없이 걸어가는 허 선생의 뒷모습. 그럴 때마다 본 적 없는 그 남편의 형체도 떠올렸다. 그 반 출석부에는 두 아이의 성명에 빨간 줄이 각기 두 줄씩 그어져 있었다. 허 선생은 아침저녁으로 그 출석부를 확인하고 결석생과 조퇴, 지각을 표기하고는 퇴근 시간에 출석부를 교무과로 넘겼다. 결재가 끝나고 출석부 함에 다시 꽂으면 하루 일과는 끝이었다. 그리고 그의 집으로 가버렸다. 허 선생의 목소리를 들을 수 있을 때는 수업 중이거나 교무실에서 업무에 관한 일을 논의할 때, 아이들이 찾아와 상담할 때 뿐. 토요일을 마음 조이며 기다렸다.

주말이었다. 학급 정리를 마치고 김은 하숙방에도 가지 않고 바로 정류장으로 가서 건너편 찻집 창가에 앉아 담배를 피우며 버스 시간을 기다렸다. 오후 강릉행 버스는 세 대였다. 오후 한 시 반. 세 시 반. 그리고 뚝 떨어져 여섯 시 반. 학교 선생들은 거의 대부분 강릉에 거주하는 관계로 토요일이면 밀린 옷가지들을 싸들고 버스를 타기 마련이었다. 그들과 마주치는 일은 피하고 싶었다. 텁텁한 냄새가 배어 있는 찻집 창문에서 정류장을 살폈다. 한 시 반 버스에는 예상대로 많은 선생들이 탔다. 다음 버스는 두 시간을 기다려야 했다. 김은 하숙방으로 가서 작은 가방에 일용품을 넣고 읽을 책 한 권을 들고 방에서 시간을 보내다가 십 분 전에 정류장 찻집으로 가서 그 자리에 앉았다. 세 시 반 버스. 늦게 퇴근한 몇 선생들이 탔다. 이제 마지막 버스는 세 시간 후였다.

김은 다시 하숙집에 가서 TV를 보며 급한 마음을 눅였다. 시간이 늦게 흐른다고 생각했다. 옆방에서 인기척이 들렸다. 방 입구에 신발이 가지런히 놓여 있음을 생각했다. 고교 선배인 국어과 최익중 선생. 집이 강릉인 최 선생은 주말에도 집에 가는 법이 별로 없었다. 대학원 재학 중이라 공부도 하고 산골 이곳저곳을 쏘다니며 시간을 보내는 분이었다. 서른여섯의 총각, 김은 급한 마음에 먼저 강릉으로 간다는 인사도 하지 않았다. 이른 저녁을 먹고 출발 십 분 전에 정류장에 도착했다. 이 시간대는 동료 선생들 중 갈 사람은 전부 가버리고 일반 승객들만 듬성듬성 자리를 차지하기 마련이었다. 김은 정류장 맞은편 찻집 골목에서 담배를 거푸 태우며 버스 출발 시간을 마음속으로 조율하고 있었다. 십일 월 초. 날은 어두웠지만 건너편 정류장은 가로등 불빛이 환한 탓에 잘 보였다. 김은 갑자기 담배를 발로 꺼버리고 급히 길을 건너 버스를 탔다. 그리고는 버스 내부를 살피지도 않고 뒤편으로 가서 한 여성이 앉아 있는 옆 좌석에 말없이 앉았다. 늦가을 버스 내부는 서늘했다. 김은 눈을 감고 가만히 있기만 했다. 버스가 삽당령 고개를 숨 가쁘게 올라갈 때였다.

"늦게 가네요."

뜻밖에도 그녀가 먼저 말했다. 삽당령을 지나면서 김이 먼저 말을 걸 생각이었다.

"네. 이것저것 손보다가 늦었어요."

"정말? 아닌 것 같은데?"

"뭐가 아닙니까? 전 항상 팩트만 말합니다."

"아닌 것 같은데. 팩트와 허구가 뒤섞인 느낌이 들어서."

"너나의 판단엔 심각한 착각이 섞여 있는 것 같아요"

너나 입술 부분이 살짝 움직였다. 살웃음이 스쳤다. 일주일 만에 처음 보는 모습이었다.

"좋아요. 그렇다고 하죠. 강릉 집엔 매주 가세요?"

여기서 김은 대답할 말을 찾기 위해 잠시 머뭇거렸다. 김의 집은 강릉이 아니었다. 강원도 내에 집은 없었다.

사실을 풀어버렸다.

"사실 강릉에서는 학교만 다녔지 아버지가 돌아가신 후 우리 집은 서울로 이사했어요. 이제 강릉에는 아무 연고가 없죠. 친구들만 와글와글하죠. 순 술꾼들만. 전엔 설명하기 귀찮아서 그냥 강릉이 집이라고 했어요."

김은 그녀를 쳐다보며 웃었다. 그녀는 의아한 표정을 지었다.

"그럼 그때 나녀는 어디서…?

뒤로 이어질, '잤어요?'라는 말이 뭔가 어색한 말임을 은연중 전했다. 물론 김은 알아차렸다.

"시내로 들어와서 발 가는 대로 돌아다니다가 아무 모텔에 박혀버렸죠. 워낙 많이 취해서 피곤한 밤이었어요."

'밤'이란 말을 굳이 사용할 필요가 없음을 느꼈으나 이미 말은 김의 의지와는 달리 살아서 튀어 나가버렸다. 잠시 대화는 중단됐다. 둘은 학생 사건을 의식적으로 피하고 있었다. 그 사건의 한 귀퉁이라도 건들면 어두운 무엇이 실타래 풀리듯 줄줄이 이어질 일을 서로 두려워하고 있음이 틀림없었다. 또 일주일 전의 바닷가 일도 역시 피하고 있었다. 먼저 말을 끄집어내기에는 난처한 어떤 일을 되새겨야 될 것이니까. 버스가 강릉 인근에 접어들 때까지 서로 입을 닫았다. 더 이야기 나누기가 어색했다. 남자가 답답한 침묵을 먼저 깨버리는 용기를 보일 때였다.

"너나가 괜찮다면 제가 저녁을 사겠습니다. 그럴 수 있겠어요?"

김은 그녀를 쳐다보며 방금 던진 말에 표정으로 무게를 덧붙였다. 그녀는 잠시 시간을 끌다가 앞을 보며 말했다.

"세 시 반 차로 내려갈까 해서 정류장으로 갔는데 나너가 찻집 유리창에 보이더군요. 나를 못 봤을 거예요. 그땐 직원들이 많아서 다음 차를 기다렸어요."

그녀의 말 속에는, 김을 기다리다가 보이지 않자 마지막 버스를 타리라 생각했다는 뜻을 은연중에 드러내고 있었다. 순간 김의 가슴속에서 불꽃 하나가 터지고는 사라졌다. 헝클어진 매듭을 풀 실마리가 보이는 느낌이었다. 버스가 터미널에 도착했는지도 모르는 사이에 그녀가 먼저 일어섰다. 택시를 탔다.

"경포는 가지 말아요. 나녀는 여기서 학교를 다녔으니 주말에는 아는 사람들이 많을 거예요. 또 직원들도….'

김은 알아차렸다.

"기사님, 주문진 항으로 갑시다."

주문진 항에 도착하자 김은 큰 횟집은 피하고 골목길 안에 있는 작은 횟집으로 들어갔다.

"홀에서 드시겠어요? 아니면 내실로 가시게요?"

여주인은 그녀를 흘끗 보면서 물었다. 김은 방 쪽으로 얼굴을 돌렸다. 내실에 들어가자 그녀는 회색 투피스를 감싼 긴 외투와 별빛 무늬가 박힌 검은 스카프를 옷걸이에 걸은 후 앞에 가지런히 앉았다. 김도 두터운 점퍼를 벗고 편한 마음으로 마주 봤다. 준비된 차림표에 가자미회를 손가락으로 가리키자 그녀는 고개를 까닥했다. 주인에게 가자미회와 소주 두 병을 주문했다.

"회 먹을 땐 맥주가 어울리지 않아서요."

"알아요. 내 고향이 거진 바닷가인 걸 모르는 모양이네."

"오호, 북방 여인이시네요. 정말 몰랐습니다. 속초가 집인 줄 알고 있었지요."

그녀는 잠시 가만있었다. 곧 간단한 전채가 술과 함께 들어왔다. 김이 그녀 잔에 소주를 따르자 그녀도 김의 잔을 채웠다. 둘은 누가 먼저랄 것도 없이 잔을 맞대며 단번에 비웠다. 다시 채웠다. 김이 먼저 말을 꺼냈다.

"지난 일주일간 힘드셨죠? 일 년 가까이 키운 애들인데 말입니다. 저도 잘 알고 있는 애들이었어요."

갑자기 그녀의 눈 주위가 붉어졌다. 앞에 앉은 김도 금방 알아차릴 정도였다. 놀란 표정으로 그녀를 바라보자 그녀는 결심한 듯 짧게 말했다.

"그 애들 얘기, 접어야겠어요."

김은 공연히 꺼냈다고 후회했다. 그녀의 아픔이 자신에게 그대로 전해지는 것 같았다. 그녀는 술을 단숨에 마셔버리고 앞으로 전했다. 김도 마셨다. 그리고 다시 앞으로 전했다. 그러자 가자미회가 나왔다. 엷은 회색빛 살점이 작은 접시에 수북이 쌓였다.

"궁금하지 않으세요? 내가 왜 이렇게 생활하는지? 뒷얘기들이 많을 거예요. 잘 알고 있지만 입 다물고 지냈어요. 그런데, 이젠 벗어나고 싶어요. 이 모든 것에서."

"전 몰라도 돼요. 비록 궁금하지만 굳이 알려고 하지

않겠어요. 그런데 이 모든 것에서 벗어나다니요? 뭔가 좀 어두워지네요."

잠시 대화를 멈추고 둘은 가자미회와 전채를 안주로 부지런히 잔을 주고받았다. 순식간에 두 병이 사라지고 한 병 더 시키자 그녀는 눈앞에 검지와 중지 손가락으로 V자를 만들어 흔들었다. 두 병을 시켰다.

"풀어버릴 얘기, 들어줄래요? 답답한 현실에서 옛 기억 속으로 들어가면 좀 즐거워져요. 어디다 풀어놓을 곳도 사람도 없었는데, 나녀에게 풀어버릴까? 호홋"

김은 가만히 있기만 했다. 섣불리 말했다가 그녀의 심정에 한 티끌 덧붙일 일이 염려됐다. 술잔을 입에 털어 넣듯이 없앤 그녀는 잔을 앞으로 내밀며,

"이 무슨 조환지 모르겠네. 이런 곳에서 이런 이야기를 하는 내가. 웃겨. 좀 긴데 끝까지 들어야 해요. 중간에 말 끊지 말고."

그녀는 천천히 또박또박 말했다.

내가 살던 곳은 거진과 대진 사이에 있는 아주 작은 항구였다. 어릴 땐 대략 마흔 가구가 다닥다닥 붙어 살

았다. 항구에 있는 배는 대부분 돛단배였다. 저녁 무렵 항구로 돛배가 들어올 때 방파제에 나가면, 노을이 붉게 비치는 바다에서 항구로 미끄러지듯 들어오는 배를 볼 수 있었다. 돛은 먼 바다에서 내리고 항구로 들어올 때는 배의 양쪽에 어부들이 붙어서 노를 저었다. 너무도 평화로운 그림이었다. 우리 집은 배가 없었다. 아버지는 이 배, 저 배를 옮겨 타면서 일했다. 이남이녀. 내가 막내였다.

언니와 두 오빠는 중학교에 가지 못하고 그냥 집에서 일했다. 당시 십육 세만 넘으면 어른 취급을 받았다. 오빠들도 아버지처럼 어릴 때부터 배를 탔다. 나는 초등학교—아니 그때는 국민학교였다—입학하고부터 졸업할 때까지 1등을 놓치지 않았다. 6학년 말이 되자 난 진학을 포기했었다. 당연히 오빠나 언니처럼 집일을 해야 할 처지였다. 그런데 내 성적을 알고 있는 어촌계장님이 주축이 되어 '저렇게 똑똑한 아이는 중학교까지는 보내야 한다.'는 의견을 마을 사람들에게 전했고, 십시일반으로 입학금을 만들어 오자 아버지도 어쩔 수 없이 나를 30리 떨어진 읍내 중학교로 진학시켰다. 물론 나는 작은 방을 얻어 자취를 했다.

중학교 3년 내내 나는 5개 클래스 300명 중 1등을 했다. 문제는 고교 진학이었다. 아버지는 도저히 더는 안 되겠다고 선언했고 나는 낮에는 일하고 밤에 공부하는 야간 실업학교로 가야겠다고 결심했다. 그게 유일한 희망이었다. 관내 고교 원서 제출 마지막 날에 나는 학교에 가지 않았다. 그냥 방안에서 우울한 소외감 속에 빠져 있었다. 실업고 원서는 이미 제출한 상태였다. 마감 다음 날도 학교를 빠졌다. 자포자기 상태라고나 할까. 뜻밖에 과학 선생님이 나를 찾아 오셨다.

"야 임마. 너 빨리 도장하고 사진 두 장 내놔."

과학 선생님은 다짜고짜 그렇게 말했다. 평소 무서운 선생님으로 소문났지만 잘 생긴 총각이셨고 학생들이 무척 좋아했다. 의아한 표정을 짓는 나를 무시하고는 방으로 들어와 나를 앉히더니 조용히 말했다.

"내가 고교 동문회장과 담판을 벌였어. 네가 1등으로 입학하면, 당연히 1등하겠지만, 3년간 교납금을 동문회에서 다 해결하겠다는 거야. 그런데 지금 난처한 것이 원서 마감이 끝났다는 사실인데, 그건 내가 알아서 할

48

테니 사진과 도장을 나에게 맡겨."

난 엉겁결에 사진과 도장을 드렸다.

"그리고 네가 계속 1등을 하면 생활비도 반 정도 도와줄 수 있어. 몇몇 선생님들과 의견도 다 됐고. 알았지? 단지 이것 하나만은 너와 내가 서로 약속해야 해. 지금 넌 야간 실업계 원서를 냈지만 그건 일반고로 진학하면 그만이고. 지금 고교 입학 정원에서 6명이 오바된 상텐데, 너 때문에 다른 애가 하나 떨어진다는 사실이야. 그러니 넌 아무것도 모르는 거야. 그냥 마지막 날에 원서를 제출한 거야. 알았지? 절대 비밀이야. 소문나면 너는 입학 취소가 되고 나는 학교에서 잘리는 건 고사하고 감옥에 가야 되는 판이야. 알았지? 절대 비밀. 어떤 일이 있어도 비밀 비밀. 넌 그냥 정상적으로 마감 전에 원서를 냈다는 것. 알았지?"

선생님은 오른손을 내밀고 엄지를 올렸다. 나도 오른손을 내밀고 서로 엄지를 맞대고 네 손가락을 꼭 잡았다. 나갈 때 선생님은 나를 슬며시 안아주시고 대문 밖으로 사라졌다. 그 후 어떻게 된 일인지 어느 누구도 나에게 그 사실을 묻는 사람이 없었다. 내가 대학을 졸업하고 그 선생님을 우연히 만났을 때, 선생님이 말하셨다.

"그날 저녁 토요일 모두 퇴근한 후 밤에 서무실 창문을 열고 들어가 입학원서 캐비닛을 열었어. 내가 원서 담당자라 비밀번호도 알고 있었지. 너 원서를 맨 위에 올려놓고 접수번호도 쓰고 학교장 직인도 찍고. 모든 절차를 완벽하게 하고 몰래 나왔어. 아직 몇 명이 지원했는지 보고를 하기 전이었기에 가능했지. 토요일이었잖아. 입학 상황 보고는 월요일에 할 거니까 흐흐흐. 너 담임도 그 사실을 알고 있었고, 사회과 김동수 선생도 알고. 당시에 내가 봐도 넌 당연히 일반고로 진학해서 대학도 가야할 학생이었어. 전날 동문회장에게 코가 비뚤어지도록 술을 사주고 장학금 문제도 해결했지. 모든 사실은 비밀로. 이건 큰 사건인데, 워낙 거창한 일이라 모두 입을 꾹 다물 수밖에 없었을 거야. 알려지면 당시 내막을 알고 있는 선생 모두 박살날 일이었으니까. 흐흐홋. 그리고 고교 시절의 너 생활비 반 정도는 우리 세 사람이 담당했고. 매달 통장에 찍힌 금액이 그거야. 그거 뭐 얼마 되지 않아. 대폿값 정도였어."

하여간 난 고등학교 3년 내내 당연히 전교 수석을 했

고 지방대학 장학생으로 사범대 영어교육과에 진학했다. 그리고 진짜 고생이 시작됐다. 장학금이 나왔지만 등록금에 모자랐고 생활비 해결도 급했다. 방학 때마다 알바로 손발이 닳도록 일했다. 멀리 부산 어느 공장에서도 일했고. 가까운 편의점이나 심지어 병원에서 노인 간병도 했다. 당시는 간병인 자격을 문제 삼지 않았다. 평소에는 학교 식당에서도, 도서관에서도 일했다. 4년 내내. 그리고 졸업했다. 그렇게 일하느라 임용고사 대비를 등한히 했는데, 그해가 경쟁률이 20 대 1이었다. 난 떨어져 버렸다. 할 수 없이 집으로 돌아가서 아무 일도 안 하고 공부만 했다. 집 식구들도 집안에서 선생이 하나 나온다고 들뜬 기대감으로 나에게 잔소리 하나 하지 않았다. 그리고 합격해서 남쪽 바닷가 작은 중학교에 첫 부임했다.

그녀는 여기서 잠시 멈췄다. 빈 술잔을 들고 김을 빤히 쳐다봤다. 얼굴 표정에 변화가 없었다. 김은 잔을 채웠다.

"안주를 들면서 마시세요. 취하겠어요. 냉수를 시켜

드릴까요?"

"그래 주겠어요? 목도 마르네. 어때, 들을만 해요? 그칠까?"

"흥미진진합니다. 전설 따라 삼천리 같은. 나가서 냉수 가져올게요."

김이 냉수를 가져오자 그녀는 몇 모금 마시고는 소주잔을 비웠다. 그리고 김에게 밀었다. 김도 단번에 마셨다. 그녀의 얼굴이 조금 붉어졌으나 자세는 여전했다.

학교 앞 깨끗한 방을 얻었다. 학교생활은 나에게 맞았다. 그 작은 학교의 전경도 아름다웠다. 교실 옆 빈터에 서면 바다가 훤히 보였다. 교실 뒤는 얕은 산이어서 빈 시간이면 산책하기도 좋았다. 나는 모든 힘을 학생들에게 쏟았다. 마을 사람들이 나에게 선생님 선생님 하며 부르는 것이 그렇게 신기하고 기쁠 수가 없었다, 아, 나도 드디어 선생님이 됐구나! 그렇게 삶이 계속 이어졌으면 평탄한 생활을 하며 재밌게 지낼 수 있었겠지만 그러나 삶의 굴곡은 나를 벗어나지 않았다.

시월 말쯤이었다. 수업 들어가는데 시내 중심고교 선

생님 두 분이 학생 모집 차 학교 교무실로 막 들어왔다. 순간 난 한 선생님을 보고 무심코, '아, 안녕하세요?' 하고는 그대로 교실로 들어갔다. 수업을 하면서도 가슴은 연신 뛰었다. '이럴 수가 있구나.' 그 선생님이었다. 중학교 때 나를 고교에 입학시켰던, 내 삶에 결정적 고갱이를 만드셨던 그 때의 과학 선생님. 45분 수업이 어떻게 지나간 지도 몰랐다. 차임벨이 울리고 교무실로 들어가 내 자리에 앉았다. 그 선생님은 건너편에 앉자 교감 선생님과 이야기를 하고 있었다. 이야기 중간에 몇 번이나 나를 보고는 순간순간 과거의 한 꼭지를 찾아 헤매는 듯한 표정. 별안간 선생님이 큰 소리로 말했다.

"허재옥! 너, 허재옥이지? 맞지?"

나는 일어서서 다시 인사했다. 아무 말도 나오지 않았다.

"저 애, 참 애라니. 이젠 선생님인데. 하여간 중학교 삼백 명 전체 일등을 놓치지 않았고, 고교 3년도 일등을 안고 살던 친구, 허재옥을 여기서 보는구나!"

교무실 선생들은 그 말이 끝나자마자 모두 나를 놀렸다 '와' 그랬어? 대단하네. '호오, 인물이었네. 몰랐어!' 난 얼굴을 들 수 없었다. 다시 수업이라 고개만 숙이고 교실로 들어갔다. 선생님이 나가는 모습을 볼 수 없었다. 수업 중이었으니까. 한 달 후쯤이던가. 퇴근 무렵 학교로 전화가 왔다. 반가워서 그냥 지나칠 수 없다고. 지금 남쪽에서 올라오다가 여기 횟집에 있는데, 와서 저녁 같이 먹자. 난 책상 정리도 안 하고 달려갔다. 두어 시간 같이 옛 이야기를 안주삼아 시간을 보냈다. 저녁으로 술도 몇 잔 마셨다. 끝내고 나오자 어둠이 마을을 덮었다. 마을 어귀까지 같이 걸어갔다. 난 내 방에서 커피 한 잔 하고 가시라고 권했다. 선생님은 마다않고 내 방에서 커피를 마시고 어둠이 깊어서야 돌아갔다.

그 후 나는 이상하게도 마음의 중심이 사라졌다. 공허함. 마음 한 구석이 비어버린 상태. 퇴근 후면 계속 그 선생님의 모습이 어른거렸다. 그러면 안 되는데도. 그러나 한번 마음이 뜨면 바로 잡기가 무척 힘들다는 사실. 열병처럼 선생님을 그렸다. 그는 이미 서른아홉. 한 아이의 아빠였다. 어쨌다고, 그래서 뭐가 어쨌다는 거야. 난 방안에서 중얼거렸다. 태어나서 처음으로 열정에 사로잡혔다. 다시 한 달 후쯤 어느 일요일 저녁, 방에 있는 전화가 울렸다. 선생님이었다. 뜻 없는 인사를 접고, 이곳으로 오시라고, 회를 대접하겠다고 했다, 우리는 횟집에서 술을 마셨다. 난 당시에는 많이 마시지 못했다. 반병 정도. 선생님은 두 병. 그리고 다시 내 방에서 커피를 마셨다. 시간이 늦었다며 나가는 선생님 뒷모습을 방문에서 우두커니 바라봤다. 아무 기척이 없자 선생님은 뒤를 돌아보다가 내가 빤히 쳐다보자 천천히, 아주 천천히 다가와서 나를 안았다. 처음에는 가볍게 안다가 점차 힘있게 안았다. 나도 그렇게. 그는 내방에서 자정이 넘어 돌아갔다.

그 후 우리는 서로의 포로였다.

휴일이면 사방으로 돌아다녔다. 일요일 밤에 헤어져 혼자 방에 있으면 그가 못 견디게 보고 싶었다, 다음 주말까지 기다려야 하는 시간이 한없이 지루하게 흐르고 주말이면 내 눈은 반짝이기 시작했다. 그렇게 일 년 반을 보냈다. 참으로 행복한 기간이었다. 그리고 조금 정신을 차렸다. 기혼 남자와 나. 가요 제목처럼, 이루어질 수 없는…. 나도 알고 있었다. 그의 사랑도 한계가 있음을. 그는 몹시 괴로워하고 있었다. 언젠가는 끝나야 할 우리.

집에서는 빨리 시집가라고 은근한 압박을 넣었다. 두 달간 만나지 않기로 했다. 그러나 한 달도 가기 전에 내가 먼저, 그도 먼저 전화했다. 뜨거움은 언젠가는 식을 일이지만 그 과정은 내 육신을 허물어뜨렸다. 겨울 방학 때 나는 모든 것을 버리고 집으로 돌아갔다. 스물일곱 살의 교사. 내 삶을 다시 찾아야 한다는 생각, 그때 집안 어른 소개로 한 남자를 만났다. 체격이 늠름하고 잘 생긴 청년이었다. 춘천에서 사업을 한다는 사람. 예의 바른 그는 나에게 적극적이었다. 난 버린다는 심정으로 그를 허락하고 서둘러 결혼식을 했다. 속으로 울었다.

"그 사람이 지금 남편이야. 사기꾼 남편. 알고 보니 집안 어른도 속은 거야. 그는 무일푼이었고 사방에서 여자들에게 이런 식으로 다가가서 혼을 뺐고 돈도 뺐고."

김은 무슨 말을 해야 할지 혼란스러웠다. 김 스스로도 자신이 속 좁은 종족은 아니라고 자위하며 지냈지만 이런 경우에 어떻게 말해야 할지 판단이 서지 않았다. 그저 앞에 놓인 술잔만이 유일한 해결책인 것처럼 만지작거렸다.

"자, 나녀. 한잔 들어요. 흐홋. 들기 좀 거북하죠?"

"아뇨. 과거는 항상 윤색되거나 덧칠하는 면이 있다지만 전 진실하게 들었어요. 빨려 들어갈 정도로. 그런데 이젠 술을 그만 해야겠어요. 벌써 네 병 다 마셨어요."

"그래요? 그럼 한 병만 더 하고 나가죠. 아직 안주도 남았는데 뭐."

우리는 한 병을 더 마시고 나왔다. 늦가을의 주문진 바닷바람이 매서웠다. 다시 바닷가 이층 커피숍에서 시간에 취기를 달래고 나니 더 갈 곳이 없었다. 그녀는 슈퍼에 들어가더니 맥주 두 병을 사왔다. 그리고 우리는 모텔로 들어갔다. 따뜻한 곳에 들어가자 지금까지 추위가 막았던 술기운이 확 올라왔다. 그녀는 외투를 옷걸이에 걸고는 탁자 위 맥주를 보다가 시선을 김에게 옮겼다. 잠시 서로 바라보다가 그녀가 왈칵 김을 안았다. 그리고 울기 시작했다. 울음은 가슴으로 삼키며 계속 어깨를 떨었다. 김이 그의 어깨를 감싸 안자 그녀는 팔에 더욱 힘을 주며 김의 입에 자신의 입을 포갰다. 누가 먼저랄 것 없이 서로를 원했다.

주말이면 우리는 막차를 타고 해안 도시를 돌아다녔

다. 학교에선 말없던 그녀는 몸 속 어디에 그런 표현 방법을 담아놓았는지 둘만 있으면 툭툭 튀어나왔다. 6일간 억누르고 있던 마음이 주말만 되면 발간 숯불로 변해 그의 몸에서 풀어졌다. 그녀의 말과 행동에는 꾸밈이 없었다.

12월 방학을 앞둔 어느 주말이었다.

"김 선생, 이거 좀 읽어 봐. 형식이 제대로 된 건지 어떤지."

오늘밤을 상상하며 막차를 기다리던 김에게 옆방 최익중 선생이 인쇄물 몇 장을 들고 왔다. 훑어보니 김도 알고 있는, 구한말 단재 신채호 선생의 고어 해독에 관한 A4 넉 장 분량의 소논문 리포트였다. 김은, 제가 뭘 알겠습니까, 한 마디 하고는 배 깔고 찬찬히 읽었다. 내용에 관한 사실은 접고, 논문 형식이 제대로 갖춘 글인지를 확인했다. 다 읽은 후 김은 난감했다. 주제가 산만하고 색인이 내용과 동떨어진 부분이 많았다. 또 주술관계가 들어맞지 않은 문장이 여럿 눈에 띄었다. 시간을 보니 급했다. 옆방으로 가서 느낌을 간단히 말했다. 최 선생의 눈에 실망감이 감도는 모습을 확인했지만 바로 정류장으로 뛰었다.

　북쪽 현남 바닷가에서 우리는 몇 번이나 서로를 확인했다. 김은 그녀가 남편과 헤어지기를 원했다. 사기꾼 남편과 명징한 그녀. 도무지 부부로 이어지는 가정을 이해할 수 없다고 했다. 그녀는 미소로 김의 말을 피했다. 그리고 다시 서로에게 덤벼들었다.

　돌아올 땐 김이 오후 버스를, 그녀는 오전 버스를 이용해서 직원들 시선을 피했다. 김이 마을에 도착한 시간은 늦은 저녁때였다. 버스에서 내려 천천히 하숙집으로 걸어갔다. 사방은 끄무레하게 어두웠다. 동계방학이 내일이었다. 해발 육백이 넘는 이곳은 한겨울 바람이 거세게 불었다. 김은 목을 점퍼 속에 자라목처럼 집어넣고 양손은 바지주머니에 푹 찌르고 천천히 걸었다. 어제의 환희는 꿈결처럼 희미한 그림자로 머릿속에서 살아 있었다. 맨정신으로 방에 들어갈 마음이 없었다. 점심도 건너뛰어 속도 출출했다. 그리고 강바람과 추위. 발걸음을 단골집으로 옮겼다. 생태탕과 소주를 시켜서 뜨거운 국물에 소주를 거푸 마셨다. 몇 잔 이어지면서 움츠려들었던 몸이 속에서부터 훗훗하게 온몸으로 퍼졌다. 다시 피어오르는 상념.

그녀도 집에 들어갔을 게다. 지금쯤 뭘 하고 있을까. 그녀 남편은 봉급날에만 집에 온다. 다음날이면 두둑한 주머니를 쓰다듬으며 이곳을 가볍게 떠나겠지. 내일이 봉급날이군. 사기꾼이 오겠네. 우리는 어떤 존재인가. 그냥 사랑을 향해 돌진하는 불나방 같은 존재일까. 우리 사이에 사랑이 정말 존재할까. 본능에 움직이는 아메바 같은 원시 생물체가 몸속에 기생하고 있지나 않은가. 결혼한 여자를 사귀는 행위에 정당성이 과연 있는가. 우리는 어떻게 될까. 방학하면 멀리 사라졌다가 돌아올까.

끝없는 망상 같은 생각이 계속 일어나는 사이에 소주 두 병을 비웠다. 취기에 몸이 조금 흔들거렸다. 다시 추위 속으로 몸을 묻고 하숙집으로 걸었다. 집은 고요했다. 일요일 저녁이면 선생들끼리 어울려 웃고 떠들던 분위기와는 전혀 다른 적막이 흘렀다. 김이 들어온 기척에 주인아주머니가 굳은 얼굴로 밖으로 나왔다. 마당에 켠 불빛에 언뜻 비치는 얼굴이 심상치 않았다.

"무슨 일이 있어요? 조용하네요."

김은 일부러 명랑하게 말했다.

"하이고, 이제 오네. 난리 났다고 모두 어디론가 나갔어요. 참내. 최 선생님이 갑자기…. 이런 일도 겪어보네요."

순간 김은 머리칼이 비쭉 솟는 듯했다. 아주머니를 뻔히 쳐다봤다.

"오늘 오후에 발견했답니다. 강릉 집에. 자기 방에서 청산가리를 마셨다나요. 하참 너무 황당해서 나도 정신이 없고, 선생님들은 소식 듣고 다 나가셨고. 어쩌면 좋아요?"

갑자기 김의 머리에 떠오르는 한 가지 일. 어제 소논문 평가를 부탁받고 허술한 평을 던졌던. 김의 다리에 힘이 풀렸다. 그대로 학교로 향했다. 10분의 거리가 순식간에 사라졌다. 교무실은 월요일 아침에 일찍 올 선생들을 제외한 십여 명이 난로 가에 모여 무겁게 대화를 나누고 있었다. 김은 선배 선생들의 대화에 낄 수 없어서 하숙집 동료인 이 선생을 교무실 구석으로 데리고 가서 내막을 들었다.

"그거 참. 그 분이 좀 과묵하고 좀처럼 웃지도 않는 분이잖아. 고집도 여간 아니지. 어제 버스가 끊겼는데도 무슨 바람이 불었는지 밤에 갑자기 강릉으로 갔다는 거야. 트럭을 얻어 탔다고 하더군. 그리고 밤새도록 체질에 안 맞는 술을 마시고는 새벽에 형님 집에 들어갔어. 알다시피 그분 부모님은 일찍 돌아가시고 형님 집에서 기거했는데, 다음 날 오전에 형님이 취해 쓰러진 최 선생을 깨우고는 한바탕 잔소리를 늘어놓았대. 서른 중반이 넘어 장가도 안 간다고도 했고. 그리고 형님이 잠시 밖에 나갔다 들어오니 일은 난거야. 최 선생이 어떻게 그런 물건이 자기 방에 두고 있었는지 청산가리를 마셨다는군. 그냥 떠난 거지. 거참. 이런 일도 생기네. 두 달 전에는 애들 둘이 사라지고 이젠 선생까지. 지금 모든 직원들에게 비상연락망으로 다 연락했고. 강릉 분들은 모두 강릉 의료원 영안실에 있다더군."

김은 더 이상 교무실에 있을 수 없었다. 정신없이 걸어 나와 좀 전에 마셨던 술집에 다시 들어갔다. 술과 안주는 대충 시키고는 거푸 마셨다. 어제 마지막으로 본 최 선생의 실망 어린 표정이 아직도 생생하게 김의 뇌리에 살아 있었다.

그 리포트에 대해 왜 나는 부드럽고 긍정적으로 전달

하지 않았을까. 왜 그렇게 느낀 그대로 전달했을까. 그의 죽음에 내가 일조한 건 아닐까. 이승을 떠나기 마지막 전날에 후배에게 형편없는 논문으로 평가받은 그 기분이 어땠을까. 그 분은 고집이 세고 융통성이 별로 없는 분이었다. 내 말을 그냥 웃어넘길 분이 아니다. 나는 그렇게 말해서는 안 될 일이었다. 그런 무책임한 말을 함부로 내뱉다니. 그럼 넌 대학원 시절에 얼마나 훌륭한 리포트를 썼던가. 대충 자료를 인용하며 이 책 저 책을 짜깁기해서 제출한 지난 일들. 그러고도 남의 글에 책임지지 못할 말을 함부로 내뱉다니.

두 학생의 죽음 이후 계속 불안한 느낌이 떨어지지 않았다. 바로 이런 일 때문이었다. 그 불안감이 이렇게 구체화되어 나타났다. 이번엔 학생이 아닌 선생이었다.

그녀에겐 또 무슨 말을 지껄였는가. 남의 가정에 함부로 끼어들어 헤어지라는 말을 서슴없이 떠든 게 바로 너였다. 비록 어긋난 가정이긴 해도 그건 그들의 몫이다. 애들 소꿉놀이 하는 게 아니다. 당당히 결혼이라는 과정을 거치고 호적에 부부로 매김된 사실을 너는 어떤 자격과 권리로 떼어놓으려 했는가. 그 후를 성실하게 책임질 준비는 돼 있는가. 도대체 너는 어떤 놈인가.

추위를 느끼지 못할 정도로 취해서 하숙방에 널브러졌다.

다음 날 싸늘한 학교 분위기. 한 사람이 사라져도 모든 일정은 차질 없이 진행되었다. 최 선생의 오전 수업은 국어 선생들이 대신 들어가며 해결했다. 교장 교감과 몇 주임 선생들은 강릉 의료원으로 내려갔다. 오후에 동계방학식이었다. 옆 자리의 선생이 학급 일을 정리하고 와서는 은근히 말했다.

"얼굴을 봐. 분명 어젯밤에 무슨 일이 있었어. 오늘이 봉급날이잖아. 고개도 잘 못 들고 화장도 진하고."

김은 건너편 그녀를 보았다. 책장에 가린 모습을 자세히 볼 수는 없었지만 옆 동료는 오며가며 훑어본 모양이었다.

"남편하고 어지간히 싸운 모양이지. 얼굴을 화장으로 짙게 가렸어."

순간 김은 앉아 있던 의자를 들고 동료 머리를 후려칠 기세로 일어나 의자를 잡았다가 놓았다. 자신도 모르게 툭 튀어나왔다.

"남의 일에 뭘 그리도 신경 써? 걱정도 팔자네, 학교 분위기도 안 좋은데 그리도 재밌어? 쓰벌."

너무 컸다. 좁은 교무실을 다 채울 목소리였다. 교무실 눈들이 일제히 김을 향했다. 순간 김은 그녀를 살폈다. 그녀는 굳어 있었다. 옆 동료는 어이없다는 표정으로 천천히 일어났다.

"김준서, 야가 돌았나? 말버릇 좀 봐라. 너 지금 누구에게 한 욕설이야? 야, 다시 한번 들어보자. 이거 별 개소리 다 듣고 사네."

"그래 씨발노마. 너 일은 너가 해. 남의 일 듣는 것도 지겨워 개씨꺄. 왜, 꺼워?"

김은 의자를 집어 들었다. 정말 여차 하면 머리통을 박살낼 기분이었다.

" 아 이 개쌔끼가 말하는 꼬라지 좀 보게. 이건 아예 눈에 뵈는 게 없는 모양이네. 방학 좀 곱게 보내는가 했더니 이런 후배 새끼가 성질 건들어. 야!"

동료는 김의 멱살을 잡았다. 그러나 김은 그런 완력에는 얼마든지 굴복시킬 자신이 있었다. 같이 멱살을 잡았다. 그리고 밑으로 내리눌러버렸다.

"야, 김 선생. 선배한테 그게 무슨 말이야. 애들이 왔다 갔다 하는데 무슨 험한 소릴 그렇게 떠들어! 손 못 놔?"

학생과장이 큰 소리를 치며 다가왔다. 주변에서 서로를 뜯어말리느라 큰 소동이 벌어졌다. 동료는 다섯 살 위였다. 직원들이 뜯어말리자 김은 밖으로 나가면서 출입문 옆에 있는 화분을 그대로 걷어찼다. 화분이 박살나는 소리를 뒤로 하고 밖으로 나왔다. 냇가로 가서 그대로 담배를 피우며 마음을 진정시켰다. 후회는 없었다. 평소 그 선생은 심심하면 그녀의 소소한 것에 토를 달며 김에게 동의를 구하곤 했다. '지겨운 새끼.' 속이 후련했다. 반 학생들에게 방학 중 해야 할 일들은 다 전달했다. 마지막 인사를 받으면 끝이었다. 그러나 안 받아도 됐다. 방학 회식도 불참하고 김은 하숙방에 누워 있었다. 회식을 끝내고 돌아온 하숙집 선생들로부터 강릉 의료원 소식을 들었다. 그리고 교장이 없는 관계로 각 과의 서류는 교장이 돌아온 후 결재하기로 했다는 것과 회식 분위기가 최 선생 일로 시종 무거웠다는 것. 옆 선생은 끝까지 씨근덕거리며 술을 퍼마셨다는, 취해서 하숙집으로 쳐들어온다는 것을 선생들이 말려서 부인과 애가 있는 그의 집으로 간신히 보내버렸다는 말도 들었다.

"평소 자네답지 않게 왜 그랬어?"

친하던 선생이 농담처럼 물었다. 김은 머리를 숙였다.

"사람이 가끔은 발작도 해야 속이 터지잖아요. 그나저나 그 선생님께 정말 미안한데, 나중에 술 한잔 나누며 용서를 빌어야지요. 그럴 겁니다. 하여간 죄송합니다. 최 선생님 일도 아직 끝나지 않았는데."

모든 선생들이 다 집로 돌아간 후 김은 막차를 기다렸다. 정류장을 살폈지만 그녀는 보이지 않았다. 커지는 불안감. 낮에 들은 옆 동료의 말. 모든 일이 엉망으로 구겨진 것처럼 마음이 혼란스러웠다. 오만가지 생각이 머릿속을 날아다녔다.

늦게 찾은 강릉 의료원 영안실에는 선생님들이 대부분 모였다. 모두 최 선생의 성급함을 탓했다.

'아무리 꼬쟁이 성격이라지만 이럴 순 없어.' '형한테 꾸지람 좀 들었다고 약 먹으면 세상에 살아날 사람 하나 있을까, 에이.' '사람 목숨이 이렇게 허무해서야 어디 술 한잔 마시겠나.'

밤이 깊어갈수록 최의 성토장으로 변했다.

'어떻게 형에게 심한 잔소리 좀 들었다고 약을 털어 넣어?' '참내. 아무리 성격이 꽁했지만 이건 아니잖아.' '이봐, 꽁한 성격이 순간 터지면 이런 일도 생길 수 있어.' '사람 일이란 한 치 뒤를 모르는 법이야. 욱하면 눈에 뵈는 것도 없어.' '참 답답한 성격이 이렇게….'

김은 다음날 학교로 돌아와 다시 술집을 찾았다. 꼬리를 물고 일어나는 어두운 그림자. 아직 끝나지 않았다는 느낌은 살아있었다. 자취생들의 허술한 집이 머리에서 떠나지 않았다. 어떻게 집에 돌아왔는지도 몰랐다. 그대로 방에 나가떨어졌다.

방학 후 일주일은 김의 근무시간이었으므로 꼬박 학교에 붙어있을 수밖에 없었다. 알고 있었다. 그녀도 4일 정도 근무라는 사실을. 그러나 그녀는 근무시간에도 나타나지 않았다. 그녀도 김이 근무 중이라는 사실을 알고 있을 터였다. 3일간 나타나지 않아도 학교에서는 신경 쓰지 않았다. 아예 없는 사람 취급을 했다. 4일째에 나타났다.

청바지 차림에 전에 입었던 두툼한 외투까지 걸쳤다.

오전 근무 내내 책상에서 책을 보던 그녀는 점심시간이 되자 흘끔 김을 보더니 밖으로 나갔다. 김도 따라갔다. 복도를 꺾어 운동장으로 향하는 문 앞에서 그녀는 섰다. 따라오던 김을 기다리다가 가까이 온 김의 손에 작은 쪽지 한 장을 쥐어주고는 총총히 교문으로 나갔다. 김은 얼른 쪽지를 폈다.

'아마 나 때문에 벌어진 사건이리라 생각. 나너는 신경 쓰지 말아요. 난 잘 지내니까. 우리 만난 지가 세 달이 돼 가네요. 아, 행복했고 또 내일 나너를 볼 일을 생각하면 다시 행복해요. 사랑해! 1월 중순까지 나너와 같이 다녔던 곳에서 나를 찾을 거예요. 신경 쓰지 말아요. 그동안 엇갈린 일도 정리해야 하니 신경 안 써도 돼요. 그렇다고 바닷가에서 나를 찾지 말고 나너도 자신을 보듬는 시간을 갖기를. 삶은 살아 있어요. 누구도 손 댈 수 없는 자신만의 삶이.

다시 만날 때까지 건강 조심! 너나의 마음은 나너뿐.'

김은 그 자리에서 몸이 굳어버렸다. 단단한 바닥에 뿌리를 내린 것처럼 움직일 수 없었다. 숨도 쉴 수 없었다. 생체 기관이 정지된 생물체처럼 얼어붙었다. 얼마나 있었을까. 몸의 각 기관이 움직이기 시작했다. 천천히 그리고 크게 숨을 들이켰다. 다시 읽고 읽었다.

근무 기간이 끝나도 김은 서울 집으로 가지 않았다. 학교에서 지내거나 눈 덮인 마을 골골을 돌아다니거나 책으로 소일했다. 머릿속에서는 온갖 잡념과 환상으로 뒤덮였지만 겉으로는 평소와 같이 행동했다. 무언가 검은 구름 한 조각이 가슴에 걸려 있었으나 애써 끄집어내지 않았다. 12월이 지나고 1월 중순까지 김의 몸은 차츰 가벼워졌다. 미래를 꿈꾸기도 하고 더듬이의 촉수가 닿을 미지의 세계를 재단하기도 했다. 한동안 멀리 했던 소설쓰기에 밤을 새운 적도 있었지만 다음날이면 지웠다. 다시 썼다가 또 지우기를 반복했다. 그렇게 시간이 지나갔다.

1월 중순. 학교에 가서 보너스가 덧붙은 1월 봉급을 수령하고 그녀에게 줄 선물을 그리며 방으로 돌아와 점심을 먹었다. 이날따라 하숙집에서는 떡국을 차려놓았다. 중 1인 딸애와 할머니, 이렇게 셋이서 맛있게 먹었다. 아주머니가 안 보였다.

잠시 후 아주머니가 밖에서 돌아와 아이와 담소를 나

누는 김을 보고 눈을 가늘게 뜨며 말했다.

"방금 이런 말을 들었는데, 이걸 말해야 하나, 어떻게
해야 하나."

어떤 불길한 예감에 사로잡힌 김이 아주머니를 보지
않고 애를 빤히 쳐다봤다. 애는 고개를 돌렸다.

"산 밑에 있는 장로교회 옆 여선생 집에서 어제 밤새
도록 부부 싸움이 있었대요. 가구가 부서지는 소리도 선
생이 우는 소리도. 이웃집에서 경찰에 신고했는데 경찰
이 와서도 가정사에 개입하기 곤란하다고 그냥 가버렸
다네요. 거 왜 남편이 가뭄에 콩 나듯 온다는 여선생,
영어 담당이라던가. 무슨 젊은이들이 그리 부부싸움이
잦아서야 원."

"그 여선생은요?"

"모르겠어요. 오전까지 조용했다네요. 남편은 아침에
버스타고 가는 걸 봤다는데."

김은 앉은 채 얼마나 있었던가. 정신이 아득했다. 그
상황이 선명하게 그려졌다. 슬그머니 밖으로 나왔다. 그
집으로 가볼까. 고개를 저었다. 답답함을 풀 수 있는 유
일한 곳, 술집이었다. 하숙집을 나와 사거리 쪽으로 걸

었다. 그때 경찰차가 요란하게 강릉으로 이어지는 언덕 위로 달려가는 모습을 보았다. 그곳에 장로교회가 있었다. 짙은 먹구름 하나가 가슴속을 한일자로 그으며 사라졌다. 서늘한 기운이 뒷머리를 스쳤다. 김은 학교를 향해 걸었다. 걸음이 아교 속을 걷는 듯 힘들었다. 교무실에 들어서자, 전화통을 붙들고 소리치던 이 선생이 김을 보고는 빨리 장로교회 옆집으로 가 보라고 소리쳤다. 그리고는 연락망을 보며 연신 전화번호를 돌려댔다.

김은 자기 자리에 가 앉았다. 이 선생의 목소리가 생생하게 들렸지만 김은 그 내용이 환청처럼 다가왔다.

"아, 빨리 연락하라고. 나도 방금 파출소에서 연락받은 거야. 자세한 건 모르고 산에서 목맸다는 말만 들었어. 뭐라고? 아, 나도 잘 모른다니까 그러네. 거참. 지난 가을부터 학교에 귀신이 붙었나, 왜 자꾸 이 모양이야."

아침엔 눈이 내리다가 오후에는 때 아닌 겨울비가 쏟아지는 날이었다. 가족은 한 명도 오지 않았다. 남편은 물론 없었다. 마을에 있는 늙은 의사가 공동묘지 옆에서 부검을 할 준비를 하고 있었다. 참관인은 경찰과 김. 마을 이장과 면 무슨 계장. 학교에서는 피하고 있었다. 참 관인으로 한 명 오라는 경찰의 연락에 모두 묵묵부답이었다. 김이 나섰다.

"내가 시체야 떡 주무르듯 하지. 간단해. 자 갑시다."

늙은 마을 의사가 앞섰다. 마을 사람들이 미리 파놓은 구덩이. 정말 구덩이로 보였다. 그 옆에 비를 막는 천막을 치고 복판에 탁자가 있었다. 그 위에 흰 천으로 덮인 시체. 의사는 천을 활짝 제쳤다. 젊은 여인의 흰 나신이 하늘을 향해 조용히 누워 있었다. 김은 차마 볼 수 없었다. 몇 발자국 뒤로 물러섰다가 아예 돌아서서 담배만 피웠다. 한참 후 의사는 붉은 핏물처럼 보이는 액체를 담은 원통형 유리병에 마개를 단단히 닫으며 씩 웃었다.

"내가 간단하다고 했잖아. 그런데 참나, 임신 중이야. 한 석 달 됐어."

"저런 쯧쯧. 젊은 여자가 유서도 없고. 그런데 방안 책상 위에 에이포 한 장이 덩그러니 있던데. 똑같은 글자를 잔뜩 써놓았지만 뭔 소린지. 그냥 '나너나너나너나너…' 마지막엔 정신이 반 나간 모양이야."

경찰의 말이었다.

사직서를 던지고 강릉에서 한 달을 술로 보내다가 서울 집으로 갔다. 집에서도 한바탕 소동이 벌어졌지만 이미 지나간 일을 돌이킬 수 없는 일이었다. 출판사 일에 몸을 던졌지만 역시 1년 못되어 나왔다. 전라도 화순 시골에 빈 집을 얻어 홀로 생활한 지 이십 년.

　그 후 꿈에서도 그녀를 볼 수 없었다. 그렇게 지나갔다. 그동안 몇 권의 소설을 펴내면서 다가오고 멀어지는 여자들을 먼발치에서 보기만 했다. 혼자가 좋았다. 이십 년이 그렇게 흘러갔는데 요즘 들어 꿈에 가끔 당시의 산골 면소 풍광이 나타나는 것이다. 그러나 그녀는 어디로 숨어버렸는지 볼 수 없었다. 낡은 검회색 지붕. 좁고 굽은 마을 골목. 장날에 장꾼들의 소란한 움직임. 학교의 방풍림과 학생들이 하교한 후 공허하고 차가운 복도의 어스름만이 꿈에 보일 뿐. 1년 동안 두 학생의 죽음, 최 선생과 그녀의 자살…. 희망도 절망도 다 떨쳐버리고 이곳에서 숨만 쉬며 지내왔지만 흔한 꿈속에서조차 그녀 모습은 없었다.

　내가 그녀를 거부했을까. 그녀가 나를 피하고 있는가.

　김은 다시 방으로 돌아와 담배를 피우며 빗소리를 들

었다. 부검 당시의 천막 속에서 솔숲을 쓸던 빗줄기 소리가 지금 저 소리와 같다는 생각을 했다. 벌떡 일어나 오래된 노트를 찾았다.

조금 변색된 쪽지는 노트 갈피에 살아 있다. 따뜻했던 손, 부드럽던 음성이, 술 몇 잔에 발그스레하게 피던 얼굴도 살아 있다. 그때도 지금도, 누구도 바꿀 수 없는 자신만의 삶이 지금도 저 빗속에서 소리치고 있었다.

구덕포 가는 길

　밤이 깊었지만 해운대 달맞이 공원 건너편은 어둠을 밀쳐내는 커피 전문점과 음식점의 네온사인으로 눈부셨다. 5월 말의 밤기운은 언덕 아래에서 밀려오는 바닷바람과 어울려 좀 습습하고 서늘했다. 밤을 즐기려 나온 젊은이들과 가족들의 여유 있는 산책을 보면서 성호는 바다를 등지고 설치된 벤치에 앉았다. 순간 다시 밀려오는 외로움. 길 건너 2층 매장까지 손님으로 가득 찬 스타벅스와 엔제리너스에서 뿜어져 나오는 휘황한 불빛 때문일까. 바람을 타고 들려오는 파도소리 때문일까. 성호는 자판기에서 커피를 뽑아들고 천천히 맛을 음미하면서 그 불빛을 멍하니 바라보았다. 주말의 흥겨움과 여유가 빚은 풍경이 그리 탐탁지 않았다.

'저들 중 반은 나와 같은 부류일 게 틀림없어. 나도 GS25에서 하루 5시간씩 근무한 후 저런 커피 전문점에서 한 시간의 최저임금을 과감히 날려버리는 재미를 알고 있으니까.' 때로 재운이를 만날 때면 하루치 임금이 가볍게 날아갈 때도 있었다.

커피 매장 앞길을 오가는 젊은 남녀 커플들의 다정한 걸음이 경쾌했다. 젊은 부부가 푸들 두 마리를 데리고 천천히 지나가고 있었다. 두 마리 모두 목 부근과 발목을 분홍색 물감으로 염색해서 흡사 장난감처럼 앙증스러웠다. 성호는 식어버린 커피를 쓰레기통에 던지듯 부었다. 휴대폰으로 시간을 확인했다. 10 : 57. 지금 천천히 걸어가도 자정 안으로는 충분히 도착할 수 있는 시간이었다. 성호는 서늘한 밤기운을 밀치며 일어섰다. 오후 4시에 서울에서 KTX를 타고 어둠이 짙어지는 부산역에 도착한 후 간이식당에서 간단한 저녁을 먹고 시내버스로 이곳까지 왔다. 올 때마다 밤이었다. 오후에 출발한 탓이었다. 평소 밤 11시부터 새벽 4시까지 GS25에서 근무하고 나서 쪽방에 돌아와 잠자리에 드는 시간은 4시 반. 세 시간 정도 눈을 잠시 붙이고 서둘러 학교로 가면 종일 머릿속이 맑지 못했다. 그러다가 주말이면 쏟아지는 잠을 보충한답시고 밥도 거르고 그냥 오후까지 널브러지는 게 예사였다. 이번 부산행도 쪽방에서 잠시 눈을 감고 쉬다가 오전 10시 쯤 출발할 생각이었지만 눈 뜨니 정오를 지나버렸다.

　미리 준비해 온 작은 플래시를 꺼냈다. 한 손에 들어올 정도로 작은 플래시지만 움켜잡으면 묵직한 게 든든했다. 든든한 만큼 불빛이 강해서 집으로 올 때마다 해변 산길을 걷기 위한 필수품이었다. 문탠로드*는 밤 열시가 넘으면 캄캄해서 플래시의 도움이 절실했다. 특히 달빛이 없는 날이면 온몸으로 더듬으며 걸을 수밖에 없었다. 조금 경사진 데크로드를 따라 잠시 걸어가서 해안으로 내리박히듯 가파르게 기운 산책로로 접어들었다. 플래시를 켰다. 확 비치는 둥근 원형의 불빛!

---

* 해운대 지역 산책로. 삼포(미포, 청사포, 구덕포)를 이어주는 길.

밤의 모든 정령이 둥근 불빛 속으로 일제히 모여들었다. 불빛을 거부하는 또 다른 정령들은 미세한 돌 하나, 한낮의 산책객들이 등산화로 뭉갠 작은 풀잎과 쌓인 솔잎, 거친 바위의 음영과 비스듬히 기울거나 곧추 솟은 소나무 틈틈이 박혀서 성호를 노려보고 있었다. 싸늘한 눈초리지만 그리 낯설지 않았다. 몇 번의 야간 산책에서 서로의 낯을 익힌 탓일까. 성호가 서울로 진학한 후 원치 않은 구덕포 집으로 돌아올 때 저들은 싸늘한 눈초리를 던졌다. 항상 깊은 밤 시간이었고, 문탠로드라는 이름에 걸맞지 않게 올 때마다 달이 없거나 혹은 구름이 달을 가려 플래시 없이는 도저히 걸을 수 없는 형편임을 저들도 잘 알고 있을 터. 서로를 확인할 수 있는 플래시 불빛에 저들은 어쩔 수 없이 잠시 몸을 드러낼 뿐임을 성호는 잘 알고 있었다. 성호는 천천히 내려갔다.

잘게 부서지는 파도 소리가 휘움한 소나무 숲 사이를 뚫고 저 아래 청사포 상가에서 나오는 푸르고 붉은 불빛을 타고 희미하게 다가왔다. 어둠과 형형색색의 청사포 상가 불빛, 플래시가 더듬는 원형의 밝음이 극명하게 대조되는 시간 속에서 정령들은 성호의 발길을 무디게 만들었다. '서둘지 마. 서둘지 마. 어차피 네 걸음은 자정이 가까운 밤을 타고 산책로를 천천히 밟게 될 테니까.' 성호는 잠시 멈추고 온 신경을 귀에 몰입했다, 소나무 숲을 스쳐가는 바람 사이로 희미하게 스며오는 파도의 발자국 소리. 쏴르르 쏴르 처얼 스르…ㅂ. 처르르 처업 스스 르…ㅂ.

성호 가족은 항상 바다가 붙은, 도시와 시골을 오가며 살았다. 한 번도 바다를 떠난 적이 없었다. 엄마는 바닷가를 걸을 때면 항상 딱딱한 알사탕을 먹었다. 언젠가 바닷가를 같이 걸을 때 엄마가 사탕 심부름을 시켰는데, 성호가 헐떡거리며 사온 사탕을 입에 넣고는, '에이, 딱딱하지 않아…' 하고 몽땅 성호에게 줬다. 성호는 사탕을 입에 넣고 어금니로 콱 부쉈는데, 입 안에서 천둥치는 소리가 났다. 그런데도 엄마는 더 딱딱한 사탕을 원했다. 엄마는 지금 어디에서 저 파도 발자국 소리를 듣고 있을까. 지금도 딱딱한 사탕을 입에 넣고 있을까.

겨울이었다. 밤중에 뭔가 서늘한 기운이 전해졌던가 보다. 눈을 뜨니 엄마는 이불을 뒤집어쓰고 쪼그리고 앉아 무언가를 쓰고 있었다. 그런데 방문을 왜 세 뼘쯤 열어놓고 있을까. 불을 켜지 않아도 글씨가 보일까. 열어 놓은 방문 사이로 달빛이 홍수처럼 밀려들어오고 있었다. 아, 엄마는 불을 켜지 않아도 달빛만 있으면 책도 보고 글도 쓸 수 있는 사람이구나. 성호는 엉금엉금 기어서 엄마 곁으로 갔다. 엄마는 성호를 거들떠보지도 않았다. 엄마 눈에서만 환할 그 달빛을 받으면서 글을 쓰고 있었다. 노트가 아닌 까만 칸이 수없이 박힌 원고지. 중학생이 되어서야 알았다. 엄마는 시나리오를 쓰고 있었다. 지금도 엄마는 전깃불을 거부한 채 달빛 받으며 시나리오를 쓰고 있을까.

정령의 긴 팔이 성호의 발목을 휘어잡는 듯 발걸음이 잘 나가지 않았다. 오른쪽 저기 청사포의 불빛이 처음보다 더욱 밝게 보이는 것으로 보아 조금씩 앞으로 나아가고 있음이 틀림없지만, 이상하게도 운동화를 신은 성호의 발은 더디게 움직였다. 문탠로드 숲에 숨어서 밤에만 활동하는 정령의 탓이 분명했다. 파도 소리는 일정한 거리에서 계속 들려오고 플래시 불빛은 분명 앞으로 위치를 이동시키고 있지만 발은 제자리걸음하듯 답답하게 움직였다. 동생 성준이가 구덕포 집에서 형이 오기를 눈이 빠지게 기다리고 있을 모습을 상상했다. 중학교 2학년인 성준이. 내성적 성격인 동생이었다.

성호가 초등학교 6학년 여름, 그 여자가 집에 들앉았다. 성준이는 초등학교 1학년이었다. 통통한 몸집에 비해 콧날이 날카롭게 튀어나오고 앞에서 보면 콧방울이 매우 좁아보였다. 여자는 아버지보다 열 살 정도 밑으로 보였는데, 처음 올 때 입은 한복이 멀리서 보면 반짝반짝 빛이 나는 옷이어서 어린 성호의 눈에도 매우 천박한 느낌을 주었다. 집에 들어오자마자 우리 형제를 앞에 앉히고는 계속 줄담배를 피웠다. 아버지는 왜 저런 여자를 집에 들였는지 이해할 수가 없었다. 엄마 냄새가 채 사라지기도 전에 들어온 여자는 그날 저녁 아버지와 같이 술을 마시며 노닥거렸고 우리는 뒷방에서 자는 척했다. 아버지가 미쳤어, 라고 성호는 생각했다. 어린 성준이도 무언가 어두운 현실을 짐작했던 모양이었다. 더운 날이라 팬티만 걸치고 누워서 계속 종이접기에 열중했다. 두려웠을까, 현실이. 평소에 나에게 덤벼들며 장난치던 애가 아니었다. 집 앞에서 바다를 가로막던, 우리 집보다 거의 두 배나 크던 먹바위를 파도가 때리는 꽹음을 들으면서 성호는 조용히 누워 숨죽이고 있었다.

엄마는 왜 우리에게도 알리지 않고 집을 나가버렸을까. 해변에서 민박집을 운영하던 아버지는 술만 취하면 엄마와 싸웠다. 왜 쓸데없이 학교에 가서 아이들 무용을 가르치느냐. 선생들과 저녁 먹고 술은 안 먹었느냐. 밤에 혼자 실없이 써대는 글은 또 뭐냐…. 친정엔 왜 또 가서 며칠씩 아이들을 결석하게 만드느냐. 부녀회라는 데는 면사무소 뒷일이나 하는 곳이 아니냐. 받는 돈도 없이 공연히 면소나 군청 행사에 동원돼서 밤늦게 돌아오는 꼴이 뭐냐…. 성호가 보기에 엄마는 거의 일방적으로 당하기만 했다. 아버지에게 큰소리로 달려드는 모습을 본 적이 없었으니까. 형제는 아버지가 술에 취해 집에 들어오기만 하면 뒷방에서 숨죽이고 싸움의 시작과 끝을 들으면서 이불을 뒤집어쓰고 자는 척했다.

사실 엄마는 무슨 부녀회나 학교 행사에 잘 불려 다녔다. 중학교 행사 때 공연할 무용 강사로 다니기도 했고, 음식솜씨가 좋다고 소문이 나서 면사무소나 군청 행사에도 음식 만드는 데 불려가기도 했다. 그러나 엄마는 한번 외출하면 밤이 늦어서야 돌아왔다. 그때마다 우리는 엄마의 늦은 귀가에 안절부절못했다. 그런 날은 밥상이나 반찬 그릇이 엎어지는 날이었다. 도대체 엄마는 왜 빨리 돌아오지 않을까. 뻔히 다툼이 생길 줄 알고 있으면서도 엄마는 늦게 집에 왔다. 혹시 싸움을 즐기려고, 아버지를 놀려주려고 일부러 늦게 들어오는 것이 아니었을까. 고등학교를 부산 중심 지역으로 진학한 후 하숙집에서 저녁상을 물리고, 혼자 남은 동생을 생각할 때면 들던 생각이었다.

'청사포 500m'를 가리키는 안내 표지판을 지나갔다. 휴대폰 시간을 확인했다. 11 : 30. 너무 늦었다. 해운대 달맞이공원에서 청사포까지 평소 15분이면 도착할 시간을 무려 두 배나 늦게 지나고 있었다. 아직도 청사포까지 500m나 남아 있다니. 옛 생각에 몰입한 탓일까. 정말 숲의 정령이 발목을 붙잡고 늘어진 탓일까. 이상하게 거리가 좁혀지지 않았다. 오른쪽 해안에서 파도소리는 조용히 들려오고 청사포 불빛은 소나무 사이로 환히 비쳤다. 분명히 조금 전보다 더 밝은 빛이었다. '그래도 차츰 다가가고 있군.' 성호는 플래시 불빛을 따라 천천히 아래로 내려갔다. 이제야 폐철길이 나타났다. 일제 강점기에 건설한 동해남부선이 폐쇄되어 산책객들이 해운대 해수욕장에서 송정 해수욕장까지 즐겨 걷는 철길이었다. 어둠 속에서 다듬어지지 않고 멋대로 치솟은 향나무 무리가 바다 쪽을 높이 가리고 있었다. 가로 놓인 철길 침목 하나하나를 밟고 걸으면 걷는 속도가 나지 않아 평소에는 불편했었다. 전에는 철길 양편으로 깔아놓은 자갈길을 부스럭거리며 걸었지만 지금은 침목을 밟으며 천천히 걸었다. 밤의 고요를 자갈 밟는 소리로 깨우고 싶지 않았다.

　이런 때에는 잔잔한 파도소리가 해변의 침묵을 더욱 깊게 한다는 점을 성호는 경험으로 잘 알고 있었다. 집은 해변에서 오십 미터 정도 거리의 높은 언덕에 있었다. 앞문을 열면, 눈앞에 펼쳐진 바다를 거의 반을 가릴 정도로 큰 바위가 육중하게 놓여 있었다. 마을 사람들은 먹바위라 불렀다. 폭풍이 치면 거대한 파도가 시퍼런 이빨을 벌리고 먹바위를 부술 듯이 덮칠 때 천지가 무너지는 듯한 굉음이 집까지 울렸다. 일 년에 몇 번은 폭풍이 오는 법. 아무리 거대한 파도소리를 들어도 바닷가 사람들은 잠을 잘 잤다. 그렇지만 바다는 폭풍의 어머니로서만 존재하지 않았다. 아주 평온한 날 깊은 밤이면 파도가 졸 듯이 찰싸닥거리는 것인데, 그 소리를 들으면 밤의 침묵은 더욱 깊게 마을을 감싸곤 했다.

주말이면 여행객이나 주변 해운대 고층 아파트에 사는 사람들이 이곳에서 횟집을 찾거나 커피를 마시며 하루를 즐겼다. 그러나 자정이 가까운 이곳 청사포 부근은 인적이 끊어진 듯 조용했다. 편의점이나 모텔 간판에서 뿜어내는 네온사인만 주변을 밝게 비추고 있었다. 성호는 철로 중간 자동차 통행로에서 멈췄다. 직선으로 철로를 계속 밟고 가면 송정 해수욕장이었다. 오른쪽은 청사포 해안. 왼쪽으로 꺾어 약간 경사진 좁은 찻길로 오르면 문탠로드로 이어져 구덕포 집으로 갈 수 있었다. 잠시 생각하다가 왼쪽으로 발길을 돌렸다. 철길 따라 계속 가면 역시 집으로 통했지만 단순하게 반복되는 철길 걷기가 싫었다.

서울로의 대학 진학을 탐탁지 않게 생각하던 아버지와 그 여자에게 내건 조건은, 생활비는 무조건 내가 마련한다, 였다. 성적이 우수했던 성호는 남들이 부러워하는 대학 경영학과에 합격한 후 바로 서울로 올라와서 편의점에서 일했다.

  집을 벗어난다는 것은 그 여자와 아버지의 주정에서 벗어나는 해방을 의미했다. 한시라도 빨리 자신의 거처를 정하고 음울한 집의 촉수가 닿지 않는 곳에 정착해야 했다. 대학 합격을 확인하자마자 1월 말 성호는 무조건 서울로 향했다. 학교 부근에서 일자리를 구하기 위해 모든 편의점을 샅샅이 뒤졌다. 다행스럽게도 GS25 편의점에서 정착할 수 있었다. 살벌한 생존의 경쟁터에서 지방에서 올라온 젊은이에게 남겨진 일자리는 드물었다. 주인은 '타임이 야간 11시부터 새벽 4시까지, 장기 1년 이상 근무'라는 조건을 내걸었다. 때문에 아르바이트를 찾는 학생들이 많이 지원하지 않았다. 세 명이 지원했고 주인은 장기적인 일을 선호하는 성호를 지명했다. 학생이 밤 시간을 몽땅 털어 일터에다 소비한다는, 다소 무모한 곳인망정 원하는 학생들이 있었다, 그러나 그들은 대개 짧게 일한 후 페이를 원하는 학생들이었다. 더 다행스러운 점은 편의점 창고 한 귀퉁이에서 숙식도 가능하다는 사실이었다. 성호는 두말없이 그 속으로 잠겨들었다. 첫날 새벽, 성호는 마음을 무겁게 다졌다. '절대로 집에는 가지 않을 거야. 성준이가 고교를 졸업하면 같이, 비록 고생이 깊게 펼쳐지더라도 같이 헤쳐 나갈 거야. 술지게미만 푹푹 썩어가는 집엔 다시는 가지 않을 테다.'

정말 다행스러웠다. 비록 야간작업이지만 편의점에 붙은 창고용 작은 쪽방은 행운이었다. 막막한 서울에서 잠자리가 해결됐다는 것은 삶의 터전확보라는 점에서 매우 중요했다. 야간 근무를 마치고 쪽방으로 돌아와서 널브러지듯 몸을 눕히고 정신없이 잠에 떨어졌다. 세 시간 후 눌어붙은 눈꺼풀을 강제로 뜨고 학교로 뛰어가는 생활이 세 달째 이어지고 있었다. 아직은 시작일 뿐이라는 생각은 확고했다. 입학하기 한 달 전부터 반복된 아르바이트 생활에 절어 있는 몸이지만 가끔 일탈을 꿈꾸기도 했다. 성호는 명문 대학에 재학 중인 당당한 체격의 새파란 젊음이었다.

이재운. 같은 대학의 국문과 1학년. 매일 한 번씩 두유를 사러 왔다. 올 때마다 꼭 한 병씩만 샀다. 보통 키에 흰 피부. 눈동자가 새카맣게 박혀 있는 애였다. 국문과

1학년이라고 했다. 말하면서 작은 입술이 살짝 여닫힐 짧은 순간 하얀 앞니를 볼 수 있었다. 그 흔한 염색도 하지 않은 검은 생머리를 뒤로 묶어 두유가 진열된 곳으로 걸어갈 때면 묶은 머리칼 끝이 가볍게 살랑거렸다.

"왜 만날 한 병만 사가세요? 한꺼번에 여러 병 사놓으면 편하잖아요."

"게을러지는 게 싫어서요. 냉장고에 여러 병 넣고 마시면 좋긴 하겠지만, 방안에서 꼼짝 않고 인형처럼 붙어 있는 자신이 답답한걸요. 마실 거라도 사려고 이렇게 걸어서 사람들 사이를 느껴보며 지내는 게 더 좋아요."

그 후 대학 식당에서 점심을 먹다가 앞에 앉아 혼자 먹고 있는 여학생과 눈이 마주쳤다. 그 애였다. 우리는 자주 만났다. 밤 시간에 일하는 성호의 형편을 살핀 그 애는 경영관 정문 앞에 불쑥 나타나기도 하고 학교 식당에서 슬며시 곁에 앉기도 했다. 성호의 강의 시간표를 확인한 후였다.

위로 난 좁은 마을길을 따라 올라가면 좌우 벽에 바다 속 풍경을 그린 벽화가 언덕 큰길까지 이어져 있었다. 날카로운 작살을 든 잠수부의 어망에는 잡다한 물고기가 가득했다. 그 앞에는 거대한 문어가 튼실한 다리를 뒤로 쭉 뻗으며 앞으로 나가고 있는 그림. 비키니를 걸친 팔등신 미녀들의 육감적인 몸매 뒤로 펼쳐진 해수욕장의 뜨거운 광경. 갑자기 재운이가 벽화 뒤에서 튀어나왔다. 그 옆으로 성준이가 잠에 덜 깬 눈을 손으로 비비며 걸어 나왔다. 성호는 슬며시 바지 뒷주머니 속으로 손을 넣었다. 두툼한 감각이 전해졌다. 성준이에게 휴대폰을 사 줄 돈이었다. 성준이는 또래의 친구들이 다 갖고 있는 휴대폰이 없었다. 아버지나 그 여자가 그런 세세한 데까지 신경 쓸 사람이 아니었다. 물론 성준이는 휴대폰의 '휴' 자도 꺼내기 힘들었을 것이다. 내일 휴대폰을 사주면 이젠 동생과 수시로 소식을 전할 수 있게 된다.

아버지만 술고래가 아니었다. 그 여자는 저녁만 되면 술 마실 마을 아낙들을 불러들여 마루에서 술을 마셨다. 때로는 마을 아저씨들도 끼었는데 모두들 공짜로 마시는 술에 취해 밤이 깊어서도 일어날 줄을 몰랐다. 바닷가 사람들은 너나없이 술을 좋아하는 부류만 모였다. 그러다가 밖에 나간 아버지 역시 얼큰한 얼굴로 돌아와 술자리에 끼면 때로는 새벽까지 술판이 벌어져 민박 손님들의 항의도 수시로 받곤 했다. 민박으로 사용하는 방이 모두 여섯 개였다. 여름 한철만 잘 이용하면 일 년 생활할 돈은 충분히 마련할 수도 있는 형편이었는데 아버지나 그 여자는 그런 점에는 무능했다.

술자리의 모든 심부름은 어린 성준이가 도맡았다. 술과 담배, 또는 자잘한 술안주를 사오는 일에서부터 전화가 끊긴 술꾼들을 불러들이는 것까지 성준이의 몫이었다. 성호에게는 그런 심부름을 시키지 않았다. 아마 장남이라는 점에 약간의 인정을 베풀었던 모양이었다. 성준이는 두말없이 꾸벅꾸벅 심부름을 했다. 특히 성호가 고등학교로 진학하고 학교 부근에서 하숙생활을 하게 되면서 동생의 고생은 더 심해졌다. 학교에서 돌아오면 민박 손님들이 밤새 놀다가 버리고 간 각종 쓰레기나 방청소도 거들 수밖에 없었다. 어린 초등학생으로서는 힘에 부치는 일이었을 것이다. 어린 나이에 친구들과 놀지도 못하고 집안일에만 매달릴 수밖에 없는 동생의 처지를 생각할 때마다 성호는 편히 하숙생활을 하고 있는

자신에게 수없이 되뇌었다. '언젠가 내가 동생을 데리고 올 거다.'

　도대체 엄마는 왜 집을 나가버린 걸까. 그렇게 재주가 많다고 주변 사람들에게 인정받던 엄마였다. 그리고 예뻤다. 음식 솜씨도 뛰어나서 소풍갈 때면 삼 층으로 된 찬합에 형형색색의 맛있는 음식이 가득해서 친구들의 부러움을 한눈에 받았다. 김밥도 그냥 천편일률적인 한 가지로 돌돌 말아서 내놓는 법이 없었다. 김으로 말은 것, 계란으로 말은 것, 속은 땅콩과 감자를 부드럽게 으깨어 김으로 말아놓은 것도 있었다. 소풍갈 때면 성호와 성준이는 맛있는 점심밥 생각에 절로 신이 나서 오전의 놀이 시간이 빨리 지나가기만 기다렸다. 그런 엄마였다.

　어른들의 사고를 아직은 충분히 이해할 수 없는 나이지만, 아버지의 거친 성격에서 나오는 술주정과 폭력에 지친 엄마가 자신의 능력을 펼 수 있는 세계로 홀연히 날아가 버린 것으로 이해할 수밖에 없었다. 벌써 6년이 훌쩍 지나가버렸다. 지금도 선명히 기억하고 있다. 엄마가 떠나기 반 달 전, 오월이 지나가는 깊은 밤.

　엄마와 성호와 성준이 셋이 거실에서 TV를 보며 쉬고

있었다. 그날은 도내 초등학교 과학경시대회에서 최우수상을 받고 펄펄 뛰며 돌아온 성호를 축하하려고 과자와 과일과 큼직한 피자를 두 판이나 사와서 모두 배불리 먹었던 날이었다. 여름철이라 근처 민박집은 모두 손님들로 붐볐고, 성호네도 마찬가지여서 초저녁부터 분주했지만 밤이 깊어지자 손님들은 저마다의 볼일로 나가거나 혹은 방안에서 놀고 있을 때였다. 성호는 최우수상의 기쁨 속에서 무언가 불안감을 느끼고 있었다. 그것은 요 며칠간 아버지가 술을 마시지 않았다는 사실을 떠올렸기 때문이었다. 아버지는 술을 잔뜩 마신 날 이후는 며칠간 술 근처에도 가지 않고 속을 다스리다가 삼 일쯤 지난 후에야 다시 술을 마시는 버릇이 있다는 것을 주위 사람들은 모두 잘 알고 있었다. 며칠 전 아버지는 몸을 가눌 수도 없을 정도로 술을 마시고 친구들의 부축을 받고서 집으로 왔음을 성호는 기억해냈다. 물론 아버지는 방안에 앉아서 한 시간이 넘도록 엄마를 붙들고 갖은 욕설을 뱉어내다가 자정이 넘어서야 고꾸라졌었다. 엄마가 좋아하는 연속극도 끝나서 남은 과자를 먹으며 리모컨으로 다른 채널을 찾던 성호의 손이 멈췄다.

무거운 구둣발 소리가 대문에서 들려왔다. 규칙적인 소리였다. 술에 취했다면 당연히 알 수 없는 소리를 내뱉으며 비틀거리며 들어왔을 것이다. 그 소리를 듣고 성호는 본능적으로 긴장했다. 술에 많이 취한 것 같지는 않지만 어딘가 모르게 불길함을 끌고 오는 구둣발 소리였다. 구두는 마당을 지나고 거실로 일직선으로 걸어왔다. 문이 벌컥 열렸다. 구두는 거실로 그냥 들어왔다.

"이 오라질 년이 어디로 싸돌아다니다가 집구석에서 테레비만 보고 있어!"

세 식구가 앉아 있던 소파 앞의 다탁을 구둣발로 그냥 걷어찼다. 아버지의 주정을 많이 봐 왔지만 이런 일은 처음이었다. 힘껏 걷어찬 구둣발에 다탁은 엄마의 가슴으로 날아갔다. 몇 조각 남은 피자와 과자, 과일 조각들은 다탁과 함께 엄마의 가슴에 부딪히면서 산산이 흩어졌다. 순간 성호는 엄마가 죽었는가, 생각했다. 입을 조금 벌리고 눈을 감고 있었는데, 다탁이 가슴에 부딪히는 충격으로 숨을 쉴 수 없는 것처럼 보였다. 얼굴이 하얗게 변했다.

"그래, 핵교에 갔으면 갔지 그놈들과 저녁 처먹고 노

래방엘 가긴 왜 가? 그렇게 꼬리를 치며 다녀야 속이 풀리더냐? 이 배라먹을 년이 돌아다니면서 집안 망신은 다 시키고 다니네. 그래 어디 말 좀 해 봐라. 어엉?"

숨도 못 쉬는 엄마의 늘어진 모습 앞에서 아버지는 다시 한번 엄마의 얼굴을 손바닥으로 후려쳤다. 엄마는 그대로 늘어져 있었다. 성준이는 겁에 질려 형 뒤로 숨으면서 형 허리를 꼭 잡았다. 순간 조용했다. 아버지는 씨근거리던 입을 꾹 다물고 한참 엄마를 노려보다가 밖으로 휭하니 나가버렸다. 그제야 성준이는 우왕 하며 울음을 터트렸다. 성호는 엄마 어깨를 잡고 힘껏 흔들었으나 엄마는 아무 기척도 없었다. 그때 민박 손님 두 사람이 거실을 기웃거리다가 들어와서 엄마를 업고는 밖에 나가서 승용차로 병원으로 옮겼다.

엄마는 한 달 정도 병원에 있었다. 그 사이에 큰 이모가 와서 민박을 운영했다. 이모는 틈만 나면 '쯧쯧'하며 혀를 찼다. 성준이를 볼 때마다, '이리 온. 맛있는 거 만들어 줄게.' 하며, 가슴에 폭 안아주면서 말했다.

"니들 애비가 웬쑤다, 웬쑤. 에구나 세상에 인두겁을 쓰고 글케 마누라를 두드려 패는 인간이 어딨노. 몹쓸

위인이로세. 세상에나 원."

아버지는 민박 손님들이 묵는 제일 아랫방에 죽치고 앉아 주야장창 술을 마시면서도 이상하게 이모가 있는 거실이나 안방으로 들어오지 않았다. 성호는 동생을 데리고 매일 저녁이면 엄마가 입원하고 있는 병원으로 갔다. 약품 냄새가 풀풀 날리는 병실에는 여섯 명의 아주머니들이 입원해 있었는데, 그 중 엄마 침대는 창가 쪽이었다. 엄마는 성호와 성준이가 가도 별말이 없었다. 손을 만져주면서 얼굴을 찬찬히 살피고 큰 이모에 대해 몇 마디하고는 병실에 붙은 TV에 눈길을 주는 것이 전부였다.

발을 부지런히 움직인다고 생각했는데 아직도 청사포 언덕의 도로에서 벗어나지 못하고 있었다. 이상했다. 평소보다 너무 속도가 늦었다. 5월 말의 봄기운이 차갑게 전해졌다. 휴대폰을 확인했다. 12 : 10. 자정을 넘겼다. 출발한 지 한 시간 십 분이 지났다. 이 시간이면 집에 도착하고도 남을 시간이었음을 생각했다. '생각이 너무 깊었나보군.' 성호는 음식점과 모텔 사이를 지나 언덕 위 큰길로 나섰다. 왼편에 해월정사의 희미한 불빛이 어둠 속에서 잠자듯 주변을 비추고 있었다. 성호도 잘 모르는, 성철스님의 자취가 남아 있는 절집이라고 사람들이 말하는 곳. 자정을 넘긴 도로는 지나가는 차가 한대도 없고 가로등과 모텔의 불빛만 부옇게 명멸하고 있었다. 청사포 방향에서 잠시 취객들의 고함소리가 들려왔으나 곧 잠잠해졌다.

산기슭 문탠로드 마지막 코스로 접어들었다. 소금기 머금은 바닷바람이 차갑게 목덜미로 파고들었지만 성호는 한번 움찔했을 뿐 그냥 걸어 나갔다. '너무 늦었어.' 성호는 혼자 중얼거렸다. '걸으면서 생각이 좀 많았을 뿐이야. 가고 싶지 않은 집. 발도 들여놓고 싶지 않은, 그러나 성준이가 나를 온몸으로 기다리고 있을 거야.' 그 여자에게 닦달당하며 눌린 동생의 힘없이 검은 눈동자를 떠올렸다. 5월이라 손님도 없는 텅 비다시피 공허한 집 건넛방에서 오늘 온다는 형을 기다리며 밤잠을 설치고 있을 동생을 생각하면서 걸음을 옮겼다.

바람이 갑자기 심하게 불었다. 가뜩이나 흐린 하늘이 더욱 검어지는 듯했다. 오른편 아래 소나무 숲 사이로 언뜻언뜻 보이던 청사포 항구의 밝은 불빛이 지금은 습기 먹은 바람 속에서 수많은 색채로 희미하게 흔들렸다. 발길이 제대로 나가지 않았다. 밤의 정령이 정말 발목을 휘어잡고 놓지 않는지도 몰랐다. 플래시 불빛 속에서 세찬 바람에 낙엽들이 몸을 뒤집으며 이리저리 흩날렸다. 솔숲 사이로 빠져나가는 바람소리가 음산하게 들렸다.

밤늦게 비가 심하게 내리는 날, 낮은 언덕 위의 집에서 좁은 구덕포 항구를 바라보면, 육지에서 삐져나온 거대한 두 손목이 바다의 한 끄트머리를 안으로 조이듯이 휘어진 방파제가 검게 보였다. 그 너머로 끝없이 펼쳐진 검은 바다는 희끗희끗한 파도의 갈기를 곧추 세우고 온 세상을 덮어 누르듯 날뛰었다. 그 속에, 분명히 있었다. 검은 옷을 걸치고 검은 소매를 휘두르며 흰 거품을 뿜어대는 어둠의 정령이 바다 위에서 돌아다니고 있는 광경.

"성아, 무서워. 문 닫아. 귀신이 들어오는 것 같아."

"에이, 그런 거 없어. 귀신은 무슨…. 그냥 파도치는 거야. 들어가 자."

혼자 보고 있는 줄 알았지만 동생도 형의 빈자리를 찾아 방에서 나왔다. 성호 옆에 바짝 다가앉으며 형을 쳐다보았다. 그때 요란한 천둥소리와 뒤이어 어둠을 날카롭게 가르는 번개가 바다 저 끝에서부터 정면으로 집까지 찢어졌다. '어엇!' 동생은 날카로운 신음을 내며 형의 어깨를 부여잡았다. 하얗게 질린 얼굴이었다. 공포에 절은 그 표정은 내내 성호의 가슴에 깊게 새겨졌다. 지금 그 동생이 기다리고 있다.

　바람이 좀 잦아드는가 했더니 빗방울이 떨어지기 시작했다. 처음, 얼굴에 차가운 빗방울이 스치다가 갑자기 굵은 빗방울로 변해서 머리와 어깨를 두드렸다. 성호는 굵은 소나무 밑동에 몸을 기대고 비가 긋기를 기다리며, 숲을 맹렬히 두드리면서 내리는 빗줄기를 플래시로 비췄다. 부챗살처럼 퍼지는 둥근 플래시 불빛 속으로 빗줄기는 간단없이 이어지면서 작은 나무의 우듬지를 사정없이 몰아쳤다. '이거, 이러면 안 되는데.' 바람의 방향이 바뀔 때마다 빗줄기는 방향을 뒤틀며 성호의 무릎과 허벅지는 물론 허리까지 강하게 부딪혔다. 다행히 상체는 늘어진 굵은 소나무 가지가 뻗어 있어서 크게 젖지는 않았다. 서서히 추위가 밀려왔다. 아무리 갓 스무 살 푸른 젊음이지만 5월 달 한밤의 산중에서 꼼짝없이 빗줄기를 당하고는 견딜 수 없었다. 몸이 떨렸다. 온몸에 소름이 바늘처럼 돋아나는 것 같았다. 왜 갑자기 재운이의 검은 눈동자가 다가왔을까.

며칠 전 비 오는 날 저녁에 학교 옆 간이 커피점에서 만났다. 흐린 날 오후였지만 둘 다 미처 우산을 챙기지 못했다. 각자 두 손으로 테이크아웃으로 나온 커피의 온기를 느끼며 건물 현관에서 비를 피했다.

"고등학교 때, 그러고 보니 불과 몇 달 전이네…. 한참 된 것 같은데 후훗. 야자를 마치고서도 난 두 시간 더 교실에 있었어. 거의 밤 열두 시 부근이었을 거야. 교문으로 나오는데 실실 빗방울이 떨어지더니 시가지로 향하는 다리를 건너는데 비가 막 쏟아지는 거야. 11월 초가 얼마나 쌀쌀해? 옆 가게 처마 밑에서 비가 그치기를 기다리다가 도무지 그치지 않는 거야. 집으로 연락할까 했지. 집까지는 십 분이면 걸어갈 거리였지만 비를 그대로 맞고 걸어야 하니까 머뭇거렸지."

"너 미쳤구나. 자정에 여자애가 비 맞으며 걸어 다녀?"

"때론 미칠 수도 있지. 수능에 말라붙은 마음을 너도 잘 알잖아. 에이 모르겠다 그냥 걸었지. 외투를 든든히 입어서 속은 안 젖었지만 그날 엄마한테 욕사발을 뒤집어썼지. 근데 그게 참 이상한 게, 비 맞으면서도 참 통쾌하더라고. 그렇게 쫄딱 맞은 건 처음이었어. 하여간 안 해본 일도 그렇게 덤벼드니 통쾌했어. 흐응 후훗!"

그때 재운이의 눈은 흰 얼굴에 대조되어 더욱 새카맣게 보였다.

초등학교 때부터 고교 시절까지 성호는 마음속에 집안의 어두운 면을 가득 채우고 지냈다. 떠나버린 엄마에 대한 그리움과 그 여자의 뾰족한 콧날 밑으로 번지던 담배연기. 집안 곳곳에서 벌어지던 술판, 아버지의 대책 없는 술과 주정, 어린 동생의 짓눌린 표정…. 재운이는 복잡하게 기울어진 성호의 모든 혼적을 바로 일으켜 세울 수 있는 존재처럼 돌연 나타나서 입학하기 전부터 5월 말까지의 짧은 기간에 성호의 머릿속을 잠식해버렸다. 성호의 현실이 어려울수록 재운에게 쏠리는 정신적 기대감의 무게를 직감할 수 있는 현명한 애였다. 성호가 세상을 바라보는 눈은 재운을 통해서만 가능했다. 눈이 없으면 세상을 볼 수 없듯이 성호는 재운을 통해서만 세상을 볼 수 있었다. 지금 자정을 넘긴 산 속에서, 빗줄기에 갇힌 성호의 흔들리는 의지를 떠받칠 수 있는 유일한 존재는 재운이었다. 지금 그 애는 따뜻한 방안에서 편히 자고 있을까.

미친놈과 바람은 밤에는 잔다던데…. 성호는 덜덜 떨면서 어디서 주위들은 말을 떠올렸다. 다행히 점차 바람이 누그러드는 기색이었다. 그러나 빗줄기는 여전했다. 성호는 판단했다. 이러고 있으면 한이 없을 것 같았다. 집은 그리 멀지 않다. 비록 가고 싶지 않은 집이지만 그래도 휑한 눈으로 형을 기다리는 성준이가 있는 집이었다. 곧 아침이 오면 성준이를 데리고 휴대폰 대리점으로 가서 예쁜 휴대폰을 사줘야 된다. 좋아서 어쩔 줄 모르는 성준이의 모습을 그렸다. 이러고 있을 수는 없었다. 성호는 과감히 고목 밑에서 벗어나 휘적휘적 걷기 시작했다.

플래시 불빛을 따라 빗속을 걸었다. 바람과 빗줄기는 조금 약해졌지만 추위는 여전했다. 추위를 견디기 위해서라도 부지런히 몸을 움직일 수밖에 없었다. 조금만 더 가면 구덕포에 도착할 수 있고, 썩은 집일망정 성준이 방에서 같이 몸을 누일 수 있을 것이다. 성호는 다리에 힘을 줬다. 이상했다. 자꾸 발목에 어떤 이물질이 감겨드는 느낌이었다. 앞으로 나가는 다리를 휘어잡는 알 수 없는 힘! 성호는 플래시를 아래로 비췄다. 빗방울에 푹 젖어버린 바짓단과 신발에는 바닥에서 튀어 오른 진흙과 짓이겨진 낙엽이나 솔잎의 잔해만 얼기설기 눌어붙어 있을 뿐 아무 것도 없었다. '괜찮아, 별거 아니야. 내가 좀 피곤해졌나 봐.' 다시 걷기 시작했다.

역시 뭔가 있었다. 걸음을 부여잡는 그 어떤 힘. 아무리 힘을 줘도 빠른 속도로 걸을 수가 없었다. 게걸음으로 걷듯이 혹은 질펀하게 녹은 아교 속을 걷듯이 다리가 내딛는 전면에 어떤 끈끈한 힘이 성호의 발걸음을 붙들고 있었다. 순간, 엉치뼈 밑에서부터 척추를 타고 곧추 뒷골까지 전해지는 서늘한 기운! 달맞이공원에서 청사포로 내려갈 때도 알 수 없는 어떤 힘이 걸음을 방해했다. 청사포에서부터 성호의 발걸음을 부여잡던 어떤 힘이 있었다. 지금쯤이면 벌써 한참 전에 도착했어야 했다. 밤의 숲을 지배하는 정령이 그 실체를 드러내어 집으로 향하는 성호의 발길을 휘어잡는 것일까.

성호는 서늘하게 전해지는 밤의 기운을 누르며 차분

히 생각했다. 이 길은 처음 밟는 길이 아니다. 어릴 때 수없이 돌아치던 평탄한 등산로였다. 눈을 감고서라도 걸을 수 있는 익숙한 길이었다. 그러나 문탠로드에 접어들었을 때부터 평소의 속도로 걸을 수 없었음을 느꼈다. 그렇다면.

성호는 비를 맞으며 플래시의 타원형 불빛 속에서 나뒹구는 낙엽과 빗방울을 보면서 잠시 멈췄다.

'나를, 집으로 가는 나를 막는 그 어떤 힘이 살아있는 거야. 그건 숲의 정령이 맞아. 이 세상 어느 곳이든 그곳을 지배하는 정령이 진짜 살아 있어. 어릴 때 집에서 동생과 같이 봤던, 거친 밤바다 위를 돌아다니던 기운도 분명 바다를 지배하는 정령이었어. 집과 나 사이를 갈라놓고, 지금 집으로 돌아가는 나를 가로막는 힘의 정체가 바로 이곳에 숨어 있는 숲의 정령이 틀림없어. 정령? 정령이 아니라도 좋아. 그놈은 왜 집으로 가는 나를 막는 거야? 썩은 냄새가 풀풀 나는 집일망정 그래도 성준이가 나를 기다리고 있어. 난 가야 돼. 성준이에게 휴대폰을 사 줘야 해!'

성호는 있는 힘을 다해 발을 옮겼다. 조금씩 아주 조

금씩 앞으로 발을 내디뎠다. 내일은 서울로 올라가야 했다. 단 하루의 휴식. 내일 밤이면 다시 밤새도록 GS25를 관리해야 할 일이 기다리고 있었다. 한 달에 단 3일의 휴식을 지금까지 모두 반납하고 주인에 충실한 개처럼 밤마다 일에 몰두하고 남은 돈 40만 원! 성준이와 성호를 이어주는 마음의 지름길을 만들 귀중한 돈이었다. 동급생들이 모두 갖고 있는 휴대폰을 바라보는 성준이의 텅 빈 마음이 눈에 보였다. 그 마음의 허공을 형이 가득 채워줄 수 있다. 지금 집에만 가면.

집이다. 성호가 어릴 때부터 살았던 집. 어릴 땐 포구 위쪽으로 작은 모래사장이 펼쳐져 있어서 여름이면 하루 종일 놀았다. 놀다가 속이 허전하면 집으로 뛰어가 엄마가 없으면 눈에 보이는 대로 마구 먹고는 다시 놀이터로 왔다. 거기엔 친구들과 형들과 동생들이 와글와글했다. 때로는 동네 어른들이 천막을 치고 솥에다 닭을 삶기도 했다. 그럴 땐 천막 밑에서 뜨거운 닭개장을 땀을 흘려가면서 먹었다. 그리고는 다시 놀았다. 저녁이면 엄마가 차려준 찐 감자나 삶은 옥수수를 먹고 배를 드러내놓고 잠에 떨어졌던 집. 가끔 터져 나오는 아버지와 엄마의 다툼도 그 당시에는 그리 대단치 않았다.

  그러나 초등학교 고학년이 될수록 아버지의 주정은 심해져 갔다. 왜 그랬을까를 생각했지만 아직도 확연히 '이거다'라고 끄집어낼 수는 없었다. 책읽기와 글쓰기를 좋아하는 엄마. 근방에서 손꼽히는 요리솜씨와 노래를 부르면 정말 가수처럼 몸에서 애절하고도 부드러운 목소리가 흘러나왔던 엄마. 또한 예뻤다. 그런 점이 아버지의 심기를 건드렸을까. 그 후 돌연 나타난 콧방울이 유난히 좁고 코가 뾰족이 솟아오른 그 여자. 성호에게는 데면데면하게 굴었지만 동생에게는 유난히도 모질게 대하는 여자였다. 주변에서 수군대는 말로는 어느 술집에서 술장사하던 여자라고도 했다. 동생만 없다면 성호의 의식에서 완전히 제거해버리고 싶은 집.

  고등학교 때도 동생이 아니면 집에 갈 일이 없었다. 성적우수 장학금이 매분기마다 나와서 학비 걱정도 없었다. 하숙비와 기타 잡비는 아버지가 신기하게도 꼬박꼬박 부쳐주었다. 성호가 집에 가지 않으면 성준이는 풀이 죽었다. 한 달 한번 토요일에 형이 오면 갑자기 굳었던 얼굴이 환히 펴지면서 토요일과 일요일을 형 곁에서 떨어질 줄 몰랐다. 성호는 성준이를 데리고 다니면서 여러 맛있는 것을 사 먹였다. 일요일 저녁에 헤어질 때면 성준이는 시내버스 정류장까지 따라와서는 공연히 몸을 이리저리 뒤틀면서 안절부절못했다. 그럴 때마다 성준이 주머니에 얼마간의 용돈을 찔러 넣는 것을 잊지 않았다.

　다시 걸음을 옮겼다. 아주 천천히, 천천히. 무릎까지 잠기는 늪을 건너듯 힘들여 발을 옮겼다. 한 발 한 발 조심스럽게 내디뎠다. 집으로 향하는 성호의 마음을 막을 그 어떤 정령의 힘도 헤쳐나가리라는 의지를 깔고 힘겹게 앞으로 나갔다. 바람과 빗줄기는 점차 약해지고 있지만 역시 만만치 않았다. 플래시 전면에 큰 바위로 된 가파른 언덕이 보였다. 저곳이다. 동생과 같이 심심하면 오르던 전망대. 저기는 곶처럼 튀어나와서 송정 해수욕장 전체를 멀리서 조망할 수 있는 곳이었다. 성호는 발밑에 들러붙는 정령의 손아귀를 걷어차듯이 종아리와 발목에 힘을 주고 내디뎠다. 별안간 왼발이 미끄러지면서 두 무릎이 바위에 부딪쳤다. 언덕 바닥의 진흙이 빗물에 짓이겨진 탓이었다. 얼얼하게 파고드는 아픔을 참고 바위 위로 올라섰다. 이곳은 산책객들이 사진 찍기 좋은 곳으로 소문난 곳이었다. 구덕포와 송정 해수욕장 전면을 시원하게 조감할 수 있는 장소여서 가족과 연인들이 사진 찍으며 한가한 시간을 보내던 곳임을 떠올렸다. 성호는 바위 위에 올랐다. 비록 깊은 밤이지만 저 멀리 송정 해수욕장의 휘황찬란한 불빛과 구덕포의 아담한 네온사인이 한눈에 들어올 것이다. 드디어 집에 왔다. 성준이가 깊은 잠에 빠져 있을 저곳!

　캄캄했다. 아무 불빛도 없었다. 24시간 오색찬란한 불빛으로 하늘과 바다를 물들이고 있어야 할 송정과 구덕포는 막막한 비바람 속에서 어둠의 장막으로 닫혀 있었다. 거친 파도소리만 예전과 같이 들려올 뿐 천지는 어둠으로 흔들리고 있었다. 이럴 수는 없었다. 귀신이 땅을 떼어 다른 곳으로 옮겨놓지 않았다면 지금 눈앞에는 숱한 호텔과 커피숍과 상가 건물에서 쏟아지는 불빛으로 하늘을 환히 밝히고 있어야 했다. 그러나 지금 성호의 눈에는 어둠만 쏟아지고 있을 뿐 그 어디에도 그가 찾던 불빛은 한 점 없이 사라져버렸다. 성호는 극심한 혼돈에 빠져들었다. '어떻게 된 일인가. 내가 길을 잘못 접어들었던가.' 그럴 수는 없었다. 이 길은 너무도 단순한 길이었다. 또 수없이 돌아다녔던 길이 아닌가.

　성호는 빗물에 젖은 눈을 비비며 두 손바닥으로 양쪽 관자놀이를 문질렀다. 뭔가 착각이 있었다. 한 마을이 돌연 사라져버리다니, 있을 수 없는 일이었다. 바위에 털썩 주저앉아 이 혼돈이 무엇인지, 어떻게 된 일인지 생각했다. 비바람과 어둠 때문에 길을 잃은 건 아닐까. 혹은 청사포에서 언덕으로 오르다가 산허리 방향으로 길을 잡지나 않았을까. 그 길은 봄이면 연분홍 복사꽃이 언덕 틈틈이 피어 있는 길이었다. 그러나 그쪽으로 길을 들었다면 4차선 대로를 건너야 했다. 성호는 다시 머릿속을 정리했다. 청사포 언덕에서 벽화를 보고 재운이와 성준이를 떠올렸다. 그리고 계속 올라와서 해월정사 반대편으로 방향을 틀었던 기억은 확실했다. 그렇다면 마지막 구덕포로 향하는 길에서 착각으로 산허리 위쪽으로 올라갔을지도 모른다. 지금 여기는 산허리의 움푹 들어간 계곡이 될 수도 있다. 어둠과 비바람 때문에 길을 잘못 들었다고 판단했다.

성호는 오던 길을 다시 내려가기로 했다. 해월정사까지만 가서 방향을 확인하면 될 일이었다. 다시 힘을 냈다. 되돌아가기 시작했다. 발걸음이 매우 빠르게 느껴졌다. 힘들게 다리를 내딛지 않았는데도 그냥 자동인형처럼 발길이 나갔다. 조금 전 집으로 향할 때에는 발목을 잡아채는 알 수 없는 힘 때문에 발걸음을 떼기가 그렇게도 힘들었지만 지금은 아니었다. 거의 날다시피 걸어갔다. 어느 순간인가 비바람도 멎었다. 플래시 불빛이 더욱 환해졌다. 아래로 향한 플래시를 정면으로 비췄다. 불빛 속에 산불감시소가 보였다. 제대로 돌아왔다. 심호흡을 크게 하고 산불감시소 막사를 지나자 아파트 불빛이 희미하게 다가왔다. 발에 힘을 주며 빠르게 숲을 빠져나왔다. 눈앞은 아스팔트가 깔린 대로변이었다. 어둠 속에서 해월정사의 희미한 그림자가 뚜렷했다. 다른 길로 접어들지는 않았다. 성호는 크게 숨을 쉬었다.

'그렇겠지. 이 쉬운 길을 잘못 들 리가 없어! 좀 전엔 비바람 때문에 입구에서부터 아마 윗길로 빠졌을 거야. 이런 실수를 하다니.'

성호는 다시 몸을 돌렸다. 실수 없이 제대로 걸어야

했다. 머릿속은 피곤으로 어지럽지만 이젠 제대로 길을 걸을 수 있다는 생각으로 마음을 다잡았다. 플래시 불빛을 세밀히 살피면서 샛길로 빠지지 않도록 주의했다. 틀림없었다. 낯익은 산책로가 펼쳐 있는 것을 다시 확인하면서 앞의 어둠 속으로 힘 있게 몸을 밀었다. 그런데 또다시 몸이 앞으로 잘 나가지 않았다. 어떤 힘이 눌어붙어 앞으로 내딛는 걸 방해하고 있었다. 몸이 으스스 떨려왔다.

'집으로 향하는 나를 집요하게 방해하는 정령은 도대체 어떤 놈일까. 나는 집이 싫어. 죽기보다 싫어. 집을 거부하는 나와, 집으로 향하는 나를 방해하는 정령은 서로 닮은꼴이군. 이럴 수가…… 그리고 보니 정말 두 놈은 닮았군. 그렇지만 그놈이 아무리 방해해도 난 동생이 있는 곳으로 가야 해.'

성호는 잠시 멈췄다가 심호흡을 크게 하며 마음을 쓸었다. 계속 심호흡에 매달렸다. 그런 후 눈에 힘을 주고 온힘을 다해 걷기 시작했다. 어둠의 촉수가 성호의 몸 구석구석 달라붙는 것 같았다. 개의치 않고 혼신의 힘을 다리에 모아 앞으로 나아갔다. 비록 앉은뱅이걸음처럼 느리게 느리게 걸을 뿐이었지만 이번에는 멈출 수 없었다. 다리에 휘감아드는 힘. 성호도 이제는 확실히 알아차렸다. 밤의 정령이 분명했다. 그놈이 성호를 가로막는 이유는 알 수 없었다. 집으로 가지 못하게 방해하는 정령의 의도를 굳이 알아야 할 필요도 없었다.

잠시 그쳤던 비바람이 다시 몰아쳤다. 비바람이 울창한 숲을 밟고 달리는 음산한 소리 사이로 거친 파도의 굉음이 밀려왔다. 이번에는 기어코 집에 도착해야 했다. 동생의 손에 깜찍한 휴대폰을 쥐어줘야 했다. 그것은 앞으로 동생이 대학에 진학할 때까지 성호와의 공간을 확실하게 이어줄 수 있는 마음의 통로가 될 물건이었다. 성호와 동생의 음성이 맞부딪치는 공간에서는 그 여자의 갈라지고 터진 음성도 아버지의 주정도 없을, 형제의 순수한 새터가 될 것이다. 성호는 이제 느린 걸음도 답답하지 않았다. 측면 바다 쪽에서 불어대던 비바람이 정면에서 불어왔다. 소름이 온몸에 돋아나는 느낌에 잠시 어쩔했다. 플래시 불이 점차 희미해졌다. 건전지 수명이 다했다. 불빛은 생의 마지막 불꽃을 뿜듯 안간힘을 쓰다가 슬며시 사라져버리고 이젠 비에 물든 어둠만 온 세상을 메웠다.

몸의 모든 기운을 두 눈에 모았다. 세상을 볼 수 있는 유일한 장치인 두 눈. 그렇다. 성호는 재운이를 통해서만 세상을 볼 수 있었다. 재운이는 성호의 두 눈이었다. 이제 플래시 불빛마저 사라진 지금 그 애가 앞길을 인도할 것이다. 힘을 다해 걸어나갔다. 재운이의 흰 얼굴과 까만 눈동자가 성호의 앞에서 번뜩거렸다. 날 따라와! 내가 앞장설 테니 천천히, 그래, 그렇게 천천히 따라와!

앞에 커다란 바위가 어둠을 뚫고 희미하게 모습을 나타내는 것처럼 보였다. 저기가 틀림없었다. 아름다운 풍경을 마음에 박는 장소. 성호 앞에 다시 그 애가 손짓했다. 손짓만 하고 음성은 들리지 않았다. 손짓 따라 바위 위로 올라섰다. 그 애는 순간 사라져버렸다.

역시 아무 것도 보이지 않았다. 세상은 온통 검정으로만 덮여 있었다. 어디로 사라졌는가. 송정의 찬란함과 구덕포의 아담한 마을을 포근히 감싸주던 불빛! 길은 제대로 찾아왔지만 세상은 사라져버렸다. 성호는 흠뻑 젖은 옷 속으로 스며드는 차가운 빗물도 느낄 수 없었다. 몸이 꿈틀대기 시작했다. 무언가 치밀어 오르는 덩어리가 아랫배에서부터 가슴을 지나 얼굴로 오르다가 두 눈 주위에 멈췄다. 눈 주위가 뜨거워졌다. 두 손으로 얼굴을 감싸 앉았다. 뜨거운 액체가 몸 밖으로 흐른다고 생각했지만 그것이 정면으로 몰아치는 빗물 때문인지 알 수 없었다.

겨울 바다는 우리 곁에

경규 형이 죽었다.

혼자 소형 어선을 타고 나갔다가 저녁 늦게 항구로 돌아오던 중, 고장 난 엔진을 수리하면서 화물선이 다가오는 소리를 듣지 못한 모양이라고 돈석이 말했다. 현장을 목격한 사람은 없었지만, 친구들이 저녁 시간 때 한잔 하자고 전화했더니 엔진 수리 중이라고 경규 형이 말했다고 한다. 경규 형은 우리보다 여섯 살 연상이었다. 인근 농고를 졸업하고 칠십 다 된 아버지의 손때가 묻은 배를 탔다. 항상 후배나 친구들을 잘 챙기고 마을 어른들에게도 예의 바르게 행동해서 누구나 좋아하는 청년이었다. 바다가 좋다고 해군에 입대해서 만기 제대를 한 지 일 년이 좀 넘었다. 물려받은 작은 어선이지만 어군탐지기도 설치해서 나름대로 짭짤한 수입을 올린다는 소문이었다. 소형 어선이라 다른 배꾼 없이 혼자 운행해서 과외로 들어갈 돈도 없었다.

성호는 동계 방학 후 강릉에서 놀다가 12월 중순을 넘기고 오늘 오후 늦게 돌아왔다. 며칠 더 지낼 계획이었지만 친구인 돈석의 전화를 받고 바로 더 눌러앉을 생각을 버렸다. 버스에서 내려 칠팔 분 정도 언덕을 오르면 항구와 먼 바다까지 내려다볼 수 있는 큼직한 검은 바위가 있었다. 바위에 그림자를 펼치고 있는 백 년도 더 묵은 소나무도 몇 그루 휘어져 있어서 여름철에 언덕을 오르내리는 마을 사람들의 좋은 휴식처이기도 했다. 동네에서 색이 검다고 먹바위라고 불렀다. 마침 아무도 없어서 성호는 바위 위에 앉아 담배를 피우며 항구를 내려다보았다. 날카로운 샛바람이 불어 몹시 추웠다.

이곳에서 멀리 바다를 바라보면, 좌우로 검푸르게 뻗은 곶이 팔을 활짝 벌리고, 항구로 다가올수록 가슴으로

118

감싸 안기듯이 포근한 느낌을 주는 광경은 아름다웠다. 바다와 마을을 가로지르는 방파제 안으로 어선 몇 척이 청백색 항적을 끌고 항구로 들어오고 있었다. 바람 부는 만큼 파도가 조금 일었다. 오른편으로 횟집과 펜션이 어깨를 맞대고 죽 늘어서 있는 모습이 성냥갑 같았다. 상미네가 운영하는 작은 펜션과 식당도 보였다. 상미와는, 서로에 대한 자신의 감정을 경계하듯 그동안 띄엄띄엄 문자를 주고받았다.

어판장에는 사람들이 별로 없었다. 겨울철에 흔히 잡히던 어물들이 지금 씨가 마른 모양이라고 전화에다 떠들던 돈석이 말을 증명이라도 하듯 텅 비었다. 마을은 어판장을 중심으로 해서 반월형으로 형성됐다. 산비탈이 이어지는 얕은 언덕에도 드문드문 집들이 붙어 있었다. 어판장 바로 왼쪽에 있는 연분홍색 이층집이 성호의 집이었다. 마을 한복판에서 해안으로 조금 떨어진 곳. 앞에 짧은 연육교로 연결된 작은 섬이 있고 그 위에 정자를 얹혀서 제법 풍치를 살리고 있었다. 낡은 건물을 개축해서 건물을 올리고 펜션을 한 지 십 년. 이 마을에서 가장 손님이 많이 드는 집으로 알려졌다. 전화 끝에 돈석이는 목소리를 낮춰 말했다.

"야, 경규 형이 죽었어. 한 달 됐어. 작업 나갔다가 화물선에 부딪쳤는지 배는 허리가 꺾이고 경규 형 시체도 아직 못 찾았고. 날이 어두웠는데, 엔진 고치다가 큰 배 오는 소릴 못 들은 모양이라고 하더군."

"뭔 소리야? 경표 형 경규 말이야?"

"그래 임마. 경표 형 최경규, 윗대 푸른 대문. 이십 일 전에 시체도 못 찾고 장례 지냈어. 언제 올래? 쐐주나 한잔 하자. 요즘 다른 건 씨가 말랐는데 문어는 그럭저럭 좀 한다. 빨리 와라. 거기 지지바들과 시시덕대지 말고. 상미가 너 오기를 목 빠지게 기다려."

"이런 미친 새끼!"

성호가 마지막 던진 욕설을 돈석이가 들었는지 모르겠다. 이내 전화는 끊겼다. 상미와 성호의 감정을 조금 알고 있는 돈석이었다. 상미는 중학교 동창 여자 친구. 대학을 휴학하고 집일을 도와주고 지낸다. 호리호리한 몸매에 유난히 흰 피부가 돋보였다. 그러나 경규 형이 죽었다는 말은 실감이 나지 않았다. 후배들이 모여 있으면 방금 잡은 물색 좋은 어물을 곧잘 술안주로 던져주던 인심 많은 선배였다. 키가 거의 백팔십에 육박하는 데 비해 몸무게는 칠십이 안 돼 보여서 언뜻 보기에는 가냘 프게 보였다. 마을에 일이 있으면 팔을 걷어붙이고 제일 먼저 달려드는 적극적인 면도 있었다. 한 마디로 마을 일꾼이었다. 그가 죽다니.

허긴, 바닷가에서 어부의 죽음은 드물지 않았다. 몇 년에 한 번은 꼭 사고가 생겼다. 대략 60호가 비비고 사 는 마을에는 서너 집 건너 해난 사고로 가족을 잃었다. 바다에서 일하는 성인 남자들만 사고를 당하지는 않았 다. 몇 년 전 돌김을 따던 예쁜 정순이도 파도에 휩쓸려 삶을 마감했다. 바위에 붙어 김을 따다가 파도가 치면 뒤로 물러나고 파도가 물러가면 다시 김을 따는 일이 단순하게 보여도 김에 정신을 팔면 큰 파도를 미처 보지 못하고 사고로 이어졌다.

사고는, 바다에 목줄을 걸고 사는 사람들에게는 항상 운명처럼 붙어 있어서, 언제 어디서 죽음의 사신이 자기 에게 다가올지 알 수 없는 일이었다. 그러나 평소 바다 는 마을 사람들을 안온하게 담고 보듬어 주는 안식처이 자 삶의 터전이었다. 새벽에 눈을 뜨자마자 오래된 습관처럼 일어나 바다를 살피는 일이 하루의 시작이었다. 농부가 밭이나 논을 돌보듯 어부도 그들의 바다를 살피는 일은 자연스러운 행위였다.

경규 형의 변고는 그 가족에게 하늘이 무너지는 아픔이겠지만 장례식이 지나가면 언제 그랬느냐는 듯 사람들은 다시 그들의 삶속으로 말없이 스며들 수밖에 없었다. 같은 날에 제사를 지내는 집도 여럿 있었다. 70년대 말에 멀리 북해도 북방으로 명태잡이 선단에 승선했던 마을 사람 셋이 일거에 사라졌다. 당시 백 몇 십 명이 목숨을 잃고 시체도 찾지 못한 사건이었는데, 마을 출신 장년 어부 세 사람도 거기에서 생을 마감했다. 지금도 겨울이면 세 집에서 동시에 제사를 지냈다.

성호는 마을을 물끄러미 내려다보며 담배를 두세 대 피웠다. 생전 다정하던 경규 형과 아직 식은 올리지 못했지만 같이 살던 부천 여자를 떠올렸다. 지난여름 경규 형 집에 돌연 나타난 여자였다. 사람들 말로 '도시 티가 철철 흐르는 옷'으로 치장한 여자는 경규 형과 같이 나타나서 집으로 들어갔다. 며칠 동안 동네에서는 그 여자가 화제의 인물이었다. 좁은 동네에 별 얘깃거리가 다

돌아다녔다. 어느 술집에서 경규를 만났다는, 찻집 종업원인데 순진한 경규가 당한 게 아니냐… 둘은 마을을 돌아다닐 때도 손을 꼭 잡고 돌아다녀서 어른들의 눈살을 찌푸리게 했지만 둘은 아랑곳하지 않았다. 성호는 여러 번 그 여자를 봤다. 언제던가 팔월 말 더위가 심한 날, 해수욕객으로 넘실대는 해변에 짧은 반바지를 걸치고 선글라스를 낀, 배꼽이 드러날 듯 말 듯한 검은 나시를 대담하게 걸친 모습이 아직도 눈에 선했다. 아직 그런 면에서는 어린 성호지만 순간 여자의 몸 전체에서 번지는 요염한 색기를 느꼈다. 풍만하고 흰 허벅지와 햇빛 보지 못한 긴 팔을 몸체에서부터 부끄럼 없이 드러내고 해수욕장을 돌아다녔던 여자. 경규 형의 부재와 그 여자. 무언가 그림자가 꼬여가는 느낌이 들었다. 상미를 떠올렸다. 긴 머리 곁에서는 향긋한 내음이 번졌지. 어제 문자를 보냈다.

　저녁 추위가 심해지자 몸을 일으켰다. 점심도 걸러서 속이 비었다. 동네로 내려가는 샛길 왼쪽이 최선숙 집이었다. 동네에서 그래도 한술 하는 집이라 붉은 양철집에 규모도 어지간했다. 대문 앞에서부터 시끌시끌한 목소리가 어지러웠다. 성호가 대문을 열고 들어서자마자 대뜸 한 마디가 날아왔다.

"야, 이 씨발놈아. 어디 처박혔다가 이제야 실실 나타나는 게야? 빨리 와서 쐬주나 한잔 받아라. 오늘 문어가 풍년이다."

돈석이었다. 목소리가 이미 술에 절었다. 넓은 마당 한복판에 멍석을 펼쳐놓고 친구 여럿이 모여앉아 소주 됫병에 문어회를 잔뜩 썰어놓고 한창 술판을 벌이고 있었다. 양파와 마늘을 고명으로 얹은 가자미회도 수북했다. 불쑥 들어온 성호를 보고는 모두 한 마디씩 했다. 사방으로 높은 블록 담이 둘러친 마당이라 찬바람이 없었다. 주인인 선숙이가 김이 솟아나는 큰 냄비를 부엌에서 내 오다가 성호를 보고는 '성호 아냐? 어서 와. 방학했구나.' 하며 환히 웃었다. 성호는 빈자리에 비집고 앉아 철수가 내미는 술잔부터 받았다.

"그 짜석하고는. 흐흐. 그래도 자리 하나는 상미 옆에 제대로 앉았네. 너 임마. 상미가 너 보고 싶어 죽겠다는 걸 오늘 우리가 겨우겨우 살려서 여기 데리고 온 것, 알기나 하나?"

그러고 보니 성호가 앉은 자리 오른 편에 상미가 앉아 있었다. 상미는 철수를 보고 눈을 흘기며 맞받았다.

 "철수야. 너 그 입 좀 대장간에 가서 고치고 오면 안 돼? 왜 그리도 헛소리가 많냐? 그저 새 나오는 말이 다 그리도 쓰레기통처럼 어지러워? 말본새 좀 고쳐라. 야, 이그…."

 "흥. 그 말 하면서도 눈동자는 왜 성호에게 돌아가는 게야, 속마음 들키니 좀 부끄러운 모양이군. 아서. 좋다면 그냥 좋다고 솔직히 말해라. 실실 돌리지 말고."

 "야들아, 그만 떠들고 칼국수나 먹어라. 다 식겠다. 문어 삶은 국물이 시원할거야. 성호야. 너도 금방 왔으니 속이 비었겠네. 칼국수 한 그릇 해라."

 순이가 분위기를 잡고 말했다. 순이는 성호보다 두 살 위였다. 친구들 사이에 고성이 오가면 항상 순이가 나서서 분위기를 진정시키곤 했다. 친구들 사이에 누님처럼 행동했다. 또 그만큼 마음이 넓었다. 이곳에 모인 친구들은 남녀를 불문하고 성호보다 한두 살이 많았다. 성호가 학교를 남보다 1년 빨리 들어간 탓도 있지만 마을에서 죽이 맞는 애들끼리 어릴 때부터 같이 지내고 보니 나이는 별로 따지지 않고 친구가 돼버렸다. 성미도 한 살 더 많았다. 성호는 순이가 떠준 칼국수를 먹기 시작했다. 문어 삶은 물로 끓인 국수라 맛이 구수했다. 점심을 건너뛴 성호는 허겁지겁 먹었다.

"정말 점심 못 먹은 모양이네. 조금 더 줄까?"

순이는 냄비에서 한 주걱 더 건져 올려 성호의 그릇에 담았다. 용철이가 술잔을 권했다.

"술도 한잔 하며 먹어. 야, 상미야, 성호한테 한잔 따르면 손이 비틀어진다냐? 그렇게 성호 먹는 모습만 빤히 보고 있지 말고. 하하."

"너 손은 조막손이야? 나보고 시키게."

말은 그렇게 하면서 정말 소주잔에 가득 따라서 성호 앞에 얌전히 놓는 모습을 보며 돈석이가 한 마디 했다.

"꼭 서방님 모시는 마나님 표정이네. 야, 우리 오늘 두 애들 결혼시킬까? 성호, 너 몇 달 만에 집에 온 거야?"

"석 달 만이지. 지난 초가을에 왔고."

"선숙아. 이 집 건넛방 깨끗하게 비워두고 비단 이불도 준비하고. 하객들도 이렇게 많은데 잘 됐네. 자, 모두 두 사람의 만수무강과 아들딸 한 타스를 위하여!"

"위하여!"

킥―. 순이는 소주가 안 넘어가는지 웃었다. 상미는 잠시 수줍은 미소를 지었다. 모두 얼굴을 마음껏 폈다. 해는 완전히 지고 반달이 서편 하늘에 삐죽이 솟았다. 십이월 중순. 차가운 겨울이지만 마당은 찬바람이 불지 않아 포근했다. 실외등을 켜자 한잔씩 나눈 친구들의 얼굴이 잘 익은 호박처럼 푸근하게 다가왔다. 오랜만에 만난 친구들의 정감 어린 농담을 귓속으로 받으며 정신없이 마지막 국물까지 다 먹은 성호는 그제야 술을 마셨다. 뜨거운 국수를 먹은 뱃속에 술은 기분 좋게 내려갔다. 거푸 석 잔을 마시고 돈석이에게 잔을 전했다.

"이제 속이 좀 편해졌네. 근데 요즘 고기가 안 난다며? 먹바위에서 어판장을 봤더니 텅 비었더라."

사실은 경규 형 이야기를 듣고 싶었지만 모두 그 얘기를 피하는, 술자리를 일부러 과장된 웃음기로 감싸는 듯한 분위기여서 먼저 섣불리 들먹이기 어색했다.

"용왕이 다 잡아먹었는지 바다가 말랐다. 그 많던 도루묵도 양미리도 구경하기 힘들고. 오징어는 중국놈들이 길목에서 저인망으로 싹쓰리하는 바람에 코빼기 구경하기도 힘들어. 요즘 남쪽으로 고등어 배는 좀 나가는 편이고. 꽁치도 귀하고. 다행이 문어는 그럭저럭. 가끔 거이가 올라오고.”

돈석이는 쓱 마시더니 다시 성호에게 잔을 권했다. ‘거이’란 ‘게’, 즉 대게를 일컫는 말이다. 돈석이는 꼭 거이로 발음했다. 정필호가 한 마디 했다.

“잡을 괴기는 간데없고 멀쩡한 사람만 되려 잡혀가는 판이니 원.”

필호 집이 경규 형 옆집이었다. 친구들은 갑자기 눈빛을 반짝이다가 입을 닫아버렸다. 암묵의 약속이라도 한 듯. 성호는 주위를 둘러보며 무슨 일이 있었으리라 짐작했다. 서로 머리에서 발끝까지 다 불어버려도 시원찮을 친한 사이에, 중간에 이야기를 끊어버리는 행동은 전에 없던 일이었다.

“야, 난 떠나 있어서 여기 소식은 잘 모를 수밖에. 뭐, 감추는 거라도 있는 표정인데…. 그래, 다음에 듣지 뭐.”

“남의 얘기를, 그것도 정확하지도 않은 얘기를 함부로 씹어 삼킨다는 게 좀 꺼림칙해서 그러는 거야. 술이나 마시자.”

장용철이 조용히 말했다. 모두 술잔을 들었다. 친구들 중 유일하게 뱃일 안 하는 용철이는 평소에도 과묵했다. 용철이 집은 펜션을 두 채나 운영해서 꽤나 재미를 보고 있었다. 흉어기인 요즘 술값은 주로 용철이 주머니에서 나왔다. 태백에서 공고를 졸업하고 집에 붙어 부모 사업을 거들고 있었다. 흉어기가 되면 난감한 상황에 처하는 돈석이네 집에 쌀 두 포대와 경유 한 드럼 값을 친구들이 추렴할 때 반을 용철이가 냈다.

　성호는 옆에 앉은 상미를 보았다. 긴 머리를 뒤로 가지런히 넘기고 검은 고무줄로 단단히 묶었다. 앙증스런 귓불 곁으로 몇 가닥 머리카락이 곱게 내려오고 낮은 듯한 콧날이 전등 불빛에 반짝였다. 크지 않은 눈 위에 눈썹이 곱게 옆으로 붙어 있는 얼굴을 잠시 쳐다봤다. 상미도 성호의 눈길을 모를 리 없지만 그대로 앞에 놓인 술잔만 잠잠히 보고 있었다.

　"왜, 오래간만에 만나니 감정이 복잡하냐? 비단 이불 다 준비됐으니 목욕재계만 하면 일은 끝나. 후후."

　"야, 돈석아. 이젠 그만 놀려라. 부럽냐? 건넛마을 달순이 데려오랴? 큭!"

두 사람을 놀리던 돈석이에게 순이가 농을 붙이며 문위기를 바꿨다. 이때 담 밖에서 발자국 소리가 났다. 대문이 열리고 선숙이 부모가 들어왔다. 친구들은 일제히 일어나 꾸벅 절을 했다. 선숙이 아버지는 죽 훑어보더니 성호에게 눈길을 멈췄다.

"왔냐? 성호는 지금 몇 학년이지?"

"이 학년을 마쳤습니다."

"그래. 열심히 하거라. 비싼 등록금 내고 놀면 안 되지. 다 왜 일어섰어? 몇 잔 더 마시고들 가!"

"아닙니다. 많이 마셨습니다. 문어 맛있게 잘 먹었습니다아. 선숙아 갈게."

모두 선숙이 집을 나왔다. 좁은 마을길이 갈라지는 곳에서 헤어지고 성호와 돈석이, 상미 이렇게 셋이 어판장 옆 후배가 하는 횟집에 다시 들어갔다. 물회를 전문으로 하는 집인데 맛 소문이 나서 손님들이 엄청 많았다. 그 안에 경규 형 동생인 최경표가 사람들과 어울려 물회를 먹고 있다가 눈이 마주쳤다. 서로 고개만 까닥 했다. 일 없이 여러 동네를 쏘다니며 사고만 치는 반건달이었다. 내실로 들어가기를 포기하고 일하는 후배에게 뒷마당

천막 안에서 물회와 소주를 마신다고 일렀다. 거긴 집안 잡동사니를 쌓아둔 곳이어서 사람들이 없었다. 전기난로도 있어서 추위를 녹일 수 있는 곳이었다. 구석에 술 박스가 사람 키만큼 쌓여 있었다. 그냥 꺼내 마시면 됐다. 탁자를 중심으로 간이의자 세 개를 놓고 앉았다. 돈석이 주량으로야 선숙이 집에서의 모임에 성이 찰 리가 없었다. 성호도 같았다. 돈석이는 점퍼 주머니에서 담배를 꺼내 성호에게 권하고는 피워 물었다. 바람 줄기가 천막 사이로 비집고 들어왔다. 상미는 전기난로를 켰다. 곧 발간 온기가 세 사람을 감쌌다.

"넌 요즘 어때? 고기도 안 나고."

돈석은 육십 넘은 홀어머니와 같이 언덕 아래 블록으로 지은 두 칸 방에 살고 있었다. 바다를 보는 동향이라 아침에 햇빛이 들어오다가 오후부터는 그늘 속에 갇혀 있는 집이었다. 고교를 중퇴하고 돌아와서 계속 바닷일에만 매달리며 지내온 친구였다. 성호는 이상하게도 돈석이와 죽이 맞았다. 어릴 때부터 항상 붙어 다니다 보니 서로의 마음을 너무 잘 알고 있는 사이었다. 요즘 이렇게 어획고가 떨어지면 돈석의 생활은 극도로 어렵다는 걸 친구들은 알고 있어서 주로 술을 사는 쪽은 친구들이었다.

"산 입에 거미줄 치는 거 봤어? 아마 얼마 후면 양미리 도루묵이 나올 거야. 요즘 조금씩 걸려들어. 또 문어가 제법 나와서 다행이지. 그러니 내 걱정은 말고. 흥. 아까 경규 형 얘기 말인데, 여기 상미도 알고 있겠지만 그게 우습게 돼 가는 거 있지? 하여간 세상 웃기는 일도 많아."

성호는 긴장했다. 아까부터 궁금했던 이야기였다. 자꾸 머릿속에는 경규 형의 여자가 어른거렸다.

"상미는 알고 있는 이야기지만 성호가 모르니 그냥 내가 얘기하지. 물회가 나왔네. 상미야, 자리 정돈 좀 해라."

상미는 탁자에 물회 세 그릇과 반찬, 수저와 술 상자에서 소주 세 병을 꺼내 가지런히 놓았다.

"역시 이 집 물회는 기막혀. 어딜 가도 이런 맛은 없을 거야. 자 술 한잔 따르자고."

셋은 소주잔에 술을 가득 따라서는 마주 댔다. '풍어원샷!' 돈석이 외쳤다. 둘은 따라 외쳤다.

—풍어 원샷!

둘은 단번에 마셨지만 상미는 입에만 대는 척하다가 잔을 내리고는 돈석과 성호의 빈 잔에 가득 채웠다. 후 련한 물회와 소주는 찰떡궁합이었다. 성호는 돈석을 지 긋이 쳐다보았다. 돈석도 그 뜻을 알았다.

"여름 때 형이 데리고 온 부천 여자. 지금 그 집에 그 냥 붙어 있어. 시체 없는 장례식 때 얼마나 슬피 울던지. 그날 저녁 동네가 그 얘기로 왁자지껄했다니까. 나도 봤 고 상미도 봤지? 그냥 목을 놓는 거야. 식은 안 올렸지만 이미 그 집에 온 지가 넉 달이 됐으니 정들 때도 됐지만. 결혼식도 없었고 임자도 없는 집에 지금 그냥 붙어 있는 거야. 마을에서는 드러내지는 않지만 모두 은근한 흥미 로 보고 있어."

돈석이 그간의 일을 말하기 시작했다.

시작은 경규 형의 죽음이지만 문제는 사람들이지. 지 금 그 집에는 차남 경표와 부천 여자, 칠십 된 부모, 이 렇게 넷이 살고 있잖아. 누나 둘은 멀리 시집갔고. 알다 시피 이 마을에서는 방귀깨나 뀐다는 집이고, 소형 어선이지만, 지금까지 형이 잘 운영해 와서 수입도 좋았고 또 재 너머 논밭이 얼마야. 대략 사오천 평은 실할 걸, 아마. 더구나 방이 많잖아. 부모가 쓸 아래층 방 두 칸에 대문 들어가면서 붙인 방이 네 칸이고 이층에도 두 칸이 있지. 네 식구들이 각자 한 칸씩 차지해도 네 칸이 그냥 남는 거야. 제철에 해수욕객만 받아도 하루 사십은 너끈하거든. 여기 있는 상미집도 성호, 너 집도 여름 한철이면 일 년 먹고 사는 데는 지장이 없잖아. 그 집은 농토까지 널렸으니, 하여간 팔자 좋은 집 두고 경규 형은 너무 억울하게 죽어버렸어. 너무 좋은 형이었는데. 마을 인심도 경규 형을 좋아했고. 자, 지나간 얘기는 접고.

돈석이는 앞 잔을 입에 털어 넣고 물회를 몇 순가락 먹었다. 입술에 붉은 국물이 조금 흘렀다. 손으로 쓱 닦았다. 성호에게도 마시라고 손짓을 하자 성호도 한 잔을 마시고 물회를 안주로 했다. 상미가 자기 그릇에 있는 물회를 성호 앞으로 밀었다.

장례식을 어떻게 할 거냐가 문제였어. 식을 올리지 않

았잖아. 그러니 호적상 총각인데 실제 부인이 있는 상황이니 문제가 됐어. 애장으로 몽달귀신을 만드느냐, 아니면 정식 장례를 치르느냐. 이럴 땐 부모의 뜻에 따라야지. 그 어른은, 식만 올리지 못했을 뿐 정식 부부로 몇 달을 살았으니 상여에 태워야 한다, 고 말했어. 마을에서도 이런 저런 의견이 있었지만 어른의 뜻에 따르기로 했지. 거참, 장례식 첫날부터 부천 여자가 얼마가 애통하게 곡을 하는지 듣는 사람들 가슴이 멜 정도였어. 첫날만 그러는 게 아니라 아예 전문 곡쟁이를 사다 놔도 그렇게는 못할 거라고 사람들이 이구동성으로 말했어. 하여튼 마을에 큰 화젯거리였지. 마지막 날에는 상여 나갈 때부터 봉분 덮을 때까지, 그리고 집에 들어와서도 한없이 우는 거야. 오죽했으면 마을 아주머니들이 방에 들어가 말릴 정도였다니까.

　내가 왜 이런 말을 길게 하는지 너도 짐작하겠지? 나도 첨부터 장례 일에 덤벼들었지만 그 여자의 곡소리가 그렇게도 싫은 거야. 막판에는 솜뭉치로 귀를 막을 정도였어. 이상하게도 그 울음에 진정이라곤 눈곱만큼도 없다는 생각이 드는 거야. 야, 성호. 너도 지난여름에 그 여자를 봤잖아. 서울 처녀 뺨치게 차려입고 나돌아 다니는 그 꼬라지.

"그 여자 곡할 땐 나도 그런 생각이 들었어. 너만 그렇게 생각한 게 아니야. 마을 사람들 중에 여자를 칭찬하는 사람들도 있었지만 그리 탐탁지 않게 여겼던 사람들도 꽤 있어. 우리 엄마는 질색을 하더라고."

상미가 옆에서 거들었다. 엄마라는 말을 듣자 성호는 집에 있는 새엄마를 떠올렸다. 그리고 남동생. 돌아가신 엄마의 생전 모습도.

하여간 난 그랬어. 팔다리 허리 다 들내 놓고 돌아치며 맥줏집엔 왜 그리도 들락거렸는지. 그러다가 외지 젊은 놈들과 시시닥거리기도 하고. 내가 여름에 천막 술장사 하면서 다 봤다니 그래. 에이, 입이 씨거워 말하기도 뭣하네. 사람들 중에 경규 형을 생각해서 그 여자를 좋게 보는 사람도 있겠지. 하지만 여기가 어디 서울 강남 한복판이야? 시골 촌구석으로 시집왔다면, 눈치 보고 옷이라도 비슷하게 입어야지. 형도 참 그런 면에서는 한

심해. 그걸 내버려뒀으니 원. 그런 여자가 형이 죽었다고 사흘 밤낮을 울어대?

좋아. 다 좋고. 그냥 그걸로 끝내버리고 어디론가 사라졌으면 이런 말을 씨부릴 것도 없겠지만 알다시피 집에 눌어붙었잖아. 아침저녁으로 보려니 눈꼴사나워서. 나 이러다가 눈 베리겠네. 지랄 맞을. 참 요상한 일도 있지. 에이.

그건 그렇고, 이건 좀 뭣한 얘긴데, 이제부턴 그저 이불 속에서만 떠들어대는 얘기야. 뭐, 상미도 잘 알고 있어. 경규 형 동생 놈 경표 말이야.

돈석이는 다시 술을 마시고 물회를 먹었다. 성호도 마셨다. 술이 얼큰하게 올랐다.

"애, 돈석아. 아까 들어올 때 경표가 실내에 있었잖아. 혹시 여길 지나가다가 들을라."

상미가 얼굴을 앞으로 밀며 가만히 말했다.

"그 개쌔끼. 들을라면 들으래지. 모가지를 콱 비틀어버릴 테니. 에이, 재수 없는 새끼. 정말 재수 없기는 그 여자나 경표나 똑 같아. 주제에 나이 한두 살 더 처먹었

다고 선배 티내는 꼴 참 못 봐 주겠어. 내가 하오 하나
봐라."

성호는 빈 잔에 술을 따랐다. 술은 무진장이었다. 성
호는 돈석 얼굴을 빤히 쳐다보며 재촉했다.

이 얘기는 확실한 물증도 없고 우리도 느낌만으로 대
충 짐작할 뿐이지만…. 좁은 동네에 사는 우리가 숨어
떠드는 얘길 뿐이라는 걸 먼저 말해야 돼. 너도 사정은
잘 아니 짐작으로 때려잡을 수 있는 일이긴 하지만 말야.

경규 형이 죽은 후 이상하게도 여자가 나타나는 곳이
면 꼭 경표가 나타나는 거. 가까이 붙어서 있는 게 아니
라 멀리 떨어져 힐끗거리는 꼴. 그렇다고 그 녀석이 무
슨 일이 있어서 그 여자 있는 곳에 나타나는 게 아니야.
여자가 다른 곳으로 가면 또 거기서 슬며시 얼굴을 보이
는데, 이건 눈치 빠른 사람이면 알아차렸을 거야. 그런
여잘 누가 건들기나 할까 봐 그러는 모양 같아. 그러고
보니 여자 나이가 얼핏 들어서 확실치는 않지만 스물
둘이라네. 형보다 네 살 아래라고. 그러니 경표가 스물
셋이잖아. 해병대를 일찍 지원해서 작년 겨울에 제대했

고. 어릴 때부터 우리, 잘 알잖아. 만날 사고나 치고 고등학교 다닐 때 몇 달씩 도망가서 집안 속 썩이던 녀석이었지. 그런 개망나니 같은 놈이 그래도 명색이 형순데. 참 꼴사나워서.

하여간 그렇게 돌아치는 판이지. 집에서는 어떻게 지내는지 모르겠어. 부모 눈도 있으니까. 그렇지만 밤에는 쥐가, 낮에는 새가 듣는다는 말 있지? 정필호네 집이 경규 형 옆집이잖아. 필호가 가끔 본다는 거야. 대문 문간방 곁에서 서로 시시닥대는 꼴을 한두 번 본 게 아니라는구먼. 그 집 어른은 아들이 죽었으니 장래가 구만리 같은 젊은 여자는 제집으로 내보내야 되는 일 아냐? 그런데도 아직 보듬고 있는 판이니, 그 어른 맘속에 무슨 생각이 들었는지 알다가도 모르겠어.

출신이 어딘지, 부천이란 것만 알지 그동안 뭘 어떻게 지냈는지 알 수 없는 여자 아냐? 누군 술집 여자다, 누군 다방이나 카페에서 일했다더라…. 제길, 도무지 알 수 없는 여잔데, 지난여름 꼴 보면 분명 평범한 집에서 곱게 자란 여자는 아니야. 그런 여자가 이런 촌골에 처박혀 살려 왔겠어? 아, 이런 말은 죽은 경규 형에게는 미안

하지만. 사실이 그렇잖아?

　잠시 말을 멈추고 내실로 들어가더니 냉수 한 대접을 들고 왔다. 냉수를 쭉 들이켰다. 휴— 한숨을 길게 뱉었다. 물회는 거의 바닥을 드러냈다. 상미 물회를 둘이 거의 다 먹어버렸다. 술병도 벌써 세 개가 바닥에 나뒹굴었다. 상호가 휴대폰으로 시계를 보니 아홉 시를 막 넘기고 있었다. 도착해서 아직 집에 얼굴도 비치지 않고 계속 친구들하고만 있다는 사실에 조금 부담이 되었다. 상미가 성호의 의중을 알아차렸다.

　"벌써 밤이 깊었네. 성호, 너는 아직 집에도 안 갔잖아? 들어가야지. 돈석이는 취한 것 같아. 나도 좀 오르네. 어지러워!"

　"야, 너는 어지러워봤자 성호 옆구리에 기대면 되지만 난 어둠에 기대고 언덕으로 갈 판이다. 그런 소리 마!"

　상미는 그런 소리에는 이력이 붙었는지 상관하지 않았다. 인근 여고를 졸업하고 전문대 1년을 다니다가 휴학한 후 계속 집에만 있었다. 동네 복판에서 제일 큰 슈퍼를 운영하고 펜션도 한 채 있어서 대학 학비는 걱정

없을 텐데도 그냥 1년 다니다가 돌아와 버렸다. 성호가 언젠가 물었더니 간단했다. '과가 맘 안 들어.' 안경과였다. 성호는 돈석이에게 말했다.

"너무 늦은 것 같아. 난 아직 집에 신고도 안 했고."

"이 새끼 봐라. 그럼 난 신고했냐? 지랄하고 있네. 잔소리 말고 딱 하나만 더 까자. 왜? 술값 없어?"

어쩔 수 없이 한 병을 꺼냈다. 물론 이 술값은 성호가 낸다.

김강석이라고 우리 이 년 위잖아, 윗동네 강석이. 깡패 같은 새끼 말이야. 이거 참 복잡하게 얽혀 간다니까. 예전에 해수욕장 강간 사건으로 일 년 반 영창 갔다 온 새끼 말이야. 그것 때문에 군대도 안 갔지. 이게 슬슬 몸을 푼다고나 할까. 심심하면 이곳에 얼씬대기 시작했다고. 마을 회 센터에 앉아 회는 안 처먹고 막소주에 담배만 뻐끔거리다가 슬슬 어판장 곁을 지나 윗길로 걸어가면, 누구 집 앞을 지나게 되는지 잘 알지? 그 새끼가 우리 동네에 무슨 볼일이 있겠어? 당최 이곳에는 얼씬대지 않던 새끼가 형이 죽자 며칠 후부터 이곳에 얼씬대더라고. 난 첨부터 알아봤지. 그 새끼의 목적을.

공연히 윗길로 올라가 그 집 앞에서 눈길을 슬슬 돌리며 걸음을 최대한 천천히 걷는 꼴을 내가 몇 번 봤어. 트레이드마크인 붉은 잠바를 걸치고 항상 신는 등산화를 소리 내어 질질 끌면서 걷는 모습. 콱 침이라도 뱉고 싶지만 사고칠까 봐 나도 보고만 있는 중이야. 하여간 한 여자 땜에 밑으로 꼬여가는 건달 새끼들 꼴이, 에이 씨발놈들!

돈석의 취한 입에서 연신 욕설이 터져 나왔다. 상미나 성호는 그 성깔을 잘 알고 있었다. 돈석은 앞 술잔을 성급하게 마셔버리고 성호의 빈 잔에 술을 부었다. 넘쳐서 탁자 위에 흘렀다.

며칠 전 그 집 앞에서 작은 시비가 붙었는데 소리가 커지자 마침 집에 있던 필호가 나와서 뜯어말렸다네. 근데 서로 지껄이는 말이 걸작이었다는 거야. '야 이 새끼야. 할 일 없으면 집구석에서 쐐주나 팔 일이지 왜 쓸데없이 남의 집 마당에서 어슬렁대? 별 개새끼 다 보겠네.'

강석이 집이 술집 하잖아. 강석이가 그냥 있을 놈이야? '지랄하고 있네. 내 발로 내 맘대로 어딜 못 가? 병신 같은 새끼. 이 길이 너 안방이야? 씨발놈아. 너야 말로 할 일 없으면 방구석에 뒤집어져 콧구멍이나 쑤셔라. 별 개새끼 다 보겠네.' 크윽—두 놈들 얘기, 참 걸작이지. 그걸 필호가 말리고는 나에게 전했어. 경표 그 새끼는 벌써 알아차린 거야. 저 새끼가 옛날에 강간 사건도 벌인 놈이라는 건 천하가 다 아는 사실이고, 자기 집 근처에 어른댄다는 게 그냥 일없이 하는 짓이 아니라는 것을. 흐흐. 지켜야지. 지 건 지가 지켜야지. 안 그래? 후후. 개쌔끼들!

이게 그걸로 끝날 일이 아니야. 그 여자가 있는 한 언젠가는 큰일 벌어질 걸. 틀림없어. 계집이 모든 일의 원흉이지. 아 이런, 여기 상미가 있는 줄 깜빡했네. 흐흥 흐흐흐. 넌 제외라는 거, 잘 아시겠지?

상미는 덤덤하게 돈석이 얼굴을 보며 한 마디 던졌다.
"아직 술 덜 마셨네. 제법 바른 소리도 할 줄 아는 거 보면. 난 집에 가야 해. 너무 늦었어, 일어나야지."

상미가 성호를 보며 일어섰다. 계산을 하고 밖으로 나왔다. 술도 어지간히 마셨지만 추위도 바닷바람 속에 살아 있었다. 돈석이 먼저 언덕 집으로 올라갔다. 둘은 잠시 옆 동네로 향하는 바윗길로 걸었다. 넉 달 만에 만났다. 성호가 상미 손을 잡았다. 차가웠다. 상미는 그대로 있었다. 달빛이 파도 위로 부서져 내리는 틈으로 멀리 검은 수평선이 일렁거렸다. 그 광경을 상미는 성호 손을 잡고 바라보았다. 성호가 한 팔로 그를 안았다. 몸을 돌리고 꼭 껴안았다. 입술을 포개자 잠시 성호를 받아들이던 상미는 몸을 밀치며 그의 집 쪽으로 뛰어가 버렸다. 첫 입맞춤. 바다 위로 달빛이 흩뿌린 윤슬이 새하얗게 빛났다. 이날 성호는 긴밤을 새웠다.

성호가 집에 온 지 일주일이 지났다. 동생은 심심하면 형 방이라고 들어와서 자꾸 이것저것 물어보며 놀았다. 새엄마의 마음을 얻지 못한 빈 공간을 형을 통해 채우려 하고 있었다. 성호도 동생의 심정을 알고 있었다. 새엄마는 동생에게는 그리 사랑을 보내지 않는 눈치지만 성호에게는 곰살갑게 대했다. 장남이라는, 다분히 미래 가치에 대한 배려처럼 다가왔지만 성호도 굳이 얼굴을 돌릴 이유는 없었다. 직접 낳은 아이가 없는 불안감에 장남과 거리를 둘 마음은 없는 것처럼 느꼈다. 새엄마가 집에 들어온 지 오 년.

아버지 사업은 점차 안정돼 가고 있었다. 방 다섯인 펜션도 작은 섬과 마주하고 해변을 한눈에 조망할 수 있는 위치로 인해 겨울철에도 심심찮게 손님들이 들고 있었다. 손님들은 성호네가 직접 운영하는 아래층에서 식사를 했다. 수입은 거의 펜션에서 나왔다. 그러나 배 사업도 철만 잘 맞으면 대박이 터지곤 했다. 아버지는 모든 일에 적극적이었다. 단지 성호가 진학을 서울로 못 하고 지방대 그것도 국문과로 정해지자 큰 실망감을 나타냈지만 그것도 잠시였다. 현실을 빨리 받아들이는 자세. 아버지의 강점이었다. 아버지는 아들의 마음을 잘 알고 있었다. 아내와 자식들, 특히 장남과 아내 사이를 부드럽게 이어주려는 마음이 깊었지만 성호는 그리 신경 쓰지 않았다.

어느 새벽이었다. 밖이 매우 소란스러워 잠에서 깬 성호는 이층 창문으로 밖을 봤다. 어판장엔 난리가 났다. 마을 사람들이 모두 나온 것 같았다. 파도는 잔잔했다.

그때 바다 속에 검은 그림자 몇 무더기가 서서히 냄노는 광경을 보자마자 성호도 후다닥 일어나 옷을 입고는 밖으로 나왔다. 도루묵 떼가 항구 안을 들어왔다. 사람들은 도루묵의 습성을 알고 있었다. 몇 척의 배가 방파제 앞에서 긴 장대를 들고 도루묵 떼가 먼 바다로 빠져나가지 않도록 지키고 있었다. 항구 안에서는 그물을 던져서 팽팽하게 잡힌 도루묵을 끌어올리는 사람과, 어판장에 쌓아놓은 어물이 펄쩍펄쩍 뛰는 장면이 어울려 활기가 솟구쳤다. 지금까지 아침이면 찬바람만 횡횡하던 어판장이 아연 생명을 되찾은 광경이었다. 사방이 펄펄 뛰는 도루묵 천지였다. 손바닥보다 조금 긴 도루묵이란 놈은 맨바닥에 쌓아놓아도 오랜 시간 죽지도 않았다. 죽었는가 하고 손으로 잡으면 꿈틀거리는 끈질긴 생명력이 있었다.

검푸른 바다 속에 상어 덩치보다 더 큰 검은 그림자가 무더기로 회유하고 있었다. 이놈들은 선두를 따라 질서 있게 회유하는 것인데, 그 앞머리에 그물을 치면 뒤따라 수백 마리의 도루묵이 우직하게도 그물 속으로 몽땅 몰려드는 것이다. 모두 난리가 났다. 근 한 달 만의 어획이었다. 그날 이후 양미리가 잡히기 시작했다. 아침에 들어오는 어선에는 등 푸르고 배 하얀 양미리가 그물코마다 들어박혔다.

오후 늦은 시간. 순이가 휴대폰으로 불렀다. 건넛불에 카페가 개업했는데 거기 모여 있다고 했다. 성호도 알고 있는 카페였다. 해안 길을 따라 천천히 걸었다. 산모퉁이를 돌자마자 성호는 걸음을 멈췄다. 김강석이 그 붉은 잠바를 걸치고 큰 바위에 몸을 기대어 담배를 피우고 있었다. 피할 수 없었다. 성호는 그 앞으로 지나가면서 아는 체했다. 강석도 씩 웃었다. 오늘따라 청바지에 구두를 신었다. 피부가 근질거리는 것 같은 기분을 떨쳐버리고 버스정류장 건너편 이층에 새로 개업한 카페로 들어갔다. 탁자 두 개를 붙이고 순이와 선숙이 앉아 한창 이야기하는 중이었다. 다른 손님은 없었다.

"누나가 부르면 좀 재깍 달려와야지. 버르장머리 없이 느릿느릿 걷기는."

"커피나 빨리 대령해. 오래비가 왔으면 답게 말버릇도 좀 고치고."

"요즘 세상은 거꾸로 간다더니 나이 젊은 오래비 소

리도 듣네. 상미도 곧 온다고 했으니 섭섭하게 생각지
마라 애."

순이가 놀리면서 말했다. 선숙이는 슬슬 웃기만 했다.
그때 필호와 용철이가 떠들며 들어왔다. 그들이 들어오
자 분위기가 시끄러워졌다.

"야, 저거 봐. 저 여자, 부천 아냐?"

선숙이 밖을 보며 나직이 말했다. 우리 눈길은 일제히
버스정류장을 향했다. 이층에서는 정류장 전체가 한눈
에 들어왔다. 그 여자였다. 흰 바지에 부츠를 신고 남색
반코트를 멋지게 걸친 여자. 이제 막 시내로 출발하는
버스에 오르고 있었다.

"시내로 출타하시네. 팔자 하난 끝내준다. 내보다 백
번 낫구나 호호."

"신경 꺼라. 서로 제멋에 사는 거지. 우리가 떠들 일이
뭐 있겠어."

버스가 출발한 후 길에 상미가 걸어오는 모습을 봤다.
상미는 역시 머리를 뒤로 깨끗하게 묶었다. 잠시 후 카
페로 들어오자 순이가 놀렸다.

"전화도 없었는데 님 계신 곳은 용케도 아네. 냄새가

산 너머까지 퍼진 모양이지?"

놀려댔지만 상미의 하얀 얼굴은 엷은 미소만 띠었다. 성호 앞에 다소곳이 앉았다. 성호에게 눈길을 주지 않았다. 성호는 형체를 알 수 없는 청백색 그림자를 느꼈다. 차가운 얼굴과 따뜻하던 입술은 그림자 속에 살아 있었다. 다시 용철이가 검지손가락으로 아래를 가리켰다. 강석이 정류장에 나타났다. 성호는 순간 어떤 투명한 연결고리를 확인하는 느낌이었다.

"저 인간도 시내 가나? 야, 이것 봐라. 우연이 아니야. 뭔가 있어!"

선숙이가 나직이 말했다. 한길 옆에 주차한 검은 K5 승용차 뒤에서 강석은 담배를 피우며 여유를 부리는 듯 서 있었다. 잠시 후 그는 승용차를 타고 시내 쪽으로 사라졌다. 우린 선숙의 말을 짐작하고 있었다. 모두 한 마디씩 떠들었지만 겉돌기만 했다. 실체의 고갱이를 드러내기에는 뭔가 미진한 무엇이 모두의 마음에 자리하고 있었다. 필호는 조용히 듣고만 있었다. 사실 그 집 사정을 누구보다도 잘 아는 사람은 마을에서 필호였다. 담을 사이에 두고 그 집 마당에서 들리는 웬만한 대화는 거의 들을 수 있었다. 또 필호 엄마는 심심하면 경표네 집에 놀러가서 술도 마시고 밥도 같이 먹는 사이여서 그 집 내막은 속속들이 알고 있었다. 그러나 필호는 입을 다물고 있었다.

겨울철에 고기가 안 잡히면 모두 할 일이 없어 술타령에 빠지기 일쑤였다. 우리도 별다르지 않았다. 그렇지만 요즘 항구가 활기를 띠면서 심심풀이로 이렇게 모일 일이 드물었다. 성호와 마을 소식이 한동안 막혀 있었다. 선숙이가 필호를 툭 치며 말했다.

"너 집에서는 잘 알 거 아냐? 재밌는 일 없어?"

필호는 머뭇머뭇하며 말을 삼갔다. 순이가 거들었다.

"너만 알지 말고 우리들도 좀 알자 애. 나도 요즘 경표가 대낮부터 술 취해서 돌아다니는 모습 몇 번이나 봤는데, 뭔가 안 풀리는 모양이야."

성호는 가만히 있었다. 남의 집 내부 사정을 듣는다는 좀 거북한 기분이었다. 용철이가 말했다.

"강석이와 경표가 붙은 걸 너가 말렸잖아. 요즘은 집 앞이 조용한 모양이더라. 경표가 대낮부터 취해 돌아다니는 게 좀 안됐어. 나도 몇 번 봤거든. 모두 바빠 정신이 없는데도.”

“그게 말이야….”

필호가 입이 열렸다. 그렇지만 아주 조용히 머뭇거리듯 말했다.

“술 마시고 자주 아버지와 다투는 기색이야. 그 여자 방이 이층 구석방인데 한동안 있는지 없는지 숨소리도 없었어. 아래층에 부모와 경표가 살잖아. 그런데 여자가 요즘 바깥출입이 잦아. 나도 몇 번이나 봤어. 차려입고 나가는 모습. 아마 시내 갔다가 막차로 들어오는 모양이야. 거참 웃기는 게, 그럴 때마다 경표가 마당 구석에 앉아 쐬주를 마셔. 막상 여자가 오면 또 아무 말도 없고. 흐흐.”

“야, 방금 여자가 시내 갔잖아? 그 뒤로 강석이도 자기 차 타고 갔고.”

필호는 무덤덤하게 말했다.

“강석이 친구 중에 김세종이라고, 알지? 지금은 시내에서 잡화상 하는. 내가 시내에 나갔다가 그 형을 우연히 만나서 이런저런 이야기하는 중에 툭 튀어나오더라. 요즘 강석이 그 새끼에게 여자가 생긴 모양이더라고. 두어 번 바닷가 횟집에서 봤다는 거야. 거참. 그 여자가 누구겠어? 아무래도… 돌아가는 꼴이. 경표가 알면 그냥 있겠어?"

모두 입을 닫았다. 한물 간 회를 먹듯 찜찜한 기분이 감돌았다.

아침에 돈석이 피곤한 몸으로 배에서 내렸다. 항구로 들어오는 모든 배에는 양미리가 집채만큼이나 쌓였다. 그물코마다 경쟁이라도 하듯 양미리가 박혔다. 그물을 어판장으로 옮겨 놓으면 거대한 물고기가 누워 있는 듯 징그러울 정도였다. 한밤의 수확물을 어판장에 끌어놓으면 그 다음은 여자들의 몫이었다. 아주머니들은 양미리를 정리하느라 모두 분주했고 어부들은 밤새 이어진 추위와 거친 작업에 허기진 속을 채우기 위해 해장국집으로 몰려갔다. 돈석이는 경표가 배를 타지 않았다는 사실도 알고 있었다. 요즘 좀 부지런하더니 어제 출어에는 연락도 없이 빠졌다. 돈석은 상관하지 않았다.

그날 밤, 경표네 집에서는 한바탕 소란이 벌어졌다. 취한 경표 목소리 사이에 작은 여자의 목소리. 그리고

경표 엄마의 갈라진 음성. 물건을 집어던졌는지 박살나
는 소리. 필호 집에서는 생생하게 들렸다. 경표 아버지
음성은 없었다. 다음 날에도 출어하는 어선에 경표의 모
습이 보이지 않았다. 며칠 동안 아침에만 마을에 어른거
리다가 오후면 승용차를 타고 어디론가 사라졌다가 아
침이면 집에 나타났다.

돈석은 늘 피곤했다. 오래간만에 온 풍어 속에 싸여
정신이 없었다. 친구들 만날 시간도 없었다. 집으로 올
라가다가 같은 배를 타는 필호네 집에서 커피 한잔 얻어
마시고 가는 게 고작이었다. 짧은 틈에 둘은 이야기를
나누었다. 그러나 풍어의 느긋함 속에서도 남쪽에서부
터 겨울에는 드문 폭풍이 몰려온다는 소식이 돈석의 마
음을 어둡게 했다. '풍어가 한 달은 계속되어야 하는데,
무슨 얼어 죽을 겨울 폭풍은.'

저녁이었다. 돈석이가 전화했다.

"야, 너 오늘밤 일없지? 서울서 온 물주가, 판장에 쌓
은 양미리 지킴이가 필요하다는데. 하룻밤 값도 넉넉히
준다더라. 심심한데 옷 든든히 입고 같이 모이자. 필호
도 지원했어. 밤새도록 장작불에 양미리 안주로 쏘주나

마시자. 어때?"

성호는 바로 승낙했다. 특별이 할 일도 없고, 겨울 밤 바다의 찬 기운을 맞으며 양미리 더미 옆에서 별과 파도를 온몸으로 받아들인다는 낭만도 그랬다. 장작불을 지피고 양미리에 소주도 좋았다. 그날 밤 셋은 산처럼 쌓인 양미리 뒤에서 장작을 준비하고 석쇠를 걸 벽돌과 마실 술도 됫병 두 개를 준비했다. 소금과 초장, 양미리 안주가 지겨울 때를 대비해서 문어김치조림도 준비했다. 두툼한 외투와 털모자는 필수였다.

밤 여덟 시. 셋은 장작에 불을 지피고 석쇠에 양미리를 올렸다. 하늘은 별이 총총. 파도는 멀리서 가까이서 들려왔다. 마침 칼바람도 없었다. 서로 낄낄대며 되잖은 농담을 지껄였다. 석쇠에서 양미리가 맛있게 익어갔다. 대개 도시 사람들은 알이 통통히 밴 양미리를 좋아한다지만 우리는 아니었다. 알 밴 양미리보다 하얀 창자가 든 양미리가 훨씬 맛있다는 사실. 석쇠 한 쪽에 문어김치조림이 든 냄비도 올렸다. 문어와 김치를 섞어 조리면 맛이 기막혔다. 셋은 거침이 없었다. 먹고 마시고 권하고 떠들고…. 모두 많이 취했지만 차가운 겨울밤은 취기를 하늘로 날려 보냈다. 그 빈 자리에 다시 취기를 밀어 넣었다.

"어, 이제야 오줌이 나오네."

돈석이 허리춤을 만지며 바닷물이 찰랑대는 어판장 끝에 서서 비틀거리며 허리춤을 내렸다.

"저 녀석, 오줌 하나 오래도 누네. 뱃속에 오줌만 찼나. 크익."

필호가 떠들었다. 성호는 벌떡 일어섰다. 오줌 누던 돈석의 모습이 갑자기 사라졌다. 필호 어깨를 주먹으로 치며 어판장 끝으로 급히 가다가 벌렁 자빠졌다. 낮에 겨울 파도가 어판장을 넘어와 밤기운에 얼음이 얼었다는 사실을 잊었다. 필호가 성호를 일으켰다.

"야 이거, 돈석이가 어딜 간 거야? 이 새끼, 안 보여. 오줌 누다 빠진 모양이다."

"판장이 이렇게 미끄러운데, 일 났네 이거. 취해서 정말 빠졌나?"

성호와 필호는 어판장 끝에서 허리를 숙이고 파도가 찰랑대는 바다를 살폈다.

"야, 씨팔노마. 나 여깄어. 빨리 밧줄 던져라. 빨빨리!"

아래에서 돈석이 욕설이 들렸다. 어판장 바로 밑에서 계속 손을 움직이며 차가운 겨울 바다에 부유하고 있었다. 물론 배꾼 돈석의 수영솜씨는 알아주지만 때는 한겨울 밤이었다. 필호가 밧줄을 구해 와서 밑으로 내렸다. 돈석은 단단히 잡았다. 둘은 잡아당기다가 얼음에 미끄러지고 다시 미끄러지며 겨우 돈석을 올렸다. 그래도 추운 바다 속에서는 덜 했다. 판장에 끌어올리자 돈석의 옷이 버석버석 얼기 시작했다. 사람이 추위 속에 젖은 알몸으로 서 있는 상황이었다. 우리는 외투를 벗어 돈석을 감싸고 가장 가까운 성호 방으로 옮겼다. 홀딱 벗기고 이불로 돌돌 말았다. 보일러를 최대로 올렸다.

한참 있다가 정신이 돌아온 돈석이 배시시 웃었다.

"야, 이 새끼야. 얼어 죽지 않은 게 다행이다."

"그게, 거기가 미끄러운지 깜빡했다."

"흐흐흐. 고추가 붙어 있는지 내가 확인해 줄게. 어디 보자. 얼어서 뿌러졌는지도 모르니."

필호가 슬며시 이불 속으로 손을 집어넣었다.

"이런 망할 쌔끼!"

돈석이 벌떡 일어섰다. 홀딱 벗은 몸이 형광등 아래에

서 벌겋게 빛났다. 분명 그의 물건이 아래에 든든히 붙어 있었다.

　삼 일 후 바다는 거칠어지기 시작했다. 하늘에는 검회색 구름이 낮게 덮였고 참고 참았던 자연의 에너지가 바다 속 깊은 곳에서 위로 분출하면서 내뿜는 세찬 거품은 해안을 흰 이빨로 찢어버리기라도 하듯 날카롭게 갈라지면서 몰려왔다. 폭풍의 시작은 늘 이렇게 시작됐다. 모든 배가 항구 깊숙한 곳에서 숨을 죽이고 있지만, 롤링으로 흔들리는 배는 바짝 붙은 서로의 허리를 치며 낮은 비명을 질렀다. 한동안 풍어에 마음 쏟았던 사람들은 배를 단단히 묶고 빨리 폭풍이 물러가기만을 기다렸다. 이런 날에는 동네 횟집도 휴업한 것처럼 한산했다. 동네 사람들보다 외지인이 뿌리는 돈으로 먹고사는 횟집은 어부들과 같았다. 모두 폭풍이 사라지기를 기다릴 뿐이었다.

　항구는 공치는 날이 술 마시는 날이다. 모두 끼리끼리 모여 흔한 양미리나 도루묵을 안주로 술판을 벌였다. 밤이 되자 몸이 근질거리던 돈석이가 필호를 불러 성호 방에 습격하듯 들이닥쳤다. 손에 든 검은 비닐봉투가 밑으로 무겁게 쳐졌다.

"비는 오고 바람은 부니 할 일이 이것밖에 더 있나. 잘 나가다가 이 모양이니 답답해서 왔어."

풀어 놓은 소주가 일곱 병이다. 성호는 주방에 가서 안줏거리를 담은 간단한 상을 들고 왔다.

"라면이라도 끓일까? 저녁 먹었어?"

"이런 배라먹을! 닭똥냄새 나는 라면은 무슨 라면. 한 달에 백 번 먹는 밥, 한 번 안 먹었다고 어디 덧나나? 술이나 마시자. 가만 있자. 우리만 이럴 게 아니라 예쁜 동지들도 불러야지."

이곳저곳 전화를 부산하게 하더니 검지와 중지를 치켜들었다. 둘이 온다는 뜻. 선숙이와 순이였다. 그들은 금방 왔다. 선숙이도 봉지를 들었는데 그 속에 마른 오징어 다섯 마리가 들었다.

"와, 이 방 참 오랜만이네. 역시 부잣집은 뭔가 다르구 나야. 아담한 게 신방 같아 큭."

순이가 너스레를 떨었다.

"왜 우리만 불렀어? 사모님도 불러야지."

"못 오신단 전갈이시다. 누구누구 있냐고 해서 말씀

올렸더니 멀쩡하던 목소리가 갑자기 낮아지며 옥체가 편찮으시다고."

"홍. 단 둘이 아니면 안 오시겠다, 이 말씀이겠지? 혹시 몸이 무거워졌나? 큭!"

"쑥스러워 못 오는 게 아니고? 얘, 성호야. 너들 사이에 무슨 일이 있었지? 요즘 상미가 샐쭉해졌더라. 사실대로 말 해 봐."

선숙이와 순이가 계속 눈을 장난스럽게 치뜨며 파고들었다.

"일은 무슨 일? 요즘 얼굴도 못 봤어. 잡스런 말 그쯤하고. 자, 술이나 마셔. 비오는 날이 공치는 날이라고."

성호가 앞에 놓인 다섯 술잔에 가득 따랐다. 일제히 올렸다.

—풍어 원샷!

남자 셋은 그대로 마셨지만 여자들은 입에 대다가 그냥 놓았다. 돈석은 마른 오징어를 부욱 찢어 다리 하나를 입에 넣고 우물거리며 필호에게 말했다.

"야, 필호가 말 좀 해라. 아까 나한테 말하던 것. 경표와 강석이 일 말야."

"재수 없는 일 생길라. 말 조심해야지 원. 내가 전에 시내에 사는 김세종이란 강석이 친구 얘길 했었지? 또 만났어. 세종이 말이, 시내 바닷가 찻집에서 둘이 맞닥뜨렸다는 거 아냐. 누구라고? 누구긴 누구야. 그 여자와 경표지. 여자가 혼자 찻집에 있었는데, 누굴 기다리는지는 모르겠고, 하여간 경표와 딱 마주친 거야. 짐작에 경표가 여자를 찾으러 바닷가를 뒤졌을 거라 하더군. 하여간 경표 눈에 쌍심지가 켜졌지. 누굴 만나냐고 다그치는 중에 강석이가 나타난 거야. 그러자마자 경표는 다짜고짜 강석이 얼굴에 한방 날렸다는데, 강석이가 가만 있을 인간이 아니지. 찻집에서 난리가 났고. 경찰이 오고 경표가 끌려갔는데, 시내에 아는 놈이 세종이뿐이라 세종이가 해결했다고 하더라. 돈도 어지간히 들었고. 폭풍오기 전에 벌어진 일이야. 하여튼 여우 한 마리가 사람잡겠어."

묵묵히 듣고 있던 성호가 말했다.

"옛날 고구려나 부여에 형사취수제가 있었지. 형이 죽으면 동생이 형수를 아내로 맞이한다는 제도. 형이 죽고 아내가 자식과 가축을 몽땅 갖고 친정으로 가버리면 남편 집에서는 상당한 재산이 사라지기 때문에 그걸 방지하기 위해서 형수를 동생이 차지했다더군. 그런데 이건 뭐야? 그 여자는 재산이 있나, 뭐가 있나. 있는 건 끼가 철철 흐르는 몸뚱이 하나밖에 더 있어? 경표 그 자석이 끼에 완전히 빠진 모양이네. 거 참 한심한 일 보네."

여자애들이 키들키들 웃었다.

"거 바람직한 제도네. 난 형이 없으니 그럴 복도 없고 여긴 다 형이 없는 맹충이만 모였구나. 경표는 복도 많아, 형이 사라지니 재산이 절로 떨어질 테고 예쁜 형수도 차지하고. 세상에 난 지지리 복도 없어. 에이."

돈석이 술을 털어 넣었다. 술은 한입에 목구멍으로 들어갔다. 그 모양을 빤히 보던 순이가 이죽거렸다.

"애 애. 형 타령 그만 해라. 이런 꼴 보기 싫어 난 형 없는 독자에게나 시집갈란다. 어디 참한 독자 없나?"

"요기 계신다."

돈석이 엄지로 자신의 가슴을 쿡쿡 찔렀다.

"흥. 누가 그러더라. 그게 뿌러져서 없다며? 그래도 장가는 갈 생각인 모양이지? 후훗."

입을 삐죽하는 순이를 보고 모두 웃었다.

빗소리는 더욱 거세졌다. 가까운 곳에서 거대한 파도가 바위를 때리는 굉음이 요란하게 들렸다. 방안에서는 며칠 사이 있었던 마을 일들이 어지럽게 오갔다. 그리고 점차 말을 그쳤다. 빗소리에 눌린 탓일까. 잘 떠들던 돈석이나 순이도 잠잠해졌다. 잠시 빗소리 속에 귀를 묻던 친구들이 슬며시 일어났다. 소주는 아직도 두 병이 남았지만 누가 먼저랄 것 없이 일어나서 모두 집으로 돌아갔다. 밤 아홉 시가 넘었다. 가벼운 취기에 잠시 의자에 기댔다. 점점 파도소리가 커졌다. 수백 톤의 바닷물이 솟구쳐 올라 건너편 바위를 부서져라 들이치는 소리는 거대한 포탄 터지는 소리처럼 들렸다. 가끔 서울서 온 숙박객들은 파도가 그리 세지 않았는데도 파도 소리에 시끄러워 잠을 설쳤다는 사람들이 많이 있었다. 그러나 이곳 사람들에게는 그건 자장가에 불과했다. 거대한 태풍 속에서 바다가 산산이 찢어지는 아픔에 울부짖어도 모두 편안히 잠을 잘 잤다.

잠시 멍하니 파도 소리에 잠기다가 상미에게 문자를 넣었다.

'이층 내 방에 놀러 와. 친구들 다 가고 심심해.'

잠시 후 온 문자.

'집일 마치고 갈게. 이십 분.'

'정문으로 오지 말고 뒤 철계단으로 와.'

'˘ ♥ ˘'

이십 분이 아니라 십 분도 지나지 않았는데 문 두드리는 소리와 동시에 상미가 문을 열었다. 옷과 얼굴, 머리칼에 빗물이 젖었다. 얼굴은 더욱 하얗게 빛났다. '술 마셨네.' 성호는 고개를 끄덕였다. '친구들이 왔어.' 이번에는 상미가 고개를 끄덕였다. 성호는 수건을 건네려다가 직접 얼굴을 닦아줬다. 처음 몸을 비틀던 상미는 그대로 있었다. 옷섶과 머리칼에 묻은 물기도 닦아주었다. 그러자 성호를 바로 바라봤다. 성호도 상미 얼굴을 똑바로 봤다. 손으로 상미의 얼굴을 만졌다. 차가왔다. 얼굴을 가까이 댔다. 가만 있었다. 입술을 포갰다. 상미는 성호 목을 안았다. 성호는 거세게 상미를 끌어안았다. 손을 가슴속으로 넣자 움찔했다. 성호의 가슴이 거세게 뛰었다. 바닥에 눕혔다. '이러지 마!' 그러나 거절이 아니었다. 입술을 받으며 성호 등을 꼭 껴안았다. 파도는 계속 바위를 치고 있었다.

다음 날 늦게까지 자고 있는데 새엄마가 늘어와서 아침 먹으라고 깨웠다. 어쩔 수 없이 일어나 아래층으로 갔다. 밖에는 파도와 비가 어제보다 기세를 줄였다. 식탁에 앉았지만 깔깔한 속에 밥이 들어갈 리 없었다. 다행히 생선 매운탕이 있어서 몇 술 뜨자마자 누가 밖에서 문을 세게 두드렸다. 성호가 나가니 돈석이었다. 우산도 쓰지 않은 얼굴이 빗물에 굳었다. 무겁게 말했다.

"씨바, 일 났다. 강석이가 경표를 칼로 찔러 죽이고 도망친 모양이야. 그리고 부천 여자도 어제 오후부터 집에서 사라졌대. 옷가지도 몽땅 싸가지고."

성호는 멍하니 돈석의 얼굴만 쳐다봤다.

"지금 경찰이 쫙 깔렸어. 경표 시체는 아침에 마을 사람들이 먹바위에서 발견했는데, 의사 진단으로는 발견 당시 이미 숨이 끊어진 지 한참 됐다더군. 어젯밤 폭풍 속에서 일이 벌어졌겠지. 지금 강석이와 여자 행방을 쫓는 모양인데, 찾지 못한 모양이야."

성호는 방에 가서 옷을 단단히 입고 나왔다.

"경표네 집은 난리가 났어. 아들이 다 죽어버렸으니 부모가 어찌됐겠나. 얼른 가보자. 필호도 아마 그 집에 있을 거야."

"경표를 강석이가 죽인 줄 어떻게 알아? 누가 본 것도 아닐 텐데?"

"경찰에서 경표 집과 주변 사람들 말을 다 듣고 혐의를 둔 거지. 여자도 사라졌고."

둘은 빠른 걸음으로 경규 집으로 갔다. 성호의 머릿속은 복잡하게 돌아갔다. 경표가 당하는 그 시간에 상미와 같이 있었다. 죽음과 사랑이 나란히 평행선을 달리는 기분이었다. 상미가 이 사건을 알게 되면 어떤 생각을 하게 될까. 생각을 지워버렸다. 그 집에 다다르자 비가 흩날리는 중에도 마당에 마을 사람들이 북적이고 있고 경표 엄마의 통곡이 골목 너머로 솟았다. 두 아들을 반 년도 안 돼 잃어버린 어머니의 가슴이 조각조각 갈라지는 통곡이었다. 필호 엄마가 다른 아주머니와 함께 필사적으로 꼭 안고 달래고 있지만 터져버린 슬픔의 통로를 막을 수는 없었다.

둘은 할 일이 없어 그냥 멍하니 보고만 있었다. 사체는 검사를 위해 경찰에서 시내 의료원 영안실에 안치해 놓았으니 집에서는 당장에 손발 움직일 거리가 없는 형편이었다. 그러니 마을 남자들은 웅성거리기만 할 뿐, 아주머니들만 방안에서 경규 어머니를 달래고 있었다.

이때였다. 갑자기 방문이 벌컥 열리며 눈이 시뻘겋게 달아오른 어른이 까악— 소리를 지르며 밖으로 뛰쳐나왔다. 맨발로 툇마루를 건너뛰어 마당으로 나오더니 벌건 눈을 휩 뜨며 무엇을 찾는 눈치였다. 사람들이 깜짝 놀라 어리둥절하는 사이에 손에 잡히는 무엇이 없자 마당 구석에 놓인 바지랑대를 집어 들고 사람들을 아무나 두들겨대기 시작했다. 사람들은 당황했다. 이리저리 피하다가 젊은 패들이 어른을 꼭 붙잡고 바지랑대를 빼앗았다. 그리고 충혈된 눈이 뒤집혀 흰자위만 남은 어른을 방으로 떠밀듯이 모셨다. 어른이 입을 벌리고, 손발이 바르르 떠는 모습을 성호는 보았다.

일주일 후 사건은 정리되었다. 강석은 정선에서, 여자는 강릉에서 검거됐다. 그 후 여자는 석방되었다.

살인을 여자에게 말하지 않고, 미리 약속한 대로 폭풍이 부는 저녁 여자를 데리고 강릉에 도착했다. 그러나 심상찮은 분위기에 겁먹은 여자가 화장실에서 도망쳐서 모텔에 투숙한 후 경찰에 검거된 것밖에 아무 죄는 없었다. 강석은 경찰 조사에서, 애초부터 죽일 마음이 없었다고 진술했다. 폭풍이 치던 날 먹바위에서 경표를 만나 여자 문제로 심하게 다퉜다. 경표가 칼을 꺼내자 엉겁결에 밀고 당기다가 자신이 칼을 빼앗자 경표가 덤벼들었고, 비 오는 캄캄한 밤에 실수로 경표 목을 긋게 됐다는 진술을 했다. 경표를 찌른 칼은 경표가 어선에서 사용하던 어물을 다듬는 칼임이 증명되었다.

경표 아버지의 병세는 날로 심해졌다. 주변 사람들을 인식하지 못한다는 소문이었다. 정신병원에 입원시켜야 한다는 의견이 친척들에게서 나왔다는 말도 떠돌았다.

2월 초. 눈이 심하게 오는 날, 성호는 집을 벗어나 강릉 원룸으로 갔다. 떠나기 전 성호는 상미를 만날 생각이었으나 마음을 눌렀다. 아직은 아니라는 생각이 앞섰기 때문이었다. 문자만 날렸다.

'눈이 오네. 난 잠시 학교 도서관에 묻힐 생각. 세찬 겨울이 지나가면 우리 마음도 따뜻하게 될. 그동안 겨울 바다는 항상 우리 곁에 첫 모습 그대로 잠잠히 ˘ ˘.'

안개 사냥

오늘도 산안개가 짙게 깔렸다. 가파르게 솟아오른 산
능선에서부터 밑으로 깊게 파인 좁은 계곡에서는 가늘
게 물 흐르는 소리가 들렸다. 계곡 입구의 논에는 추수
를 기다리는 벼의 무거운 황갈색 이삭들이 새벽안개에
젖어 일제히 고개를 숙이고 있었다. 좁은 농로를 따라
오른쪽에 솟아오른 수곡산은 새벽안개 속에서 미세한
대기의 흐름에 진회색으로 온몸을 숨기다가, 곧 피어날
햇빛에 기대어 진득한 숨을 내쉬는지 천천히 몸체를 드
러냈다. 원희는 이른 새벽이면 항상 안개가 마을과 산야

를 둘러싸고 있음을 지난 한 달의 경험으로 낱고 있었
다. 띄엄띄엄 한 집씩 숲속에 박혀 있는 이곳의 민가는
아침 안개에 묻혀 아직도 깊은 잠에 잠겨 있는 듯했다.

구월 말. 이른 아침의 습습한 기온이 얼굴에 달라붙었
다. 부연 안개 탓인지 발걸음이 잘 나가지 않았다. 산기
슭에 숨은 수많은 종류의 새들이 한꺼번에 청량한 구슬
을 하늘 위에서 땅으로 쏟아내는 듯한 소리. 그 소리들
은 허공을 채운 안개 입자 하나하나에 부딪치고 꺾여
예각과 둔각으로 뒤섞이며 사방으로 튀었다. 새들은 밤
새도록 그들의 작은 대화를 밤의 차가움에 담고 쌓아서
가슴속에 품고 삭이다가 새벽이면 가슴을 활짝 열어젖
히고 밤새도록 쌓은 억눌림을 일제히 허공으로 굴렸다.

도리치 마을. 계곡 입구에 세로로 놓인 짧은 돌다리
옆 바위에 글자 하나가 손바닥 크기로 새겨진 '도리치
마을'이란 검은 글씨가 희미하게 보였다. 원희는 가시거
리가 불과 스무 걸음 정도에 불과한 안개 속으로 천천히
걸어 들어갔다. 논이 펼쳐진 계곡 입구에서 좁은 계곡으
로 올라갈수록 안개는 더욱 짙었다. 자신의 발자국 소리
가 가을 들어 두텁게 쌓인 낙엽 밑으로 스며들고 있음을

느꼈다. 왼편 좁은 계곡 밑에서 새들이 갑자기 날아오르는 소리가 고요를 깨뜨렸다. 미세하게 구르는 물소리. 발밑에서 짓눌리는 낙엽의 떨림. 완만하게 경사진 돌길을 오르는 자신의 죽인 숨소리. 그러다가 다시 한곳 틈새에서 새들이 지저귀는 소리에 일제히 번지는 그들만의 소란한 신호.

잠시 멈추고 그들의 언어를 온몸으로 받아들이다가 원희는 다시 천천히 걸음을 옮겼다. 오른편 산 밑으로 검회색 이끼를 두텁게 입은 돌담이 허리 높이로 길게 이어졌다. 돌담을 따라 조금 더 오르면 아치 형태로 만들어진 커다란 암자 출입문이 허공을 가르며 놓여 있었다. 정면으로 들어갈 수 없도록 철제 입간판이 붙었는데, 오래 되어 글씨가 녹물에 스며든 탓에 눈에 힘을 주고서야 겨우 읽어낼 수 있었다.

'여기는 무아스님이 정진 중이신 관음산방입니다. 스님을 찾아오신 분들께서는 오랜 수행으로 스님의 건강이 안 좋으신 관계로 방문을 자제해 주시고, 꼭 뵈옵길 원하시면 108배를 부처님께 올린 후에 만나시기를 바랍니다. 이를 어

길 시에는 다음 방문을 허용치 않겠사오니 양지하여 주시기
바랍니다.' —관음산방 신도회장 합장—

올 때마다 한 번씩은 훑어보는 내용이었지만 새벽 기
온에 약간 움츠린 원희의 입가에 다시 희미한 웃음이
피어났다. 서툰 문장도 그렇지만 녹물이 흘러내리면서
페인트가 뜯겨나간 글 속에서, '스님은 입적하신 지 오
랩니다'라는 뜻도 그 속에 내포되어 있음을 느꼈다. 산
방을 지나 쉰 걸음 정도 오르면 오른편에 흰 주택이 휑
댕그렁하게 소나무 군락 밑에 젖어 있었다. 지난 한 달
동안 수없이 오른 이곳이지만 한 번도 사람의 기척을
느껴본 적이 없는 집이었다. 인근 도시의 여유 있는 사
람의 별장이란 말을 집주인에게서 들었다.

그곳부터 왼편으로 완만하게 굽은 길로 오르면서 원
희는 마음이 조금씩 조여들고 있음을 느꼈다. 숨을 크게
들이켰다. '도리치 마을'은 이름만 남은 마을이었다. 이
십 년 전에는 십여 호가 살았다지만 지금은 산방까지
여섯 가구만 남은 휑한 마을이었다. 그나마 사람이 사는
가구는 단 둘뿐. 원희는 거친 돌로 쌓은 담을 끼고 위로

172

올라갔다. 안개가 조금씩 옅어지고 있었다. 왼편 왕대밭에서 서늘한 기운이 몰려들었다. 엷은 겉옷만 걸친 몸을 슬쩍 움츠리며 계속 올라갔다. 맨 위에 두 집. 한 집은 별장으로 사용되어 평소 사람이 없고 그 아래는 한 사람이 살고 있었다. 원희는 올라가면서 자신의 발자국 소리에 신경을 쓰고 있음을 느꼈다. 운동화를 신었고, 흙길을 덮고 있는 젖은 낙엽 때문에 소리가 그리 크지 않다는 점을 알고 있었지만 다시 조심히 발을 옮겼다.

검붉은 돌담이 허리 높이로 둘러쳐진 슬레이트 집. 돌담이 끊어진 곳 정면에 휑하니 열린 공간 양편으로 굵은 정주목을 박았고 그 사이에 정낭으로 쓰였음직한 팔뚝만한 굵기의 나무 두 개가 바닥에 엇갈려 누워 있어서 제주도 시골집을 연상케 했다. 양쪽으로 방이 있고 중앙 툇마루 한구석에는 오래되어 녹이 슬은 재봉틀이 놓여 있었다. 노간주나무와 편백나무들이 집 좌우를 둘러싸고 뒤에는 왕대가 낡은 슬레이트 지붕 위로 빽빽하게 솟아 원주인의 맑은 마음을 읽을 수 있는 집이었다.

마당에는 역시 작은 원탁과 의자 세 개가 새벽을 담고 그대로 있었다. 그 탁자에 앉아 차나 커피를 마시던 사십대 중반으로 보이는 여인의 모습을 다시 기억의 바닥에서 들춰냈다. 원희는 발소리를 죽이며 슬쩍 담 안을 일별하면서 천천히 걸었다. 안에서는 아무 기척도 없었다. 어떤 때는 부엌이 붙은 방에서 음악이 흘러나오는 때도 있었음을 기억하고 있는 원희는 마음 한 구석에 작은 티끌이 걸린 듯 자신도 모르게 가슴을 쓸어내렸다. 하루에 두 번씩 걷던 길목의 집이라 여인과 몇 번 마주쳤고 이젠 가끔 눈인사도 나누는 사이었다. 몇 번 커피를 얻어 마신 적도 있었다. 커피에 담긴 시간은 아주 짧았다.

이른 아침부터 이 적막한 산촌의 허름한 집 안에서 흘러나오던 노래. 팝송과 발라드풍의 가요가 새벽안개를 뚫고 숲을 넘어 돌밭으로, 계곡에서 산 밑으로 고요하게 번지던 기억은 지난 몇 달 간 쓰린 속을 억누르며 지내온 빈틈의 한 부분을 채워주었다. 어떤 때는 저녁 산책에서도 들을 수 있었다. 지금은 고요했다. 집 뒤 대밭에서 불어오는 약한 바람소리만 원희를 스치고 계곡 아래로 흘러갔다. 돌담에 붙은 마음을 떨치고 다시 위쪽 별장으로 걸어갔다. 어디선가 개 짖는 소리가 들리는 듯했다. 안개가 조금씩 지워지고 있었다.

식탁 위에는 정갈한 아침상이 놓였다. 물기에 젖은 상추와 임금님 진상품이라는 어수리 쌈. 배추김치. 백김치. 멸치 볶음. 졸인 굴비 두 마리 죽순 무침. 된장찌개. 묵은 고들빼기김치…. 원희는 밥상을 대할 때마다 수저가 무거웠다. 손이 잘 나가지 않았다. 집에서는 평소 대하지 못하던 반찬이 항상 식탁 위에 차려져 있었다. 주인아주머니의 솜씨도 그렇지만 이 지역에서 돋아나는 식재료를 적절하게 요리해서 매일 한두 가지는 색다르게 차려내는 그 정성에 눌려서 원희는 밥상을 대할 때마다 아주 천천히 경건하게 밥을 먹었다. 수저를 들고 밥을 먹기 시작해서 남은 반찬을 다시 냉장고에 차곡차곡 넣을 때까지 원희는 마음을 단단히 추스르고 무슨 종교 의식을 치르는 듯했다. 저작과 손놀림은 수백 년 묵은 절집이나 성당에 처음 들어갈 때처럼 숙연하게 이루어졌다. '이건 아니야, 이럴 수는 없어.'

서울을 떠날 때부터 자신을 스스로 억누르던 마음 위에 저렇게 맛있고 정갈한 음식이 놓인다는 사실을 받아들일 수 없었다. 어울리지 않았다. 그냥 김치와 된장찌개와 밥 한 그릇이면 충분했다. 평소 그렇게 뚝딱 먹어 치우고는 모든 일에 의욕을 갖고 덤벼들지 않았던가. 물론 아주머니의 정성을 무시하지는 않았다. 오히려 고마울 뿐이었다. 그러나 역시 밥상을 대할 때마다 원희의 마음과 상충하는 서글픔이 앞섰다. 왜 이렇게도 자신을 믿지 못하는지는 스스로 잘 알고 있었다. 당분간 자신을 내동댕이치며 이리저리 가을 속으로 스며들고 싶었다. 지난여름의 무더위. 숨 막힐 것처럼 다가오던 식구들의 말없음. 하긴 그들도 원희에게 특별히 할 말은 없을 것이다.

25년간 꿈처럼 지내왔던 직장은 가족들이 입을 막아 버림으로써 끝났다. 대학에 재학 중인 아들은 곧 휴학하고 군 입대를 준비 중이라고 말했다. 그러나 가족 모두 입을 막은 건 아니었다. 고등학교 2학년인 딸애는 가끔 원희의 눈치를 보면서 생글거리며 말을 붙여왔다.

"아빠, 오늘 휴일인데, 호수 공원에 잠시 가면 안 돼?"

"나, 요즘 엄마한테 화났어. 섭섭해. 너무 쌩해."

"오빠도 잘 알아. 근데 곧 군에 간다고 만날 늦게 돌아와. 술 냄새 펄펄 풍기면서…. 흥!"

"아빠, 나 이번에 모의고사 봤는데, 성적이 평균 반 등급 올랐다아. 토탈 평균 일 점 삼 등급. 잘했지? 한 마디 해 줘!"

평소 곱살스럽던 이런 딸애를 대할 때마다 원희의 가슴은 더욱 무너져 내렸다. 이들을 바라지할 보루는 무너지고 없다는 절망감. 물론 상당액의 퇴직금과 본봉의 24개월 치에 해당하는 위로금을 받았지만, 그러나 그건 곶감 빼먹듯 쓸 수는 없는 일이었다. 가족의 마지막 재산이었다. 앞으로 아들이 군 제대 후 학부 2년을 더 마쳐야 되고 딸의 대학 4년이 그대로 남아 있다는 현실, 그리고 그 사이에 이루어 질 삶의 모든 지출은 원희의 머릿속을 휘저었다.

51세. 아직 십몇 년은 더 일할 나이다. 무슨 일을 해도 아직은 건강하고 의욕도 있었다. 그러나 못 견디게 가슴에 박혀 있는 그림 한 장. 그날의 부서 회식 장소에서 받은 무언의 모욕은 가늘면서도 깊은 흔적으로 가슴에 남아 있었다. 잊으려고 해도 도저히 잊을 수 없었던 그날의 그 송곳처럼 스미던 말 한 마디.

판촉부 삼십 명의 부원을 그래도 무난히 끌어산나고 자부할 수 있었다. 실적도 타 부서에 비해 낮다고 할 수도 없었다. 이렇게 나간다면 어려운 시기인 올해의 목표를 무난히 달성할 수 있을 것 같았다. 또한 반 달 전부터 시작된 회사 차원의 구조조정의 칼날도 무사히 피할 수 있을 것이었다. 그날의 회식 사건. 모두 기름진 음식의 포만감에 젖어 술이 한껏 들어갈 때 술 취한 상무의 낮은 중얼거림은 부원들의 들뜬 분위기 위에 가느다란 철침처럼 차갑게 날았다.

'겨우 목표를 채운다고 이렇게 헤벌리고만 있으니 원. 부장이 의자에 눌러앉아 소리만 지른다고 일이 잘 돌아갈 것 같으면 정문 수위를 데려다 놓아도 되겠네.'

떠들썩하던 분위기가 일순 삼사 초 가량 침묵에 잠겼다. 어색한 순간을 깨버린 주인공은 묵묵히 소주잔을 손 안에 돌리며 고개를 숙이고 있던 대학 후배인 김 과장이었다.

"야, 이거, 술이 비었네. 거기 박 대리, 술 좀 더 가져오라고 해. 오늘 늘어지게 마셔봐야지. 자, 최 과장, 한잔 받으시고."

언제 그런 침묵이 있었냐는 듯 모두들 다시 왁자지껄 떠들며 술잔을 들었다. 정원희도 같이 술잔을 받으면서 그대로 마셨다. 순간, 갑자기 사레가 든 듯 쿨럭거리기 시작했다. 소주가 반은 넘어가고 반은 입술 밖으로 흘러나왔다. 모든 시선이 원희에게 쏠렸다. 기침은 한동안 멈추지 않았다. 기침에 눈물까지 겹쳐 원희 앞의 모든 물상들이 새빨갛게 채색되었다. 옆 직원이 급히 냉수를 가져왔으나 기침은 그치지 않았다. 오래도록 기침은 이어졌다. 이원길 상무. 원희보다 입사 1년 후배였다. 그의 취중 중얼거림이 의도적이었는지 아니면 정말 취해서 무심코 나온 말인지는 알 수 없었다. 그 몇 달 후 원희는 아웃되었다.

종일 방안에서 빙빙 돌다가 심심하면 몸을 이리저리 굼적거렸다. 시간이란 여러 사람들의 의식 속에서 각기 다른 속도로 흘러간다는 점도 이해했다. 술술 새어나오는 시간을 긴 호흡으로 삼키며 그 흐름에 몸을 맡겼다. 그래도 이것 하나는, 하며 들고 온 노트북으로 힐끔거리는 세상 구경도 쏠쏠한 재미였다. 현직에서 세상을 볼 때는 한 다리 건너 몸을 스치는 정도의 가벼움에 잠겼지만, 벗어난 곳에서 바라보는 세상에서는 그려진 모든 물상과 그 이면을 세세하게 받아들일 수 있었다. 어차피 세상은 일그러진 사물과 구겨진 사건의 결합에서 간간히 새어나오는 웃음과 울음이 섞인 그림이란 사실에 공감했다.

전남의 시골구석에도 시간은 잘 흘렀다. 원희가 잠시 거주하는 이 마을은 스무 가구 정도가 띄엄띄엄 흩어져 있어 다소 틈새가 벌어진 듯했지만 완만한 산 능선이 농가를 편안히 감싸않은 풍광은 평화로웠다. 각 농가 사이는 최소한 논 한 마지기 정도의 넓이로 떨어져 있고, 숙소에서 바라보는 좁은 계곡 건너편으로 넓은 논밭이 시원하게 펼쳐졌다. 마을 뒤로는 울창한 소나무와 편백나무 군락이 빽빽하게 우거져 있어서 이곳 사람들의 훈훈한 마음과 튼실한 허우대나 옷차림을 떠올리면 그들의 여유로운 생활을 짐작할 수 있는 그런 마을이었다.

해가 건넛산으로 천천히 기울면서 마당 입구의 팽나무 그림자가 길게 늘어지자 원희는 마당으로 나왔다. 어른 두 명이 팔을 벌려야 겨우 안을 수 있는 열댓 개 장항

아리 곁을 돌아 밖으로 나왔다. 낮에 잠시 무덥던 기온은 산기운에 밀렸다. 벌판을 쓸어오는 시원한 바람을 맞으며 도리치 계곡 쪽으로 발길을 옮겼다. 이곳에 온 지 두 달 가까이 되면서 아는 사람도 많아졌다. 논에서 피를 뽑는 사람들과도 이젠 서로 인사를 나누는 사이가 됐다. 그렇지만 도리치 계곡으로 올라갈 때는 이상하게도 사람들의 시선을 살피는 버릇이 들었다는 것을 이즈음에야 스스로 깨달을 수 있었다. 처음 이곳에 와서는 답답한 몸을 추스르고자 이곳저곳을 마구 돌아다녔지만 십여 일이 지나고부터는 자신도 모르는 사이에 도리치 계곡이 산책의 최종 목적지로 굳어져 갔다. 새벽과 저녁에 운동을 한다는 핑계는 가능하지만 꼭 도리치 계곡일 필요는 없을 일이었다. 원희는 자신도 모르게 그쪽으로 향하는 자신의 발걸음을 깨닫고는 마음속에 꿈틀거리고 있는 어떤 흐릿한 기운을 구체적으로 확인하지 않고 깊게 눌러 넣었다.

그러나 눌러버린다고 해서 그것이 사라지는 것이 아님을 느끼고 있었다. 불안감. 사회에서 쫓겨나온 한 몸의 거취도 불분명한 현실에서 다시 어떤 회색빛 그림자가 마음속에서 꿈틀거리고 있다는 사실에 원희는 스스로를 탓했다. 그러면서도 바닥으로 추락한 몸에 다시 다가오는 막연한 예측에 자신도 모르게 스며들고 있었다. 그렇게 습윤에 접어드는 현상을, 불안하지만 손톱만한 기대감으로 받아들일 준비를 하고 있을지도 모르는 일이었다. 거부하면서도 거부하지 않는 막연한 기대감을 조정하는 또 다른 원희가 그의 정신 뒤에 살아있었다. 그놈이 원희의 발걸음을 앞으로 내딛게 했다. 현실의 희미한 불안감. 그러나 발걸음은 천천히 계곡으로 향하고 있었다. 다행히 오늘 저녁은 논에서 일하는 주민들이 보이지 않았다.

천천히 걸어 들어갔다. 낡고 짧은 시멘트 다리를 건너 관수정(觀水亭)이란 현판이 붙은 정자를 지나면 포장도로가 끝나고 다음부터는 흙길이었다. 계곡을 흐르는 물소리가 맑게 들렸다. 쉬얼쉬얼 하며 낮게 들리는 소리는 수량이 조금 넉넉한 흐름이다. 졸쪼르졸쪼르 하는 소리는 흐름을 가로막는 돌 틈을 돌아 흐르는 물소리. 새들도 곧 밀려올 어둠을 받아들일 서로의 이야기를 뱉어내기에 바빴다. 째그르째그르 하는 작은 새, 삐르루삐르루를 연신 굴려 내는 새, 꾸르꾸르 하는 저음은 큰 새. 서울에서만 30년 이상 지낸 원희는 새들의 이름을 알 수가 없었다. 하지만 이상하게도 오늘은 그 소리만으로도 새들의 크기를 가늠할 수 있을 것 같았다. 발걸음도 가볍고 낙엽이 두텁게 깔린 산길의 감촉에 몸무게가 반으로 줄어든 것처럼 부드럽게 밟혔다. 평소대로 좌측으로 비스듬히 꺾어들면 돌담이 나왔다. 돌담 밑으로 넓고 누런 오동잎이 수북이 쌓여 있었다. 다시 돌아 올라가면서 슬며시 심장 박동이 조금씩 고조되었다. 담 밑 공터에 소형 승용차가 보였다.

대문—이랄 것도 없는 돌담의 터진 틈이 보이고, 그리고 음악소리가 가늘게 들렸다. 확, 가슴이 뛰었다. 숨을 크게 들이마셨다. 돌담의 터진 사이로 안팎을 가르는 정낭이 바닥에 엇갈리게 널려 있는 집. 눈길은 마당의 원탁으로 향했다. 그 여인은 혼자 앉아 책을 보고 있었다. 음악은 원탁 위에 놓인 작은 라디오에서 흐르고 책과 음악에 젖은 여인은 아직 원희의 발자국 소리를 듣지 못한 것 같았다. 혹은 이미 알고도 모른 척하는 것인지도 몰랐다. 아주 천천히 걸었다. 허리 높이의 돌담 너머 여인의 모습이 원희의 눈에 그대로 박히듯 들어왔다.

둥근 청색 바탕에 붉은 테를 두른 등산모. 검은색 물방울무늬의 카디건 속에 흰 티를 입었다. 회색 반바지와 슬리퍼. 건강하게 보이는 근육질 다리. 고갱의 타이티의 여인을 연상케 하는 뚜렷한 얼굴 윤곽. 원희는 잠시 여인을 바라보다가, 고개 숙이고 책을 보던 여인이 얼굴을 들고 담 너머 자신을 보자 고개를 가볍게 숙였다. 여인은 살짝 웃었다.

"오늘은 좀 이르네요. 해질녘에 산책하시더니."

늘 만나던 친한 사람을 대하듯 말했다.

"아, 네. 너무 답답해서요. 오후가 너무 덥기도 했고…."

"커피 한잔 하고 가세요. 얼음을 넣으면 시원할 거예요."

"고맙습니다. 전에도 마셨는데…."

원희는 사양하지 않았다. 마당으로 들어와서 여인 앞에 앉았다.

"잠시만 계세요. 커피를 가져오죠."

여인은 방으로 들어갔다. 발라드풍의 노래가 흐르는

초가을의 허술한 뜰은 이름을 알 수도 없는 새들과 풀벌레 소리가 가득한 공간이었다. 원탁 위에는 여인이 읽던 책이 엎여져 있었다. '서머셋 모음 단편선.' '서머셋 모음'이란 작가는 들어봤지만, 전자공학이란 전공에 빠져 문학과는 울타리를 쌓고 살아온 30년이었다. 슬며시 몸의 표피가 줄어들었다.

아무도 없는 마을에서 여인과 단 둘이 앉아 있는 자신의 모습을 생각하며 숨을 크게 내쉬었다. 사회에서 탈락한 자가 텅 빈 마을에 홀로 초대받고, 한심함과 기묘한 울림의 혼합체로 치환된 모습을 확인하는 느낌이었다. 집에서는 어떻게 지내는지. 며칠 전 아내는 무슨 전자부품 판매점에 출근하게 됐다는 말을 던졌다. 원희는 자신의 의견을 말하지 않았다. 미래에 대한 대비책으로 그렇게 했을 거로 이해했다. 그리고 아들은 휴학을 했고 입대 날짜도 정해졌다는 말도 덧붙였다. 녀석, 소식이 오겠지. 다시 이원길 상무의 팽팽한 얼굴이 떠올랐다. 즉시 지워버렸다. 다시 떠올랐다. 지웠다.

방문이 열리면서 여인이 나무쟁반에 잔 두 개를 담아서 원희 앞에 앉았다. 카디건을 벗고 반팔 차림이었다.

살짝 굵고 긴 팔. 너무 희었다.

"좀 기다리셨죠? 그냥 보통으로 탔어요. 전에 드신 건 매우 진한 거였는데. 얼음이 녹기 전에 드세요. 지금도 시원해요."

살짝 비음이 섞인 목소리가 맑으면서도 튀었다. 엷은 액체에서 향긋한 향기가 흘렀다. 천천히 마셨다. 차가움이 가슴으로 흘러내리면서 어색한 분위기를 지웠다.

"책을 많이 보시는군요. 전 지금까지 책이라고는 가까이 한 기억이 없어서요."

'저야 할 일이 없어요. 무료하게 하늘만 쳐다볼 수는 없고요. 책을 읽는다고 마른하늘에서 금덩이가 떨어질 일도 없죠. 그냥 시간 사냥이랄까. 읍내 도서관에서 책을 빌려오는데 삼 일이면 한 권이 후딱 떨어지죠. 그런데 선생님은 무슨 일을 하세요? 물론 서울분이시겠지만. 맞죠? 제가 바로 기억하나요? 거의 두 달 가까이 됐는데, 선생님이 이곳을 어슬렁거린 지가. 아, 죄송해요. 어슬렁거리다니…… 푸후웃.'

여인은 손을 가리고 웃었다. 맑았다. 여인의 가슴이 크게 울렁거렸다.

"전, 지금 백숩니다."

"지금 백수? 그럼 전 백조겠네요. 성도 같은데 반가와요. 같은 백씨끼리. 풋ㅡ. 하지만 전에는 번듯한 직장에서 직위도 상당하셨을 것 같아요."

여인은 웃을 때 입을 크게 벌리지 않았다. 두 입술이 살쩍 벌어지면서 나오는 웃음에 'ㅍ' 발음이 걸렸다.

"몇 달 전에 백수가 됐어요. 여긴 그냥 쉬러 왔고요. 아무 생각도 하지 않고 늘어지는 중입니다."

여인은 빤히 쳐다보면서 커피를 한 모금 마셨다.

"제가 바로 봤어요. 저도 어렴풋이 그렇게 느꼈죠. 아직 가족과 직장을 오갈 분인데 이런 데 어슬렁거릴 분 같지는 않았고요. 아, 다시 죄송해요. 어슬렁거린다는 말. 만날 그 팽나무 댁에서만 지내세요? 그 집은 자식들은 다 나가고 부부만 살아서 조용한 집이죠. 허긴 요즘 시골에 늙은 부부살이 아닌 집도 없지만."

"그 집을 잘 아시네요. 워낙 일이 없어서 밤엔 술에 절어 삽니다. 성함이?"

"제가 이곳에 이미 여섯 달이나 있었는걸요. 제 이름은 정수, 윤정수. 선생님은?"

"정 원 희."

"정 선생님은 대학도 명문을 나오시고 대기업에서 지내시다 잘리셨죠? 그리고 집에 면목도 없고 머리도 아프고. 해서 이곳에서 잠시 눌어붙으러 온 분, 그런 분이 틀림없어요."

"더하고 빼고 할 건덕지가 없네요. 맞습니다. 근데 윤 선생은 어떻게 이곳에 혼자 계십니까? 이 마을에서 숨 쉬고 있는 유일한 분인데?"

"그건 복잡해서 한 마디로 말씀드리기 어려워요. 하여간 걸리는 게 없다는 사실에 저도 가끔 놀라죠. 이렇게 살 수도 있구나 하는."

"나도 놀랍니다. 이렇게 시간을 죽일 수도 있구나."

"예상 밖의 일들이 많잖아요? 저도 여기서 책과 친구가 되리라고는 미처 몰랐죠. 그리고 낯선 분과 커피를 마시며 이야기를 나누리라고는."

"그러고 보니, 윤 선생이나 나나 우연의 세계에서 살아가는 인간이군요."

"후후, 사실 그렇잖아요? 우연 아닌 일이 없죠."

해가 지고 있었다. 원희는 일어섰다. 여인은 말리지

않았다.

 "다음에는 마실 걸 사 와도 될까요? 좋아하는 음료수가 있어요? 혹은 가벼운 술도 됩니까? 맥주나 와인이라도."

 "아뇨. 전 소주 좋아해요. 지금도 방에 소주가 박스채로 있어요. 밤에 한잔씩 마시면 기분도 좋아지고 잠도 잘 와요. 가까운 날에 한잔 하시죠. 오실 때 좋은 안주만 가져오시면 돼요. 이런 말 한다고 절 놀리지는 마시고, 이런 데 오래 있으면 말이 마렵다고나 할까요. 그냥 아무 말이라도 막 떠들고 싶은 거, 아시죠?"

 여인의 말은 거침이 없었다. 잘 알고 지내는 친구에게 하는 어투로 대하면서 자연스럽게 상대와의 거리감을 좁히고 있었다. 원희는 일어섰다.

 "커피 잘 마셨습니다. 다음에 말대로 좋은 안주를 가져오겠습니다."

 집을 나서면서 원희는 뒤로 돌아보지 않았다. 여인은 분명 자신의 뒷모습을 살피고 있다고 느꼈다.

 내려오는 길에는 올 때와 다르게 아무 소리도 들을 수가 없었다. 새소리도 물소리도 풀벌레 소리도. 단지

여인의 'ㅍ' 발음이 입술을 스치며 만들어내는 웃음소리
만 사방에서 춤추고 있었다.

보폭을 넓게 잡으면서 내려왔다. 머릿속은 맑았지만
무언가 부족한 점이 마음속에 똬리 틀고 있었다. 즐거운
대화와 커피 한잔. 비록 매듭도 없는 실없는 말이었지
만, 그 속에서 상대방에 대한 서로의 거리감을 많이 지
울 수 있었는데도 역시 허전한 부분은 지워지지 않았다.
서로에 대한 지식이 전혀 없는 상태에서의 대화는 그렇
게 겉돌게 마련이지만, 그러나 분명하게 드러낼 수 없는
미흡한 부분이 있었다. 이마만큼 남은 해가 앞산마루에
갸웃이 기대면서 뽑아낸 옅은 진황색 손가락이 수많은
가락으로 갈라지면서 누런 벌판을 훑는 순간이었다.

집에 도착하자 주인아주머니가 기다렸다는 듯 두툼
한 소포를 전했다.

"선생님이 산책 나가신 뒤에 소포가 왔어요. 푹신한
게 사모님이 옷을 보내신 모양이네요. 저녁상은 지금 들
일까요?"

"네, 지금 주시면 고맙겠습니다. 아저씨는 어디 가셨

나요? 오늘은 제가 아저씨와 한잔하려고 하는데?"

"아이고, 그 양반과는 마시지 마세요. 대충 아시겠지만 한번 입에 대면 끝장을 보는 버릇인 거, 아시잖아요. 절대 안 됩니다. 적적하시지만 혼자 드세요. 쇠고기 무국을 끓였으니 안주가 될 거예요."

아주머니는 손사래를 쳤다. 육십 초반의 퉁퉁한 몸으로 평소 남편보다 더 농사일에 묻혀 사는 형편이었다. 이 집에 온 지 두 달을 지내는 동안 아침부터 저녁까지 집안에서 편히 쉬는 모습을 거의 보지 못했다. 대신 동갑 남편은 거의 매일 인근 마을로 돌아다니며 술타령에 절어 밤이 늦어서야 돌아왔다. 이상하게도 서로 싸우는 소리는 듣지 못했다. 오래된 부부는 서로를 받아들이는 공간이 항상 있는 법이란 말이 생각났다.

"저어기, 아주머니. 제가 아침저녁으로 도리치골로 산책 가는데 거긴 모두 폐가만 있더라고요. 그런데 딱 한 집에 여자 분이 살고 있던데……요? 뭐 하는 사람입니까? 무섭지도 않은 모양이네. 그리고 도리치란 말이 무슨 뜻입니까?"

아주머니는 원희를 빤히 쳐다보며 잠시 시간을 늦추

다가 웃으며 말했다.

"우리도 잘 몰라요. 그 여자 분이 한 반 년 전에 빈집에 들었는데, 가끔 차 몰고 나가는 걸 보긴 했어도 우리도 어떤 사람인지는 알 수가 없지요. 근데 왜요? 선생님도 관심이 있으신가 보네요. 도리치는 그 골로 돌아서 올라가면 읍내로 가는 고개가 있대요. 돌아가는 고개지요 뭐. 하하."

아주머니는 기분 좋게 웃었다. 그리고는 슬쩍 뒷산으로 몸을 돌리면서 흘리는 투로 말했다.

"가을 추수 전에는 사실 별로 큰일도 없고…… 어째 좀 무료하네요."

원희는 머쓱하게 몸을 돌려 방으로 들어왔다. 꼭 수음하다가 들킨 총각처럼 부끄러웠다. 이상했다. 방으로 들어온 순간 가슴이 막 뛰기 시작했다. 크게 숨을 들이켜고 손으로 앞가슴을 연신 쓸어내렸지만 심장의 발작은 그치지 않고 계속 강하게 뛰었다. 심장이 쿵쾅대는 소리가 귀에까지 들렸다. 잠시 후 저녁상이 들어왔다. 원희는 소주 두 병을 꺼내어 밥 안주로 마시기 시작했다. 작은 잔이 성에 차지 않아서 컵에다 따르고는 가슴속에다 부었다. 밥과 반찬을 먹고 마시고 먹고 마시고. 그렇게 두 병을 비워버렸다. 몸이 뜨거워졌다. 가슴은 진정됐지만 대신 달아오른 몸을 식히고자 밖으로 나왔다. 밝음을 지운 자리에 어둠이 더욱 짙어지고 있었다. 원희는 몸의 반응에 대한 정확한 원인을 스스로 깨달았다. 가족들의 얼굴과 현재의 자신의 위치. 51세의 나이. 사회적, 윤리적 사고의 한계도 잘 알고 있었다. 다시 얼굴이 확 달아올랐다. 아직도 그런 정념이 마음속에서 살아 있었던가.

듬성듬성 별들이 구름 사이로 흐릿하게 박히고 초승달이 산 위에 달려 있었다. 시원한 바람 속에서 몸의 열기를 식혔다. 두 병의 소주 기운이 온몸으로 퍼지면서 원희의 몸은 나른하게 풀어졌다. 평소의 주량이라면 소주 두 병 정도는 거뜬했지만 지금은 술기운을 이기기 힘들었다. 원희는 대문 옆 커다란 팽나무 밑 의자에 앉아 구름 낀 하늘을 쳐다보았다. 딸애는 공부를 잘 하고 있는지, 아내는 전자회사 판매부를 잘 다니고 있는지. 아들 녀석은 더 이상 연락이 없었다. 딸의 전화를 통해 집안일의 대강을 짐작할 뿐이었다.

회사를 나온 지 몇 달이 넘은 지금 내가 어디서 어떻

게 지내고 있는지….

내가 그때 무슨 실수를 했던가….

4년 전 봄. 아침 8시에 과장들과 업무 협의를 하고 있었다. 물론 모든 계획은 부장인 원희의 지시에 의해 이루어졌고, 그 세부 내용을 협의하기 위해서였다. 당장 본부에 보고할 내용도 급했다. 거의 끝나갈 무렵에 이원길 과장이 불쑥 말했다.

"부장님, 이 보고서 대로라면 위에서 자세한 보고서를 다시 올리라 할 겁니다. 지난 일주일 간의 판매 실적과 차주 계획에 연관성이 떨어집니다. 세부 디테일을 정밀하게 개조식으로 다시 짜야 하지 않겠습니까?"

다른 과장들은 모두 입을 다물고 있었다. 원희는 순간적으로 다섯 명의 과장들을 살폈다. 이 과장 이외에는 모두 고개를 숙이고 서류만 바라보고 있었다. 원희는 얼굴이 굳어졌다. 있을 수 없는 일이었다. 입사 이후 지시와 명령에 복종하는 습성으로 굳어진 원희는 이 과장을 쳐다보며,

"그럼 담당인 최 과장이 다시 세밀하게 작성한 후 보

고하시오. 시간이 없으니 이만 마치겠소."

회의를 마치고 돌아가는 과장들의 뒷모습을 바라보던 원희는 사무실로 돌아가지 않고 복도로 나와서 휴대폰으로 입사 1년 후배인 이 과장을 불렀다. 복도로 나온 이 과장의 얼굴도 굳어 있었다.

"이 과장, 다 좋은데, 앞으로 내 앞에서 다른 의견 내지 마시오. 다른 의견 있으면 따로 나에게 와서 말하시오. 알겠소?"

이 과장은 더 경직된 태도로 고개를 크게 숙였다.

"죄송합니다. 잘 알겠습니다."

그리고 6개월 후 이 과장은 원희도 알 수 없는 사유로 본부로 가버렸다. 부장인 원희도 그 내막을 알 수 없었다. 일주일 후에야 이 과장이 본부 전무이사와 가까운 친척간이라는 사실을 알고 가슴을 쓸어내렸다. 이원길은 본부로 간 후 동기들보다 빠르게 승진을 밟더니 작년 봄 별을 달았다. 상무로 승진해서 원희의 사업부로 내려온 이원길 상무. 올봄의 회식 사건. 그리고 몇 달 후 원희는 구조조정으로 나올 수밖에 없었다. 매우 간단했다. 사기업은 냉정했다. 새벽에 출근해서 밤늦도록 휴일도 휴가도 잊고 이른바 '출근휴가'라는 명목으로 젊음을 바친 결과 부장까지 올랐지만, 역시 시골 흙수저의 한계는 명확했다. 하긴 사오정 오륙도의 냉엄한 대기업에서 51세에 부장자리까지 지켰다는 사실도 어찌 보면 행운이랄 수도 있었다. 그러나 아침 6시에 알람처럼 눈이 떠지고도 출근 준비를 못하고 이불 속에서 미적거리는 자신의 처지가 한없이 추락하는 솜뭉치처럼 허전했다. 견딜 수 없었다. 그냥 여행가방 하나 들고 도착한 곳이 이곳 전남 안개 싸인 시골이었다.

후ㅡ. 원희는 담배를 물고 라이터를 켰다. 깊게 빨아들였다. 앙증스러운 담뱃불이 희미하게 다가오는 어둠을 몰아내고 잠시 새빨갛게 빛났다가 잦아들었다. 속이 조금 후련해졌지만 아직 술기운은 온몸으로 돌아다니고 있었다.

아직도 건강하고 능력도 있다고 스스로 자부하지만 현실은 너무 막연하게 다가왔다. 이곳에서 석 달을 계획하고, 장래에 대한 새로운 희망을 키울 불씨를 지피기 위해 왔다. 밤마다 마시는 술과 뒷산으로의 등산과 동네

어귀를 벗어나 이곳 구석구석 돌아다니면서 지난 모든 흔적을 지워버리려 노력했다. 지나간 과거의 모든 영광과 고난의 흔적을 모조리 지워버리고, 자신의 존재마저 저 산중에 메워버리고 남은 껍질 속에 텅 빈 냉기 하나만 채우고 돌아가고 싶었다. 다시 사회 속에서 어떤 일이든 새롭게 시작하고 싶었다. 그 와중에 갑자기 솟아오른 도리치의 여인.

나와 그 어떤 최소공배수도 존재하지 않을 그 여인의 그림자가 어느 새 가슴속에서 숨 쉬고 있었다. 몇 번 인사를 나누고 커피를 두어 번 같이 마신 일 이외에는 그 어떤 연관성도 찾을 수 없는 그런 사이. 그러면서도 한눈에 교감할 수 있었던 여인. 오십을 넘긴 중년의 낡은 마음에, 백수 대열의 맨 끄트머리에 서성대는 허기진 무능력자의 마음속에 비집고 들어온 도리치 계곡의 여인.

내가 완전히 무너져버린 걸까.

다 버리고 남은 껍질에도 숨 쉬는 세포는 살아 있어서, 그 틈바구니를 비집고 누군가가 들어올 빈 공간이 아직도 남아 있는 것일까. 쉰이 넘은, 젊음은 몽땅 회사에 바치고 쉰밥처럼 곰팡이 냄새만 풀풀 날리는 몸뚱이에 이런 틈바구니가 가당키나 한가.

술기운은 여전히 원희의 몸속에서 들끓었다. 담배 한 대를 다시 피우고 나서 방으로 돌아왔다. 휴대폰이 찔끔 소리를 내고 그쳤다. 처음 퇴직하고는 회사 동료들이 위로의 전화나 문자를 수없이 보내고 만났지만, 퇴직의 끈이 점차 길어질수록 그 횟수는 줄어들기 시작하더니 두 달이 넘어서는 잊혀진 퇴물이 되었다. 이젠 친척이나 가족뿐. 그 중 딸애의 소식이 가장 많았다.

아빠, 건강하지? 엄마는 아직 회사. 오늘 일찍 하교했어. 친구들과 피자 먹었당 ㅎㅎ 글구 아빠, 술 많이 마시지 마. 알았지? ㅠㅜ^^ 행행 ㅋ

휴대폰을 열자 충혈된 두 눈으로 찔러오는 문자의 나열! 일순 눈앞이 아찔했다. 흐릿한 무지개가 스쳤다. 원희는 등을 벽에 기대고 그대로 미끄러지듯 무너져 내렸다. 큰놈과 딸애의 어린 시절이 방안에서 이리저리 걸어 다녔다. 맑고 시원한 눈동자가 자신에게 다가왔다. 원희는 두 손으로 눈두덩을 덮고 한참 동안 그대로 있었다. 손바닥이 축축해졌다. 벙어리 울음 흉내가 이렇게도 힘들 줄은 미처 몰랐다. 시간 흐름이 멈췄다고 느꼈다. 원희는 냉장고에서 다시 소주 두 병과 반찬통을 내놓고 마시기 시작했다. 꼭 냉수를 소주잔에 받아 마시는 것처럼 밍밍했다.

　다음 날 정오에야 겨우 몸을 추스르며 일어났다. 밖에서 가늘게 빗소리가 들렸다. 대충 몸을 씻고 밖에 나왔다. 속이 더부룩하고 입안은 깔깔했다. 수돗가에서 냉수를 거푸 마셨다.

　"아이고, 선생님도 참나. 냉장고에 씨원한 냉수도 있구만 쯧. 아침에 보니 방안에 술병이 꽉 찼더만요. 저 사람도 선생님도 술귀신이 붙어사니 원. 해장국을 끓일까요? 콩나물이 있는데?"

　"예, 그렇게 해주시겠어요? 어제 너무 마셔서."

　잠시 후 콩나물국에 조개를 넣고 끓인 해장국을 소반에 들고 와서 상대방을 놀리는 듯한 표정으로 말했다.

　"요즘 선생님이 좀 이상해졌어요. 술도 전엔 그렇게까진 안 마시더니 요즘 들어 아예 폭주라. 괜히 출입도 잦으시고…… 흐홋. 무슨 좋은 일이 있는 모양이네요."

　"무슨 말씀을. 좋은 일이 있을 턱이 없잖아요. 이 시골에서.”

"그러지 마세요. 나도 산전도 겪고 수전도 들어가 봤고. 하여간 재밌게 지내셔야 좋지요.”

말을 마치고는 웃음을 지으며 나갔다. 원희는 콩나물 국에 밥을 조금 말아 시원하게 먹었다. 아주머니의 말. 이미 원희의 내면에 들어갔다가 나온 듯한 표정과 말. 내가 너무 허술했나. 역시 겨울을 예순 번 이상 경험한 삶의 감각은 시골이라고 둔할 리 없을 터. 내가 너무 허둥댔구나. 그러나 다시 도리치 계곡에서 밟히는 낙엽의 감촉이 발바닥 밑에서 부스럭거리는 틈으로 짙은 커피 향이 바로 코앞에서 스쳐 흘렀다. 오후 한 시. 비는 조금씩 흩뿌렸다. 원희는 가을살이를 두툼하게 걸치고 밖으로 나와 승용차를 몰고 면소재지 시장터로 갔다. 몇 번 가본 순대국밥집. 황갈색의 두툼한 순대와 돼지고기 편육을 샀다. 마늘과 김치도 약간 담아서 급히 차를 몰았다. 비 탓인지 도리치 계곡 부근 논밭에는 사람들이 없었다. 차를 계곡 깊이 몰고 가서 눈에 띄지 않게 주차하고는 걸어 들어갔다.

마음은 평온했다. 전처럼 가슴이 조여드는 현상도 사라지고 낙엽 밟히는 소리는 발밑에서 흙 속으로 파고들었다. 옅은 안개 속에서 계곡물은 계속 수런거리며 흐르고 새들은 차가운 비를 맞으며 조용히 대화를 나누고 있었다. 바람도 숨을 멈추고 키 큰 수목도 치솟은 왕대도 자신의 자태를 고요하게 내리는 비에 오롯이 맡기고 있는 듯했다. 천천히 걸어갔다. 돌담을 돌아 편백나무와 노간주나무 우듬지가 보이는 곳에서 잠시 멈췄다. 흰 승용차가 공터에서 쉬고 있었다. 정면의 정주석으로 다가가도 안에서는 기척이 없었다. 일부러 발소리를 크게 냈다. 잠시 후 방문이 열렸다. 그녀의 습기 머금은 얼굴이 하얗게 보였다. 살짝 미소 띤, 화장기 없는 민얼굴이었다.

"그러잖아도 혹시나 했는데, 잘 오셨어요. 그런데 그건 뭐예요?"

"갑자기 죄송합니다. 이건 안주고요. 요거도 순대 안주."

"제가 순대 좋아하는 줄 어떻게 아시고 사오셨어요? 들어오세요. 비에 많이 젖었네요."

원희는 사양하지 않았다. 보일러를 켠 포근한 방안 작

은 다탁 앞에 앉자 그녀는 방석을 권했다. 키 낮은 나릭은 비어 있었다. 뒷벽의 반이 유리창으로 되어 있어서, 뒤란의 대숲이 조용히 빗속에 잠겨 있는 광경이 손에 잡힐 듯 보였다. 간이옷장과 냉장고가 한쪽에 붙어 있고 티브이는 없었다. 벽에 걸린 겉옷 몇 점. 벽거울은 스스로 빛났다. 그녀는 원희가 들고 온 비닐봉투를 받아 접시에 올리고 냉장고 속의 소주 몇 병을 꺼냈다. 술잔은 와인 잔이었다.

"이곳은 흐린 날이면 안개가 심하죠. 또 비도 오는데 적적했어요. 술 생각도 나고. 이상하게도 선생님이 안 오시나 했어요. 푸훗."

다시 'ㅍ'소리가 났다. 와인 잔에 따르고 자신의 잔에도 부었다. 원희는 말없이 잔을 들었다. 그녀의 잔과 가볍게 맞부딪혔다. 서로 단숨에 마셨다. 건너뛴 아침과 약간의 콩나물국으로 채운 점심 후에 마시는 소주가 식도를 짜릿하게 자극했다. 둘은 말없이 몇 잔을 나누었고 순식간에 두 병이 비었다. 차츰 술기가 몸에서 돌기 시작했다. 세 병째 마개를 열었다 그녀는 술잔을 잡고 잠시 멈췄다.

202

"정 선생님은, 그게 말예요. 그런 거. 울고 싶을 때."

그녀를 빤히 쳐다보았다.

"그냥 울고 싶을 때는 선생님은 어떻게 견디죠? 시간의 굴곡에 쌓이고 쌓인 덩어리가 물기에 쌓여 올라올 때, 그런 때가 없었어요? 어떻게 견뎠어요? 설마 그런 적이 한 번도 없었을 리는 없을 텐데요."

원희는 엊저녁을 떠올렸다. 딸의 문자를 보고 술에 취해 소리 죽이던 일.

"어제 잠시 그런 일이 있었어요. 벙어리 울음으로. 흐흐."

"그리셨어요? 벙어리 울음, 적절한 말이네요."

술잔을 든 채 그녀를 쳐다보았다. 그녀도 원희의 의도를 알았다.

"영주에서 살았어요. 서울에서 시집을 갔어요. 소위 반가라는 집. 제 친구들은 이 결혼을 그리 탐탁지 않게 말했어요. 경상도 양반가 종갓집이라는. 친구들 예측이 첫날부터 맞아떨어졌죠. 어른들께 첫인사하고 바로 뒷말 들었어요. 젊은 여자가 어른 앞에서 안경을 꼈다고. 배움 없는 건방진 서울 년… 큭."

그녀는 웃었다. 원희는 주욱 마셔버렸다.

"힘들었어요. 힘든 집안일은 다 제 차지였고요. 경북 반가의 맏며느리라는 허울은 무섭죠. 경험하지 못한 사람은 절대 이해 못해요. 아침부터 저녁까지, 아니 자정까지 머리칼이 섰죠. 푸후. 벗어날 때는 목욕탕 갈 때였어요. 집에서 샤워를 해도 되지만 전 일부러 나섰죠. 우중충한 기와집을 벗어나는 기쁨, 아시겠어요? 천사의 날개옷을 입은 양 거침없이 시내를 설치죠. 떡볶이도 사먹고 구경할 것도 없는 시골 읍내를 막 돌아다니다가 목욕탕에 가죠. 몸에 마음껏 물을 끼었어요. 그리고는 실컷 울죠. 어느 누구도 내가 그렇게 울고 있다고 알 수 없죠. 목욕탕이니까. 세상이 물 천지니까. 그러고 보니 그것도 벙어리 울음이네요."

그녀는 술잔을 단숨에 마셨다. 그리고는 손가락으로 순대를 집어서 새우젓에 적시고는 맛있게 먹었다. 도톰한 입술이 조금씩 옴짝거렸다.

"이렇게 먹어야 맛있어요. 젓가락은 쇠맛이 나는 것 같아서. 선생님도 한번 이렇게 드셔 보세요. 후훗."

원희는 묵묵히 술잔만 입에 대다가 그냥 내렸다.

204

"많이 궁금하시죠? 여자가 이런 산골에서 혼자 지낸다는 게. 가족도 있을 여자가 혼자 지낸다면 사람들은 다 야릇한 눈으로 보죠. 결혼 후 십 년 정도 지나자 일도 좀 편해지긴 했지만 도진개진이었어요. 마침 남편이 사업차 멀리 나가 있을 때 저는 시댁 어른들의 극심한 반대를 무릅쓰고 펜션을 운영했어요. 집안에서만 지내면 정말 미칠 것 같았어요. 남편의 사업이 신통치 않다는 이유 하나로 집을 겨우 벗어날 수 있었죠. 그때 당황스러운 일이 많이 겪었죠. 특히 혼자 온 남자들 때문에…. 허긴 다 비슷해요. 여럿 온 남자들도 치근대는 건."

"펜션에서 돈은 좀 벌었어요?"

"후훗. 좀 만진 편이었죠. 대신 그들의 치다꺼리에 허리가 망가졌고."

그녀가 다시 빈 술잔을 잡자 원희는 반쯤 따랐다. 그녀가 원희 손에 든 소주병을 살짝 눌렀다. 원희는 가득 채웠다.

"오늘, 좀 마시고 싶어요. 가득 채워도 돼요. 그게, 돈은 만지지만 건강을 담보로 하는 일이죠. 관광객이 나간 후에 해야 할 일이 산더미처럼 쌓였어요. 그래도 돈 버는 재미는 있었는데, 오래간만에 돌아온 남편이 새벽에 여자 관광객 방에서 나오는 걸 봤어요. 우린 서로 눈을 마주쳤죠. 뭐 남편을 뭐라 탓할 마음은 없어요. 그저 평범한 사람이었으니까. 요즘 세상이 다 그렇잖아요? 하지만 그냥 그 집에 눌러 살 이유도 없어졌어요. 아들은 지금 고등학교 2학년, 그 녀석은 시댁에서 잘 지내요. 가끔 통화도 하고 문자도 보내오고. 흐.

지금 이곳은 편안한 곳이죠. 사람들에게 시달릴 일도 없고, 혼자 책보고 반찬 만들어 먹고 슬슬 돌아다니고…. 살아진다고 말해야 하나? 좋잖아요? 사는 게 아니라 때로는 살아지는 거. 그렇게 고개만 숙이지 마시고 한잔하세요. 너무 심각한 모습도 보기 좀 그러네요."

그녀의 눈 주변이 차츰 붉게 변해 갔다. 원희는 그녀가 술잔을 마주 대면서 자신을 빤히 쳐다보자 그녀의 술잔을 밀면서 말했다.

"살아지는 건 마찬가집니다. 나도 몇 달 전부터 부지런히 살아져 왔어요. 다가오는 모든 현상에 데면데면하며 지냈어요. 굳이 부딪칠 일도 없고. 그러면 저절로 살아져요. 지금까지, 여기까지."

206

원희는 자신도 모르게 '여기까지'를 강하게 발음했다. 그녀의 취한 얼굴에 미소가 서렸다. 둘은 다시 술잔을 부딪쳤다.

  "흔들리는 건 자연스러운 현상이죠. 선생님이나 저나. 그런데, 허윽, 아 죄송해요. 제가 좀 취했나 보네요. 그런데 전 선생님의 얘기는 들어보지 못했네요. 회사에서 퇴직하셨다는, 아, 퇴직당하셨다는 것만 알고 있어요."

  "……살아졌지요. 그 외 다른 말을 덧붙일 거리도 없어요. 모든 일이 우연히 생긴 것 같지만 가만 보면 뭔가 아주 짜임새 있는, 예측된 세계 속에 던져진, 뭐 그런 생각입니다. 그러니 살아질 수밖에. 그렇게 자신의 생각과 의지가 무력하게 사라지는 걸 보게 되죠."

  둘은 잠시 말이 없었다. 몇 잔 더 나누고는 원희가 일어섰다.

  "가야겠네요. 좀 피곤해요. 어제도 무리했는데."

  그녀는 살짝 숙인 모습이었다. 원희가 문고리를 잡자 그녀도 일어났다. 원희는 방문을 열면서 등 뒤로 바짝 다가선 그녀의 체온을 느꼈다. 휙 몸을 돌리며 그녀를 힘껏 안았다. 그녀는 거부하지 않았다. 입술을 깊게 빨아들이며 그녀의 허리를 힘껏 당겼다. 그녀가 낮은 소리를 내었던가, 그녀는 비틀며 원희의 몸을 가볍게 밀쳤다. 원희는 그대로 밖으로 나와서 뛰듯이 골목을 빠져나왔다. 자욱한 안개를 헤치고 비는 계속 내렸다. 흔들리는 세계로 비틀거리며 내려갔다.

정신없이 잠에 빠졌다. 깨어나면 늦은 저녁이었고 다시 깨면 빗소리 들리는 자정이었다. 잠시 멍하니 천장만 바라보며 빗소리에 귀를 던지다가 다시 잠에 떨어졌다. 꿈속으로 돌아다녔다. 무슨 꿈을 꾸긴 했는데 연속으로 이어지는 장면이 없었다. 깨다가 꿈으로 들어가다가 다시 깼을 때는 날이 훤했다. 빗소리는 사라지고 창문으로 들어온 햇빛이 온방을 가득 채웠다. 옷을 입은 채 그대로 나가떨어진 자신을 보며 원희는 전날의 모든 일을 되감기 시작했다.

비가 내리던 오후에 시장에서 순대와 편육을 사고, 비를 맞으며 도리치로 올라가던 일, 그녀와 같이 와인 잔으로 소주를 거푸 마셨지. 벙어리 울음과 목욕탕에서의 울음. 살아지는 삶을 말하던 그녀. 그리고 깊은 키스. 비를 맞으며 계곡을 내려올 때 산안개 속에서 흔들리던 모든 물상들. 승용차를 그대로 두고 걸어서 집으로 오던 서늘한 기억. 원희는 냉장고를 열고 시원한 냉수를 담은 병을 입에 틀어넣었다. 얼음처럼 차가운 냉수가 위장으로 흘러들었다. 흐릿하던 정신이 잘 벼린 칼날처럼 반짝이며 머릿속을 길게 한 바퀴 돌았다. 휴대폰의 시계 숫자는 11 : 30. 일어나서 밖으로 나왔다.

맑고 밝은 하늘 아래 초록은 집 주위에서 흔들리고 집 앞 논에는 연한 황색 벼가 서늘한 바람에 무거운 고개를 저었다. 잠시 동안 눈을 가늘게 뜨고 세상의 모든 사물을 끌어들였다. 다시 목이 말랐다. 마시던 냉수를 입에 쏟아 부었다. 마당 귀퉁이에 있어야 할 승용차가 보이지 않자 원희는 점퍼를 걸치고 집 밖으로 나와 도리치 계곡으로 걸어갔다. 세상 모든 공기를 빨아들이듯 숨을 크게 쉬면서 걸었다. 입구에서 한참이나 거슬러 올라가자 숲속 한적한 공간에 흰색 승용차가 얌전히 누워 있었다. 간밤의 빗줄기에 떨어진 낙엽이 승용차의 앞뒤 창에 가득 쌓였다. 승용차를 몰고 내려오면서 가속페달을 가볍게 밟자 앞창을 덮었던 낙엽이 뒤편으로 순식간에 날렸다.

계곡을 내려와서 지방도로 앞에서 잠시 멈췄다. 잠시 핸들에 머리를 박고 머뭇거리던 원희는 한 곳을 떠올렸다. 소나무의 뒤틀린 숨소리가 살아 있는 곳, 그 숨소리에 기대어 창연한 고전미를 뿜어대는 아담한 정자. 수천 년을 흘러온 강줄기를 묵묵히 굽어보는 곳. 이십 분이면 도착할 거리였다. 그 앞에 나이를 가늠하기 힘든 왕버들의 육중한 자태 옆, 습지의 산책로인 데크로드를 그렸다. 머뭇거리지 않고 승용차의 핸들을 꺾었다. 속도를 높이자 엔진은 무겁고 낮게 신음소리를 뿜었다. 휘움한 도로가 빠르게 뒤로 스쳐갔다.

굽은 길을 거칠게 돌아 강을 끼고 잠시 달리면 왼쪽에 곶처럼 튀어나온 언덕 위에 정자가 있었다. 승용차를 길가에 세우고 인적 드문 날의 한가함 속으로 천천히 걸어 올랐다. 낡은 정자 마루에 앉아 담배를 물었다. 빈속에 담배연기가 스며들자 정신이 잠시 아득했다. 강물이 길게 사행으로 그리면서 흐르는 풍광 속으로 온 신경이 스며들었다. 시간이 정지된 듯 해는 머리 위의 굽은 소나무 가지 사이에서 멈추고 담배 연기는 위로 천천히 흩어졌다. 지나간 두 달의 한가함 속에서 아내와 아이들의 모습이 나타났다가 사라지고 이젠 막연하게만 흔적을 남기는 직장 동료들의 일그러진 얼굴들. 앞날의 불안감. 모든 영상을 흘려보내면 저 뒤편에서 부옇게 스며오르는 얼굴. 점차 명확한 드로잉으로 눈앞에 펼쳐졌다. 품 안에서 파닥이던 아주 짧았던 한순간의 기억이 지난 몇 달의 흔적 위에서 맹렬하게 꿈틀거렸다.

무너지다가 다시 솟아오르는 또렷한 영상을 도저히 지울 수 없었다. 후회와 열정의 중심부에서 흔들리는 자신의 의지는 이미 한곳으로 쏠려 있음을 느꼈다. 몇 번이나 만났던가. 갑자기 이곳의 삶속으로 헤집고 들어온 그녀의 힘은 이미 과거의 원희를 지우고 현실의 생명체로 원희의 가슴속을 지배하고 있었다. 도리치의 좁은 길을 뒤덮은 궁릉의 숲속에서 살아 있는 단 하나의 생명체가 정자 앞 모든 시공을 지웠다. 원희는 정자를 내려와 앞 도로를 건너 강가 습지로 걸어갔다. 하늘은 구름 한점 없고 해는 머리 위에서 붙박여 있었다. 돌을 깔아놓은 좁은 길을 걸어 데크로드로 올라 천천히 강의 하류를 바라보며 걸었다.

눈부신 하늘과 태양. 양편으로 펼쳐진 강변의 숲과 부드러운 나무로 만든 산책로. 한낮의 자연 속을 흐르는 바람.

산책로가 꺾어지는 모퉁이 벤치에 앉아 담배를 피웠다. 하늘을 쳐다봤다. 너무나 푸르고 깊었다. 무한의 세계가 눈앞에 있었다. 한 시쯤 됐을까. 갑자기 원희의 몸이 하늘로 떠올랐다. 몸을 이루고 있는 수천억의 세포가 낱낱이 분해되면서 하늘로 솟구쳐 무한한 우주 속을 유영하며 지상의 모든 자연을 내려다보고 있었다. 아, 내가 하늘에 있구나. 하늘 속을 날고 있구나. 저 아래, 온통 푸름으로 잠긴 지상이 아늑히 펼쳐진 막막한 공간. 그 순간, 가슴속에 머물던 온갖 생각―욕심 사랑 질투 시기 화냄…… 이 한 곳으로 뭉쳐 단 하나, 기쁨과 행복의 한 점으로 내달았다. 삶의 극점!

정신을 차리자 원희의 몸은 벤치에 앉아 있었다. 이럴 수가 있을까. 하늘은 역시 푸르고 산책로 좌우로 치솟은 관목은 바람에 출렁이고 있을 뿐. 강물은 햇빛 아래에서 흰 물비늘을 반짝이며 천천히 흘렀다. 잠시 꿈을 꾼 것일까. 분명 자신은 하늘 속에서 유영하며 마음의 티끌을 몽땅 털어버리고 행복의 극점에서 날아다녔다. 그러나 지금은 벤치에 앉아 세상을 자신을 보고 있지 않은가. 그러나 좀 전의 상황도 분명 현실이었다. 생생하게 되살아나는 순간.

원희는 일어나서 하류를 따라 천천히 걸었다. 공기는 청량하고 바람은 가볍게 불었다. 숲속에 숨어 재잘대는 새들의 웃음과 어디선가 물방울 떨어지는 소리. 갈잎이 서로 몸을 비비대며 서걱대는 소리. 그러나 좀 전 하늘로 솟아올랐던 엄연한 사실은 지워지지 않았다. 해가 강 하류 위에서 길지 않은 가을의 하루를 버릴 준비를 할 때까지 숲에서 걷고 피곤하면 쉬었다.

문득 자신이 종일 빈속으로 돌아다녔다는 걸 알았다. 습지에서 빠져나와 국숫집 상호가 붙은 허술한 식당으로 들어갔다. 들어가자마자 뱃속이 급격히 아래로 조여들었다. 주문한 잔치국수 곱빼기를 기다리는 시간이 너무 길게만 느껴졌다. 연신 주방으로 고개를 돌리다가 아주머니가 국수를 내어오자 뜨뜻한 국물을 깊게 마셨다. 그리고는 천천히 먹다가 갑자기 국수 가락을 맹렬히 입에 틀어넣었다. 한 번 끊어지고는 그대로 위장으로 내려가는 국수 가락의 따뜻한 감촉. 국물 한 방울까지 다 마셔버렸다.

집에서 잠시 쉬다가 잠 속으로 빠져들었다. 갈증에 깨어나서 냉장고를 열고 찬물을 들이켜자 정신이 들었다. 시계는 밤 10시를 넘기고 있었다. 담배를 물고 빛바랜 천장을 바라보았다. 訓 正音國之 音異 中國與文 不相通…. 천장 벽지를 차분히 읽어가다가 원희는 불쑥 일어섰다. 하늘로 날아올랐던 한낮의 기운이 재차 온몸 구석구석으로 스며들어 뜨거운 열기로 치환되었다. 그 열기가 몸 밖으로 벗어나려 하고 있었다. 방에 누워 있을 수가 없었다. 밖으로 나와 도리치로 급히 걸음을 옮겼다. 별빛이 은은히 계곡 속으로 잠겨드는 한밤에 원희의 발걸음 소리만 크게 울렸다. 상관없었다. 헐떡거리며 계곡을 올라갔다. 돌담을 돌고 오동나무 밑을 지나면서 어둠 속에 웅크리고 있는 흰색 승용차를 확인했다. 뜰로 들어서다가 밑에 널린 정낭을 밟으며 하마터면 넘어질 뻔했다. 문 안에 희미한 빛이 어렸다. 손끝으로 가볍게 문을 두드렸다. 기척이 없었다. 다시 좀 더 강하게 두드렸다.

역시 기적이 없었다. 원희는 문을 살짝 잡아당기자 문이 열렸다. 흐릿한 불빛 아래 여인이 얇은 담요를 덮고 천장을 향해 누워 있었다. 어깨와 팔이 불빛 속에서 부옇게 빛났다. 살짝 눈을 떴던가. 다시 감았다. 원희는 천천히 옷을 벗었다. 담요 속으로 들어갔다. 여인은 맨몸이었다. 손을 여인의 부드러운 가슴에 올렸다. 호흡과 같이 희미하게 전해지는 가벼운 울렁거림. 원희는 급박한 심장이 크게 울리는 소리를 들으며 여인의 입을 덮었다. 한 손은 목을 끌어당기며 다른 손으로 굴곡진 탄탄한 엉덩이를 쓰다듬었다. 깊은 곳에서 새어나오는 가느다란 신음 소리를 들은 것 같았다. 길 잃은 밤바람의 허약한 몸체가 단단하고 억센 돌담장에 부딪혀 부서지는 소리였을 것이다.

새벽. 역시 안개는 천지를 가로막고 있었다. 무거운 여행용 백을 뒷좌석에 싣고 운전대에 앉아 옅어질 기색이 보이지 않는 안개만 묵묵히 바라보았다. 방안에는 주인아주머니께 드릴 간단한 편지와 반 달치 방세와 식비를 놓아두었다. 그 정도면 충분하겠지만. 그러나 이렇듯 갑자기 떠난 사실에 놀랄 아주머니를 그렸다. 그동안 따뜻하게 대해 준 분. 올라가서 사과의 전화라도 넣어야겠다. 엔진 키를 돌리자 가벼운 신음이 흘렀다. 차는 천천히 마당을 빠져나와 지방도와 마주하는 곳에서 잠시 멈췄다.

다 버리고, 차갑게 벗어나야겠다. 우연히 와서 계획과 다르게 우연히 떠나는 지금, 모든 사람들도 우연 속에서 그렇게 살아지겠지.

가속페달을 살짝 밟자 승용차는 눈앞의 짙고 탄력 있는 안개를 빨아들이기 시작했다.

적군(敵軍)

1. 미곡상에서

광명리 중앙통 사거리를 중심으로 동서로 흐르는 물길이 있었다. 물길의 좌우 흙벽이 큰물에 무너질세라 콘크리트로 튼실하게 쌓아올려 벽체가 도로변보다 서너 뼘 정도 솟게 만들었다. 자연히 도로와 물길의 경계선 역할을 했다. 도심을 뚫고 흐르는 물길이라 흘러내리는 수량보다 사람들이 버리는 물이 더 많아서 여름이면 각종 쓰레기와 오폐수가 뒤섞여 냄새가 지독했다. 그런 사거리에 물길을 덮고 파출소가 덩그러니 차지하고 있었다. 손톱만한 위압도 겁을 먹던 시대라 파출소의 이빨이 안 먹히는 곳이 없었다. 그들도 여름이면 바로 밑에서 올라오는 악취에는 속수무책이었다. 여름이면 가로수 그늘 밑 벤치에 모여 담배를 피우며 잡담이나 하는 모습을 흔히 볼 수 있으니까.

파출소 옆 농협양곡직판장, 줄여서 직판장. 더 줄여서 매장이다. 임시 일터다. 제대하고 근처에 사는 누님의 소개로 들어온 곳이다. 오월 말에 제대하고 6월 1일부터 내년 1월까지 일하면 1년 치 등록금이나 벌지 않을까 하는 마음으로 누님 시키는 대로 일하기 시작한 지 한 달이 지났다.

아침 8시에 출근해서 작업복으로 갈아입고 작업장 구석구석 청소하는 일부터 하루를 시작한다. 아침에는 배달 전화가 그리 없어서 좀 한가한 편이다. 그 사이에 내 키 정도로 쌓아올린 쌀가마니나 보리가마니를 가지런히 정리하고 매장 안팎을 깨끗이 쓸어낸다. 항상 하는 일이지만 이렇게 정리하고 가게 앞 의자에 앉아 담배를 피울 때 기분이 상쾌하다. 일은 한순간 중노동에 버금가지만 그 순간만 지나면 그리 힘들지도 않고, 또 육군에서 갓 제대한 젊은이의 에너지가 아직은 차고 넘친다.

나는 담배를 거푸 두 개비를 피우고 일어나다가 도로 앞으로 흙먼지를 일으키며 맹렬한 속도로 지나가는 121번 버스를 홀깃 보는 순간, 쨍 하는 날카로운 소리를 들었다. 도로는 물론 아스팔트가 깔렸지만 오래되어 군데군데 파인 부분이 많아 항상 흙먼지가 심하게 날렸다. 또 부서진 아스팔트 조각들이 도로 양편에 쌓여 있어서 쌀 배달할 때 배달 자전거 운행을 매우 조심해야 했다. 나는 버스가 남기고 간 소리가 무슨 뜻인지를 즉각 알아차렸다. 짧게 끊어지듯 울리는 소리.

매장 전면의 유리창을 세밀히 살피기 시작했다. 모두 큰 통유리 4개로 전면을 막고 있어 한번 금이 가면 커다란 유리 하나를 교체해야 했다. 틀림없었다. 왼쪽 통유리 아랫부분이 무언가 세게 부딪친 듯 알사탕 크기의 파손 흔적이 났다. 흔적을 중심으로 손바닥 크기만큼 사방으로 상처가 번졌다. 달리는 버스 바퀴에서 강하게 튕겨져 나온 작은 돌이 낸 흔적이었다. 이때 안채에서 주인이 나와서 유리를 살피던 내 모습을 보며 다가왔다.

유리창 상흔으로 시선을 던지더니 인상을 찌푸렸다.

"하여간 버스 운전수 놈들이란. 에이."

나는 슬며시 매장 안으로 들어와서 오가는 차량과 사람들을 바라봤다. 어차피 버스회사에 연락하고, 담당자가 와서 확인하고 유리를 갈아줄 때까지 두 달이 걸릴 일이다. 매장 안쪽으로 방이 두 칸 붙어 있고 거기에서 주인 부부가 산다. 좁은 마당 건너편에 붙은 방이 세 칸인데, 아이들은 거기서 지낸다. 아이들 방을 새로 붙일 때 같은 마당을 쓰는 매장 옆 만물가게 여자와 쥔아줌마가 대판 붙었다. 만물가게는 항상 먼지만 쌓였다.

똑같은 세입자 신센데 왜 당신만 방을 늘리느냐. 가뜩이나 좁은 마당에서 어디 발 뻗을 곳이나 있느냐. 무슨 소리야, 그게? 그럼 내 멋대로 방을 늘렸단 말이야? 쥔에게 허락받고 한 일을 왜 나에게 눈 치켜뜨고 난리야 난리가? 그래 잘 났다, 잘 났어. 사람이란 게 같이 살아야지. 쥔과 붙어먹는다고 우린 아예 개쪽으로 보는겨?

결국 두 팔을 붙잡고 밀고 당기고 하다가 쌀일 하느라 튼튼한 쥔아주머니 승으로 끝났다. 문제는 옆집 여자의 손가락이 삔 것이다. 병원에서 진단 1주를 끊고 냉큼 파출소로 달려갔다. 쥔아줌마는 파출소에서 1박한 후에야 아저씨가 이리저리해서 **빼냈다.**

"며칠 치 일한 거 몽땅 날아간 줄 알고나 있어. 여자들이란 게 원."

보름 전 일이었다.

오전 열 시쯤 되자 남편 출근시키고 아들딸 학교로 보낸 주부들의 쌀 배달 전화가 오기 시작했다. 잔챙이 한두 말 주문은 짐자전거로 후딱 다녀왔다. 적어도 쌀 한 가마 팔십 킬로 되면 문제는 다르다. 짐자전거 뒤에 실을 때 무게중심을 될 수 있는 대로 앞으로 가도록 싣는다. 왼발로 페달을 밟고 천천히 끌다가 잽싸게 오른쪽 다리를 앞으로 올려 핸들 사이로 넣고 천천히 페달을 밟기 시작한다. 도로를 가다가 각종 차량을 만나면 아무리 숙달된 배달꾼이라 해도 등골이 서늘해진다. 중간에 서게 되면 처음 타던 순서의 역순으로 자전거를 세워야 한다.

처음 팔십 킬로 주문을 사십짜리 두 포대로 나눠 짐자전거에 실었다. 일한 지 3일째였다. 비가 조금 뿌리던 날이었는데 도로 가장자리를 얌전히 타고 가다가 앞에 사람이 있어서 속도를 줄였다. 순간 그냥 나자빠졌다. 재수없게도 자빠진 곳이 빗물이 고인 곳이라 쌀 포대 속으로 흙탕물이 스며들 수밖에. 겨우겨우 다시 매장으로 돌아와 살펴보니 20킬로 정도는 상품으로 가치를 잃은 상황이었다. 쿽은 안타까운 듯 그러나 어쩔 수 없는 일이었기에 한 마디 했다.

"첨인데 너무 무리하니 이 모양이지. 사십씩 나르다가 손에 익으면 팔십으로 올려야 돼. 이건 어차피 집에서 써야지. 떡이나 해먹어야겠어."

한 달이 되자 육십 킬로 세 가마니를 짐자전거에 싣고 버스회사 기숙사로 운반할 정도가 됐다. 첫 가마니를 짐 자전거에 평평하게 싣는다. 두 번째는 살짝 앞으로 올리되 각도가 30도 정도 되도록 싣는다. 마지막은 내가 타면 뒤편 허리까지 올 정도로 무게중심을 최대한 앞으로 쏠리도록 한다. 그래야 자전거를 제대로 조정할 수 있다. 조심스럽게 기숙사로 운반하면 거기 사람들도 놀란다. '히야, 자전거로 세 가마도 싣네. 빵꾸 안 나나?' 이런 말 들으면 이상하게도 가슴을 펴게 된다. 별 영양가 없는 말이고 일꾼에 대한 하대의 뜻을 다분히 담고 있지만, 육체의 능력이 최고조로 발휘되는 순간의 기쁨 또한 없지 않다. 어차피 한시적 일자리일 뿐. 내년에는 다시 복학하게 될 일. 여기서 어떤 취급을 받아도 상관없는 일이다.

당시 대학생은 귀했다. 우리 소대원 중에 대재에 해당하는 학력이 오 프로가 안 됐다. 비록 별 볼 일 없는 지방 잡대지만, 그것도 앞날이 희미한 국문과지만, 그래도 학생의 신분은 확실했다. 고교는 지방 명문을 나와서 사관학교 필기시험에 합격한 후, 아, 난 사관생도가 됐구나 하는 뿌듯함도 잠시. 정밀신체검사에 결핵으로 떨어졌다. 군의관 입에서 나온 청천벽력 같은 말, '활동성 폐결핵 경도!' 그 후 나는 반 달 동안 학교를 안 갔다. 입시의 마지막 결정적 순간에 그만 학교를 피해 버린 것. 그리고 삼 년간 공부한 이과를 버리고 문과로 돌아 두 달 공부한 후 입시에 도전했지만 당연히 실패. 일 년 재수 기간에 난 결핵약을 집중적으로 복용했다. 그러나 결핵의 여파로 입시에 집중할 수 없었다. 물론 가정 형편에 입시학원은 사치스러운 곳이었다. 그럭저럭 완치되고 지방대, 군대 징집.

한 말짜리 주문이 많은 날이 있다. 달랑 팔 킬로 한 말을 배달 가면 그곳에는 공통점이 있었다. 바로 산 밑 구석진 곳이거나 땀 흘리게 만드는 언덕배기 판자촌, 도로에서 멀리 떨어지고 생활 쓰레기와 연탄재가 부서져 뒹구는 좁은 골목길 구석. 뭐 그런 집들이었다. 생리를 해결하고자 화장실을 찾으면 꼭 공용화장실. 어떤 집은 기껏 언덕으로 자전거를 끌고 올라가면 외상이었다. 한 말의 외상. 물론 그런 집은 대개 보리쌀을 주문하지만 때로는 쌀을 원하기도 했다. 난 그들에게 현금을 요구할 수 없었다.

집으로 들어갈 때부터 풍겨오는 냄새. 습기가 깊이 밴 집. 더운 기운 틈으로 하수구에서 올라오는, 곰팡이가 집안 곳곳에 핀 듯, 아기들의 대소변이 방안 구석에 뭉쳐 있는 듯한, 하루 종일 햇볕이 빠져나가지 못해 곰삭은 세간, 한 양동이 물을 아끼느라 목욕도 제대로 하지 못해 늘어진 사람들에게서 나는 몸내. 쥔도 이런 사실은 잘 알고 있었다. 내가 돌아오면 외상장부에 적었다. 태양전파사 뒤 보신탕 골목 124호, 쌀 한 말 1200원, 외상 값이 들어오면 그냥 붉은 볼펜으로 두 줄로 죽 그어버렸다. 그 모습을 보고 나는 속이 뒤틀리며 뭔가 치밀어 오르는 것 같은 느낌을 받았다. 딱히 형상화시킬 그 어떤 일이 마음 밑바닥에 있을 것 같지 않지만 이상하게도 속에서 무언가 꿈틀대며 치미는 무엇이 있었다. 구체적으로 뚜렷하지 않았다. 그러나 분명 있었다.

점심을 준비하지 않았다고, 아무거나 시켜 먹으라는 아줌마의 말. 이 집은 대충 이렇다. 아이들 등교 시키고 나면 남은 어른들은 점심에 그리 신경 쓰지 않는다. 나는 짬뽕 곱빼기를 시켰다. 아저씨는 간짜장. 춘장에 양파를 남김없이 비우고 나서 피우는 담배. 내 담배도 서랍장에 몇 보루씩 잠겨 있으니 마음대로 피워도 된다. 아줌마의 마음 씀씀이다.

오후가 되자 큰 물건 주문이 밀려온다. 주로 사십이거나 팔십짜리 쌀을 주문하는 큰손들이다. 일반 통일벼로 도정한 쌀이 대부분이지만 조용히 주문하는 특별손님은 따로 있다. 그들의 전화번호는 별도로 관리한다. 물론 이 쌀은 밤에 당국 몰래 집에서 도정한 9분도 쌀이다. 군에서 먹던 퍼석퍼석한 7분도 쌀을 이곳 부유층에서 먹을 리가 없었다. 아줌마가 사십짜리 쌀 포대 두 개를 준비하고는 대통을 엇비슷하게 벤 색대로 포대를 푹 찌르고는 쌀을 슬슬 빼낸다. 대략 되 반가량 뺀다. 이 모습을 보는 나는 속이 아프다. 다 속이고 속는 세상이지만 이렇게 노골적으로 쌀을 빼내는 현장에 내가 있다는 사실에 속이 쓰리다. 다시 속에서 무언가 치민다. 하루에 이렇게 빼내면 하루 두 말 이상을 남길 수 있다.

나는 찜찜한 엉덩이를 일으켜 짐자전거를 준비하자 아줌마가 소리쳤다.

"아냐. 시장 뒷길 언덕배기 37호. 자전거로 못 가. 리어카에 실어야 해."

칠월의 오후. 뜨거운 햇빛은 챙이 긴 모자를 쓴 머리 위로 사정없이 꽂히고, 리어카를 끌고 가는 두 팔뚝은 벌겋게 달아오른다. 두 포대를 싣고 시장터를 지나갈 때 전파사에서 음악이 흘러나왔다. 정미조의 휘파람을 부세요. 이어서 박인희의 방랑자. 끝이 없는 길…. 잠시 아득해진다. 정미조와 박인희의 티끌 하나 묻지 않은, 샐녘에 햇빛이 희번하게 숲속을 비출 때 바늘귀만한 이슬이 축축한 풀숲으로 구르며 튀는 듯한 목소리. 또박또박 전해지는 가사 한 소절 한 소절이 땀이 새어나간 땀샘의

226

빈 공간으로 파고 들어와 온몸으로 번지는 듯하다.

　　외롭다고 느끼실 땐 두 눈을 꼭 감고
　　나지막이 소리 내어 휘파람을 부세요

　이런 노래를 들으면 가난과 고통이 절벽처럼 앞을 막
았던 지난 학교생활이 점으로 이어진 그리움처럼 다가
왔다. 빨리 일을 끝내고, 당당하게 등록금을 내고 교정
으로 돌아가고 싶었다. 세상 모든 이들에게 공평하게 분
배된 시간이겠지만, 신의 은총으로 나에게만 특별히 두
세 배 빠른 속도 속에서 살게 해 달라고 빌고 싶었다.
한 달이 넘었지만 아직도 6개월을 더 일해야 한다는 생
각에 마음은 아득하기만 했다.
　마음 깊이 쌓아두었던 벽돌을 곱게 들어 올리면, 그랬
다가 다시 지우기를 수없이 반복한 그녀의 모습이 눈앞
에 나타났다. 휴학 복학을 거듭하다가 2학년을 마치고
군 입대 당시 그녀는 초등교사로 막 발령 받은 상태였
다. 지금 강원도 북쪽 해안 지역에서 교사로 근무하고
있다. 소식 끊어진 지 4개월. 휘파람을 부세요. 휘파람.

그녀의 몸 전체에서 '휘파람'의 ㅎ과 ㅍ이 나에게 계속 전해졌다.

그녀가 자주 부르던 노래였다. 썩 잘 부르는 노래는 아니었지만, 노래를 다 부른 후 작은 입을 내밀고, 휘파 람 휘파 휘ㅍ ㅎㅍ ㅍㅍ로 이어지는 서툰 휘파람을 불었 다. 강둑길은 한없이 길었고 끝은 경포 바다로 이어졌 다. 리어카를 끌고 땀에 흠뻑 젖은 셔츠와 모자. 현실은 냉정하지만 그녀를 꿈꿀 때만은 시장터 길은 초록으로 뒤덮인 봄날의 오후 강둑길 위에 있었다. 그녀는 현직에 근무하지만 나는 내년에 3학년에 복학하고 2년을 등록 금과 싸우고 생활비에 부대껴야 졸업할 수 있다. 그때면 6년차 선생님이 돼 있을 그녀. 기다리라는, 막연하고도 막막한 말을 차마 그녀의 면전에 할 수 없었다.

오늘은 비록 눈물 어린 혼자의 길이지만
먼 훗날에 우리 다시 만나리라

언덕배기 37호. 시장터를 지나고 골목을 꺾은 후 다시 오르는 길은 어림짐작으로 삼십 도 정도의 경사를 오십 미터나 올라가야 도착할 수 있었다. 비록 리어카에 실은 쌀은 팔십 킬로에 불과하지만 끌어올릴 때 허리와 배를 손잡이에 바짝 대고 끌어올려야 할 노역이었다. 어차피 해야 할 일이라면 단숨에 끌어올리고 쉬는 게 낫다. 허리와 엉덩이에 힘을 바짝 줬다. 그러자 오르는 속도가 빨라졌다. 중간을 지났을 때 헐렁한 왼쪽 운동화가 벗겨져버렸다. 멈출 수는 없는 일. 그대로 치달아 올랐다. 나는 리어카를 세우고 담배를 꺼내 물었다. 왼발과 오른발의 언밸런스. 다분히 우스꽝스러운 두 발을 내려다보며, 한숨을 다독이는 담배 한 대를 다 피우고서야 다시 내려가 신을 신었다.

가난한 동네는 주소도 간단하다. 몇 호로 통했다. 나같은 배달꾼에게는 매우 유용한 주소였다. 34호. 35호. 36호. 37호. 대문이 없고 정면에 낡은 검회색 기둥 두 개가 낮게 세워져 있었다. 안에 들어가자 의외로 좁은 마당이 꽤나 깔끔하게 정리된 인상을 받았다. 누군가 나오는 기척이 있고 중년의 아주머니가 나왔다. 첫눈에 이런 집에서 맞닥뜨리는 그런 부류의 아주머니와 달랐다. 긴 통치마를 입고 맑고 해사한 얼굴에 눈동자가 또

렷했다.

"오셨어요? 이리로 나를 수 있겠어요?"

아주머니는 방안을 가리켰다. 순간 아주머니의 목소리를 알아차렸다. 오래됐지만 희미하나마 같은 동족을 만난 느낌. 먹물의 세계에 몸담고 있었던 흔적 같은 무엇이 목소리에서 떨어지고 있었다. 이런 동네에서 드물게 전해지는 동족의 친밀감 같은. 나는 한 포대를 들고 방안으로 들어갔다. 구석에 개량형 쌀통이 뚜껑이 열린 채로 놓여 있었다. 가슴이 철렁 했다. 개량형 쌀통은 내부에 눈금이 새겨져 있다는 사실을 나는 알고 있었다. 주인아줌마가 되 반 정도의 쌀을 색대로 빼내는 광경을 다시 떠올리자 손이 멈추는 것 같았다. 내부를 흘낏 살피니 과연 밑에서부터 10kg, 20kg……80kg까지 새겨진 글자. 그러나 멈출 수는 없는 일. 한 포대를 그대로 부어 넣었다. 다시 한 포대를 다 쏟아 붓자 80 숫자에서 조금 못 미쳤다. 아주머니를 제대로 쳐다볼 수 없었다. 나는 순간, 왜 이렇게 숫자까지 채워지지 않을까 하는 의아한 표정을 지었다. 도망갈 길은 이 거짓 표정밖에 없었다. 아주머니가 옆에서 잠시 서 있다가 쌀통에 담긴 쌀을 수평으로 편 후 조용하고도 차분히 말했다.

"대개 조금씩 빠질 수도 있지만 이건 좀 빠져도 너무 심하네요. 그렇죠?"

"어 어, 이건 그렇네요. 뭔가 좀 이상하게 된…. 매장에 가서 다시 확인하겠습니다. 쥔아주머니가 준 대로 받아온 건데, 하여간 금방 다시 오겠습니다. 값은 그때 주시면 됩니다."

군이 말하지 않아도 될, 쥔아줌마란 말을 동원하면서 급히 빠져나왔다. 쥔아줌마를 앞세우고 나만 현장에서 쏙 빠지는 비겁함이지만 그건 순간적으로 터져 나온 말이었다. 한걸음에 언덕을 내려와서 건물 그늘에서 담배를 물었다. 소매치기 하다가 들키자 전 속력으로 달아나 한숨 돌리는 기분이었다. 다시 몸속 어디에선가 꿈틀대며 솟아오르는 어떤 힘을 느꼈지만 눌러버렸다. 한마디로 쥔아줌마의 실수였고 그걸 그냥 바라보기만 한 나의 착각이었다. 사람 없는 곳에도 사람 있다는 평범한 사실을 무시하고 대충 넘기려 한 매장 운영방식에 구멍이 뚫린 사건이었다. 물론 우리는 단골집 대부분의 가정 상황을 파악하고 있었고, 쌀 담는 통의 크기와 종류도 알고 있었다. 그러나 세상은 우리 희망대로 평행선으로만 나아가지 않는다. 앞으로도 계속 이런 일이 생길 가능성이 농후했다. 개량형 쌀통 사건으로 매장에 큰 흠집이 생겼다. 소문은 바람처럼 빠른 법이다.

돌아와서 아줌마에게 자세한 일을 설명한 후 아줌마의 표정이 일그러졌다. 작은 양심이 드러나는 표정.

"이그, 저런. 빨리 두 되를 담아서 갖다줘라. 실수했다고 해."

다시 두 되를 전달했다. 침착한 그 아주머니는 당연히 겪어야 할 일을 치른 표정이었다. 그 후 신기하게도 그 집에서는 계속 나의 매장에 연락해서 쌀을 구입했다. 그때마다 나는 정확에 정확을 더해 쌀을 싣고 갔다.

저녁을 먹은 후면 하루의 모든 일이 거의 끝난다. 잔챙이 손님이 가끔 들러서 한두 되 사 가는 일은 쥔아줌마 담당이었다. 그러나 나는 아직 마당 구석에 붙은 욕탕에 가서 몸을 씻을 수 없다. 하루의 가장 중요하고도 경제적 이익이 막대한 비밀 임무를 처리해야만 한다. 바로 도정기와의 싸움이었다. 밤 8시면 매장 정면의 철문을 닫는다. 아무리 선풍기를 틀어도 더운 여름밤의 열기는 좁은 매장 곳곳으로 파고들어 내 몸의 모든 물기까지 짜냈다. 도정기는 마당 한 구석에 판자로 감추어 놓았다. 그 무거운 물건을 매장 안으로 옮기고 스위치를 연결하면 그 놈은 차가운 쇳덩어리에서 힘찬 생명력으로 탄생된다. 내 허리 정도의 아담한 도정기지만 성능은 대단했다. 두 시간 정도 작업해도 잔고장이 없었다. '좋은 물건도 있지만 복잡하고 잔고장이 많아. 이놈이 비록 오래된 거지만 단순해서 고장도 없고 또 고장 나면 고치기도 쉽지.' 쥔아저씨 말이 사실이었다.

커다란 물통에 얼음과 냉수를 채우고 나서 내 비밀 작업은 시작된다. 당시는 통일벼가 대량 생산되던 시기였다. 정부가 쌀 자급률을 높이기 위해 재래종보다 30% 이상 생산량이 증가하는 통일벼를 전국에 보급시켰다. 문제는 재래종보다 밥맛이 없다는 점이었다. 통일벼 계통인 밀양 21호나 밀양 23호 같은 쌀을 공급했는데, 그나마 9분도로 도정했으면 보얗고 윤기가 흐르는 밥맛을 조금은 유지할 수 있었다. 그러나 정부는 강제로 7분도 쌀을 공급했다. 그러니 평소 일반미에 맛들인 부유층에서는 알음알음 9분도 쌀을 주문할 수밖에 없었고, 우리 매장에도 비밀스러운 전화가 자주 왔다.

돈을 버는 방법 중 정부 시책에 역행하는 상행위가 때로는 큰 효과를 발휘한다. 바로 통일벼를 9분도로 깎아내는 일이다. 거의 두 배 가까이 받을 수 있으니 미곡상으로서는 군침이 도는 일이었다. 그 막대한 이익을 쥔도 외면할 수는 없는 일. 때문에 나는 밤에 비밀리 7분도 쌀을 윤기 흐르는 9분도로 도정했다. 작은 도정기라 소음이 별로 없었다. 7분도 쌀을 먼저 한번 깎으면 8분도가 되고 다시 깎으면 9분도가 된다. 이 사실이 농협에 알려지면 매장은 최소 한 달의 영업정지를 먹게 되는 위험한 일이다. 내가 철문을 굳게 닫고 안에서 작업을할 때 쥔은 철문 밖에 바짝 붙어서 의자에 앉아 줄담배만 피운다. 급습하는 농협 직원이 멀리서 나타나면 철문을 세 번 가볍게 두드린다는 사전 약속이 있었다. 철문소리에 나는 스위치를 빼고 잽싸게 도정기를 마당 구석에 옮긴다. 도정한 쌀도 방안으로 옮기고 매장 안은 평소처럼 갖춰 놓는다. 그제야 철문이 열린다. 시간은 5분이면 깨끗했다.

세상은 공짜가 없다는 사실도 배웠다. 단속하는 농협

직원들도 박봉에 시달리기는 마찬가지였다. 그들이 매장에 도착하자마자 철문을 열거나 뒷문으로 들어와 마당을 지나 매장으로 들어올 수도 있었지만, 이상하게도 그들은 철문 앞에서 쉰과 잠시 노닥거리며 시간을 끌었다. 그들이 매장으로 들어와 형식적 눈요기를 마치고 나갈 때 쉰은 미리 준비한 두툼한 봉투를 그들의 뒷주머니에 찔러 넣는데 그 액수가 만만치 않았다. '호락호락하지 않어, 재들이. 쌀 반 가마는 생각해야 돼.' 쉰의 말이었다. 상인도 좋고 단속반도 좋은, 누이 좋고 매부 좋은 공생관계가 어둠 속에서 흐르고 있었다.

당시 전화가 있는 집이 흔하지 않던 시대였는데, 지난봄에 개업한 옆집 양복점도 그런 형편이었다. 양복점 '시다바리'로 십 년을 고생하다가 이곳에서 첫 개업한 삼십대 중반의 사내는 먼 남녘 집으로 전화를 하러 가끔 매장으로 들어왔다. 당시에는 수동식 전화기라 손잡이를 돌리고 교환에게 통화번호를 알리고 나면 잠시 후 연결되는 구조였다. 이 사내는 집으로 전화를 신청한 후 잠시 의자에 앉아다가 전화벨이 울리면 한참 가족들과 이야기를 주고받았다. 당시 한 통화는 3분이었는데, 전화 속에서 이야기를 나누다 보면 3분은 금방 지나가지만 본인은 그것을 느끼지 못한다. 다 끝나고 수화기를 놓으면 잠시 후 다시 벨이 울려 몇 통화를 사용했는지 교환이 알려주게 되는데, 사실 이 부분은 전화 주인이 직접 받아야 마땅하지만 사내는 다시 자신이 받고는 툭 던졌다.

"한 통화군."

그리고는 장부에 한 통화를 기록한 후 한 달에 한 번 몰아서 통화료를 냈다. 그러나 내가 보기에는 적어도 두 통화 이상 노닥거렸음이 틀림없지만 그 사내는 항상 한 통화로 고집했다. 교환이 두 통홥니다, 세 통홥니다, 라고 아무리 전화 속에서 말하더라도 교환의 말이 귀로 들어가 뇌를 거쳐서 입으로 굴러 나올 때는 굴절되고 비틀려 나왔다. '한 통화군.'

쥔아줌마나 아저씨나 나도 그 사실을 잘 알고 있었지만, 전회 통화료로 그를 몰아붙일 정도의 야박한 심성은 없었다. 그저 장사 안 되는 사람의 절박한 사정쯤으로 이해했다. 거리의 많은 상점들 모두 먼지를 뒤집어 쓴 꾀죄죄한 모습이지만 그 중에 그래도 소리 소문 없이 만만찮은 수입을 올리는 곳은 역시 내 매장뿐이었음을 알고 있었다. 그 수입 중 일부는 농협 단속반과 사거리에 당당히 눌러앉은 파출소에 정기적으로 전해졌고, 가끔 찾아오면 찔러주는 봉투에 재미 붙인 세무서 직원들의 회식비에도 깔렸다. 내 눈에 보이는 공무원들은 다 그렇게 살아가던 군상의 집합체였다.

시장터 전파사에서 정미조와 박인희의 노래가 흘러나오고, 마침 내가 그 노래를 들을 수 있는 행운을 가진 날은 술 마시는 날이었다. 매장의 야간 비밀작업을 끝내고 몸을 씻은 후 나는 집 뒤 골목으로 스민다. 물론 주머니에는 비밀작업의 대가가 두둑이 들어 있어서 걸을 때마다 허벅지 바깥 부분에서 지폐의 두터운 감촉을 느낀다. 골목을 지나면 집 한 채 지을 만한 공터가 있었다. 거기에는 저녁부터 포장마차 몇 대가 아세틸렌 냄새를 흘리며 카바이드 불빛 속으로 가난한 사람들을 불러들인다. 새하얗게 흔들리며 솟아오르는 불빛 속에서, 연탄불에 석쇠를 얹고 양념한 돼지고기나 닭고기 혹은 생선 따위를 구워 소주를 마시며 하루를 마치는 사람들. 불콰해진 얼굴로 서로에게 술잔을 권하는 장면은 보기만 해도 묘한 매력이 있었다.

시장터 전파사의 노래는 아직도 가슴속에서 일렁거리고 카바이드 불빛도 바람에 가볍게 흔들리면, 나도 연탄 냄새와 아세틸렌 냄새가 혼합된 포장 속에서 하루의 작업을 마친다. 그 노래가 들리지 않는 날에는 그냥 내 방으로 들어가서 배 깔고 엎드려 소설을 썼다. 정미조와 박인희의 하얗고 파란 음성은 그 생명력이 매우 길었다. 무더위 속에서의 고된 작업을 떠받치는 무형의 힘이 그 가수들의 노래 속에서 나왔다.

길가의 가로수 옷을 벗으면
떨어지는 잎새 위에 어리는 얼굴
그 모습 보려고 가까이 가면
나를 두고 저만큼 또 멀어지네.

술을 마시면 박인희의 '끝이 없는 길' 한 토막이 나를 계속 저 먼 어느 곳으로 몰아갔다. 그곳은 현실을 벗어난 구름 위의 세계였다. 힘든 작업에 때로는 희열을 느끼기도 하지만 나는 갓 제대한 젊은이였다. 또 복학을 앞둔 학생이었다. 달력 날짜를 하루하루 지워나가던 제대 말엽 병장 시절처럼, 마음속으로 날짜를 지워나가는 답답함에 갇힌 현실. 그러나 내년이면, 비록 힘든 생활이 이어지겠지만, 다시 교정으로 돌아갈 수 있다. 이것 하나로 현실을 밟고 생활하지만 그보다 더 나를 옥죄게 하는, 저 노래 속의 그녀.

제대하기 3개월 전 토요일, 그녀는 내가 복무하는 안양시 인근 포병단으로 면회를 왔었다. 휴가 때 만난 후 6개월만이었다. 시내에서 저녁을 먹을 때 그녀는 평소 침착하던 모습에서 벗어나 있었다. 계속 이야기가 헛돌았다. 나를 똑바로 쏘아보듯 하다가 다시 눈을 깊게 깔아버리는 일은 이전에 볼 수 없던 행동이었다. 난 알아차렸다. 그녀가 왜 면회를 왔는지, 왜 전과 다른 행동을 보이는지를. 그녀는 직장인으로 2년을 보냈다. 현장에서 보고 느끼고 받아들인 짧은 기간이 예민한 그녀의 행동에 영향을 주었으리라는. 그리고 대화 사이에 부모 이야기도 곁들였다. '부모'라는 어휘가 그녀 입에서 굴러 나왔을 때 나는 확신했다. 이 애가 나를 떠나는구나. 부모도 알고 있는, 결혼 상대자가 있구나. 마지막으로 나를 보러 왔구나. 말은 없었지만 행동으로 보여준 이별의 암시였다. 아득함 속에서도 나는 담담함을 표정에 담으려 노력했다. 쓸데없이 군 생활을 과장하면서 떠들고 마셨다. 취하지 않았다.

그날 우리는 같이 자면서도 서로를 침범하지 않았다. 아니 내가 나를 지켰다.

포장마차에서 내가 즐겨 먹는 안주는 양념 돼지고기 구이였다. 처음 포장마차를 열었을 때 두툼한 고깃점에 갖은 양념을 다져 넣어 구운 매콤한 돼지고기는 소주 안주로는 최고였다. 소주 두 병에 고기 반 근을 구우면 저녁을 먹지 않아도 배가 불렀다. 당연히 손님이 모여들기 시작했다. 나도 저녁때만 되면 안주 생각에 발길이 저절로 포장마차로 향했다. 하루의 땀은 물로 씻지만 마음 깊이 잠긴 물기 서린 허무는 소주와 돼지고기 구이로 씻어 내렸다. 정미조·박인희 두 가수의 노래는 술병을 기울이는 손에 부드럽게 잠겨들어 가슴으로 적셔든다. 이런 날은 방에서 소설쓰기가 이루어질 수 없는 일이다. 소설쓰기.

대학 입학 두 달 후 아버지가 갑자기 돌아가셨다. 당

시 난 하숙을 하고 있었다. 1학년 첫 두 달간 낭만과 꿈이 눈부시게 펼쳐졌던 젊음의 무지개가 갑작스런 폭우에 쓸려 사라졌다. 남은 건 시가지를 벗어나 산기슭 끝에 있는 농가의 작은 자취방이었다. 집에서 정기적으로 오던 생활비도 끊어졌다. 시골 가산을 정리해서 서울로 올라간 가족은 작은 음식점을 하다가 모두 날려버렸다. 그 후 모든 건 내가 해결해야 했다. 라면과 건빵이 주식으로 등장하고 냉방에 점차 익숙해져 갔다. 학생 아르바이트는 물론, 방학 때는 경포 해수욕장에서 인명구조원으로도 일했다. 학교에 일주일 정도 쉬는 일은 다반사였다. 근처에 공사판이 벌어지면 일주일 간 최저임금으로 뛰었다.

얼음공장 내에서 잠시 일하던 때가 좋았다. 공장 내부에 5분만 있으면 추위에 몸을 움츠릴 정도여서 점퍼를 입었지만 얼음을 규격에 맞게 톱으로 썰 때는 땀으로 범벅이 되어 윗옷을 벗어젖히고 작업을 했다. 힘들어 잠시 쉬면 다시 추워졌다. 일이 끝나 공장 밖으로 나오면 뜨거운 기운이 확 밀려왔다. 빙점과 열점이 교차되던 곳.

밤에는 술에 의지하는 마음이 심해졌다. 술값이 있을

딕이 없었나. 시내에서 학생들이 주로 많이 찾는 술집을 뒤지면 반드시 꾼들이 모여 있었다. 그들도 내 처지를 알고 있을 터. 반갑게 자리를 내주었다. 그리고 자정이 다 돼서야 일어서서 비틀거리며 산 밑 차가운 방으로 들어갔다. 이럭저럭 1학기를 보내고 2학기가 시작되자 등록금이 채 마련되지 않았다. 방학 중 아르바이트한 금액은 등록금의 반에도 미치지 못했다. 당시에는 분납금 제도가 있었다. 반으로 분납금을 내고 10월경에 나머지 금액을 납부해야 했다. 입에 풀칠도 어려운 판에 나머지 분납금이 있을 턱이 없었다. 뭉개고 뭉개다가 동계방학이 되자 바로 휴학했다.

겨울에는 모든 돈벌이가 딱 끊어졌다. 그러자 머릿속에 떠오르는 하나. 소설쓰기였다. 먹는 문제는 죽지 않을 만큼이면 됐다. 친구들이 고향으로 돌아가면서 맡긴 이불이 잔뜩 내 방에 깔려서 냉방 문제도 조금 해결되었다. 요 두 채를 깔고 이불 두 채를 덮으면 한겨울의 냉방도 그럭저럭 견딜 만했다. 이불을 두텁게 덮고는 운동복으로 든든히 무장하고 배 깔고 누워 소설을 쓰기 시작했다. 무엇을 쓸 것인가는 애초부터 없었다. 다가오고 겪

242

은 억울함, 짓눌린 젊음의 발악을 소설의 형식으로 풀어
놓는 일이 나에게는 소설이었다. 단편 80매를 마치고는
이어 다음 소설로 덤벼들었다. 이상했다. 쓰면 쓸수록
쓸 거리가 자꾸 치밀어 오르는 현상. 그러면서 가슴에
맺힌 응어리가 조금씩 풀리는 것을 느꼈다.

피곤하면 이불을 덮고 천장을 멀거니 바라보면서 나
에 대해, 소설에 대해 생각했다. 돈 안 되는 이런 소설을
써서 뭘 어쩌자는 겐가. 나는 앞으로 어떻게 될 것인가.
동생이 고 2, 중 2. 서울 집에서는 동생들의 학비를 어떻
게 해결하고 있는지. 내년에는 어쩔 수 없이 1년을 이곳
에서 보낼 수밖에 없다. 봄이 되면 작은 돈벌이라도 달
라붙어야 할 형편이다. 불안하고 막막한 미래. 거대한
절벽이 앞을 가로막고 있는 듯 앞이 캄캄했다. 그럴수록
나는 글쓰기에 매달렸다. 세 편의 소설을 완성했지만,
스스로 뜯어봐도 쓰레기통에나 던질 잡문에 불과했다.
그런데도 다시 덤벼들었다. 사방이 매서운 북풍 속에 잠
겨 있는 곳. 밤에 산바람이 창문을 치고 폭설에 갇히면
절대 고요의 틈 사이로 갑자기 밀려드는 굉음.

강릉의 눈은 엄청났다. 며칠씩 폭설이 내리고 눈이 소

니무 까지에 끼듭 놓이민 소나무가 견딜 수 없는 일. 한밤에 눈 무게를 이기지 못해 스스로 밑동을 꺾어버리는 소나무의 비명은 결빙의 공간을 한숨에 찢으며 사방으로 번지다가 내 방안까지 밀려들어왔다. 뚜우욱 쁘드드득 스솨르르…. 냉기만 가득 찬 방안에서 그 굉음을 들을 때면 내 한줌 뼈마저 같이 으스러지는 듯 소름이 돋았다. 그럴 때마다 확인하듯 몸을 뒤척였다.

어느 날 저녁, 고교 동창인 최태호가 얼굴이 해맑은 여학생과 같이 집에 왔다. 그녀는 숱 많은 머리칼을 뒤로 두 갈래로 묶어서 여고생 티가 풍겼다. 교대 1학년이라고 그녀를 소개했다. 김현경. 같은 교회에 다니는데 지금 예배 보고 나오는 길에 내 이야기를 주고받다가 이곳까지 왔다는 말을 덧붙였다.

"이 녀석이 겨울 내 소설 열 편을 쓴다고 설치는 놈이지. 어때? 다 썼어?"

내 머리맡에 어지럽게 놓인 16절 누런 갱지 뭉치를 들어 여학생에게 보였다. 난 손을 뻗쳐 빼앗았다.

"이런 망할 녀석. 소설은 무슨 얼어 죽을 소설. 그냥 일없어 끄적거려 본 거지. 챙피하다. 그런 말 마!"

그녀는 살짝 미소를 지었다. 눈이 반짝 빛났다.

"저녁은 당연히 건너뛰겠지? 가자. 내 저녁을 사지. 현경이도 있고 하니. 이 썰렁한 방 꼬라지 봐라. 에이."

그날 저녁 나는 참으로 오래간만에 밥 두 공기를 먹었다. 그리고 김현경, 그녀가 산다는 말이 떨어지기 무섭게 가까운 술집에서 취하도록 마셨다. 그렇게 만난 그녀였다. 그 후 그녀는 연탄도 사 놓고 라면 박스도 술도 들고 왔다. 그녀가 2학년이 됐을 때 나는 휴학생이었고 2학년 복학하자 그녀는 졸업하고 발령을 기다리고 있었다. 당시 교대는 2년제였다.

말만 포장마차이지 리어카에 각목을 세우고 지붕만 덮은 간이주점처럼 차린 곳에서 나는 돼지고기 구이를 안주로 소주 두 병을 넘기고 있었다. 그녀는 지금쯤 자기의 미래를 향해 부지런히 걸음을 내딛고 있을 것이다. 난 내년에 3학년에 복학하면 된다.

각자 정해진 길로 갈 수밖에.

술 두 병이 모자랐다. 세 병째. 머릿속이 몽롱해져 가지만 의식은 새파랗게 피어올랐다. 2년간의 처절했던 학교생활. 낮에 본 빈민들의 집. 더위에 썩어가는 냄새.

의성김가의 붉은 줄. 개량형 밭등에 깅깡을 재수지 못한 일. 7분도 쌀을 비밀히 9분도 쌀로 도정하던 나. 농협 단속반원과의 거래. 이웃집 양복점 아저씨의 전화 통화량을 축소하려는 비굴함. 몇 번이나 쓰다가 멈춘 소설. 스물다섯의 젊은 혼을 녹이는 정미조·박인희의 노래. 그녀와 마지막으로 마셨던 술.

취할수록 속은 끓어올랐다. 낮에 몇 번이나 솟구치던 기운을 강제로 가라앉히던 의지가 술로 인해 슬슬 풀어지고 있었다. 눈물 어린 혼자의 길. 나지막이 소리 내어 휘파람을 부세요…. 속이 터질 것 같았다. 나를 가로막는 절벽은 대학 1학년 때부터 눈앞을 가로막고 우뚝 서 있었다. 저 절벽을 깨뜨릴 용기는 없는가. 지금까지 나를 가로막았던 적군의 실체가 절벽이었다. 저놈의 절벽. 치밀어 오르는 어떤 힘!

나는 아직도 술이 반이나 남은 소주병을 단단히 움켜쥐고 적군을 부서버리려는 듯 바닥으로 힘껏 박아버렸다. 술병은 시멘트 바닥에 부딪히면서 요란한 소리를 내며 산산이 깨어졌다.

2. 번지 없는 주막

시내 중심가 사거리 삼보 모텔 앞. 길 건너 신호등은 희미한 붉은색. 차량들이 오른편으로 질주하고 있다. 대형 차량들이 지나갈 때마다 먼지를 품은 더운 기운이 인도로 훅 밀려든다. 7월 초순 오후 세 시. 햇빛이 날카롭게 사람들 머리 위로 파고들었다. 양산을 쓴 여인들. 남자 몇은 챙이 넓은 모자를 썼다. 몇은 모자를 쓰지 않았다. 그들의 얼굴과 이마는 진득한 땀으로 번들거린다.

종욱은 둥글고 챙이 넓은 모자를 썼지만 얼굴을 앞으로 약간 숙였다. 반팔 겉으로 드러난 팔뚝으로 꽂히는 햇살이 뜨거워 팔을 허리 뒤편으로 돌렸다. 빨간 신호등이 녹색으로 바뀌기 직전, 앞에서 휴대폰 문자를 부지런히 날리고 있던 여고생이 건너편 신호등을 살피지도 않고 차도로 발을 옮기자 종욱은 재빨리 손을 뻗쳐 학생의 팔뚝을 거머쥐고 끌어당겼다. 순간 화물차가 거센 바람을 날리며 소녀 바로 앞으로 쌩하니 지나갔다. 인도에 서 있던 사람들 입에서 '우욱―' 하는 비명이 터졌다. 그런데도 소녀의 얼굴은 평온했다. 그냥 종욱을 잠시 보고는 다시 휴대폰 문자를 날리며 방금 들어온 녹색 신호등을 향하여 횡단보도를 걸어갔다.

종욱은 녹색으로 바뀌기 직전부터 사람들이 질척한 기다림을 뒤에 남기고 앞으로 성급하게 발걸음을 내딛는 광경을 흔히 목격했지만 지금처럼 급박한 위험을 경험한 적은 없었다. 보통 붉은 신호등이 녹색으로 바뀌기 직전 사람들은 한 발자국이라도 늦을 수 없다는 듯, 혹은 빨리 뜨거운 햇빛을 벗어나 건너편 벚나무 가로수 밑으로 몸을 숨겨야 한다는 듯 성급히 걸음을 내딛는 행위는 늘 보던 바였다. 여고생은 반바지 밑으로 드러난 희고 풍만한 다리를 부지런히 움직이면서 눈길은 계속 휴대폰으로 향하고 있었다.

종욱은 천천히 도로를 건너고 다시 왼쪽으로 돌아서 방금 보행자 신호로 바뀐 횡단보도를 지나 건물 밑으로 들어섰다. 서늘한 그늘 아래지만 바람이 불지 않아서 후텁지근한 기분이었다. 몇 걸음 걸어 청과물 상점 앞에 멈췄다. 열려 있는 대형 출입문 안에 앳된 젊은이가 혼자 앉아 옆면 벽에 놓인 티브이를 보고 있다. 낯이 익은 얼굴. 아들 친구였던가. 항상 육십 초반의 부부가 상점

을 지키고 있었음을 기억했다. 그는 창밖을 지나가는 종
욱을 보자 고개를 약간 숙이면서 인사를 한다. 종욱은
상점 안으로 들어섰다. 과일을 살 마음은 없었지만 젊은
이 인사에 바나나라도 사야겠다는 생각이 갑자기 들어
서였다.

"혼자 있구나. 다 어디 가셨나?"

"병원에 입원하셨어요."

"엉? 무슨 일?"

"교통사고를 당하셨어요."

"두 분 다?"

"예. 엄마는 원주 기독교 병원에 계시고 아빠는 삼척
의료원에 계세요."

"저런! 아주 심하게 다치신 모양이구나. 그래서 네가
가게도 지키고…."

내용은 심각했다. 반 달 전에 부부가 탄 승용차와 신
호 위반한 서울 승용차가 정면으로 들이받았다고 했다.
'엄마는 거의 정신을 잃었어요. 아빠는 좀 덜하고.' 간단
히 사고 경위를 말하며 종욱을 보고 세상 모든 근심이
떠나버린 표정으로 하얗게 웃었다. 종욱도 슬며시 웃었

다. 바나나를 담은 비닐봉지를 들고 나오면서 십척 의료
원의 입원실을 떠올렸다.

　오른편으로 돌아 '번지없는주막'으로 들어갔다. 늘 보
던 상호였지만 오늘따라 밑으로 이어진 상호를 처음 보
는 듯 생소했다. '번지없는'까지는 녹색 네온이, '주막'
은 붉은 네온이 비치는 상호. 이곳에서 청과물 상회 주
인과 몇 번 만나서 막걸리를 마시며 세상 잡사를 떠들던
사이었다. 친하지도 않고 그렇다고 못 본 체는 하지 않
는 그런 사이. 종욱보다 몇 살 아래라고 형님으로 대하
며 항상 얼굴에 웃음을 띠던 그였다. 청과물 상점으로
근근이 지내면서도 그는 낙천적 표정을 잃지 않았다. 종
욱은 지난 행적을 물어본 적이 없었지만 그간 이런 저런
사람들을 통해 그의 불운을 들은 적이 있었다. 상당한
재산을 물려받았지만 사람 좋은 그에게 주위의 난삽한
인간들이 들끓었고, 그들은 그의 보증으로 은행돈 몇 천
씩 받아 쥐고는 사라지기 몇 번. 마지막으로 벌인 사업
이 청과물이었다. 근처에 같은 상점이 여럿 있어서 그리
재미는 보지 못하는 형편임을 주변에서는 다 알고 있었
다. 종욱이 한사코 술값을 내면,

"아이, 형님. 전에도 내셨잖아요. 이번엔 제겁니다."

주머니에서 반듯한 지갑을 꺼내는 것인데, 수많은 잔돈푼이 모인 그의 지폐 뭉치는 항상 가지런히 지갑 속에 숨죽이고 있다가 종욱 앞에서 천 원씩 오천 원씩 살아 숨 쉬며 계산대에 올려졌다. 물론 둘이 마시는 막걸리에 두부 안주가 무어 그리 비싸겠는가마는, 그 지폐는 종일 사람들과의 실랑이와 눈웃음을 흘린 값비싼 노동의 결과임을 종욱은 잘 알고 있었다. 그러던 그가 병원에 있다니. 더구나 부인은 원주에서 심각한 상태로 입원 중이었다.

"아주머니. 최근수 씨 알지요? 그 사람 소식 들은 거 없어요?"

아무도 없는 빈 술청에 종욱이 들어서며 말을 건네자 땀을 번들거리며 낡은 태극선을 연신 부쳐대던 아주머니는 에어컨을 켜면서 얼굴을 돌리지도 않고 말했다.

"거 왜 병원에 입원했다고 들었는데. 근데 아줌마는 중상이라서 지금도 원주 병원에서 꼼짝도 못한다고…. 아저씨는 여기 의료원에 입원했다는데 다리가 만만찮답니다. 정강이가 나갔다고 하던데."

"저짐, 항생 보면 좋은 사람들안내핀 그딴 일이 생긴다고. 그 좋은 친구가 그리 되니, 나 원…. 오다 보니 아들이 혼자 가계를 보고 있더구만. 여기 바나나 드쇼."

"방금 사과 한 개 먹었더니 생각이 없네요. 안주는 뭐로 할까요? 전처럼 두부전골로 할까요? 술은 첨처럼으로?"

"아니, 시원한 막걸리 두 통 주쇼."

종욱은 실내를 죽 둘러봤다. 실내 원형 탁자는 셋. 한쪽 벽으로 마루를 만들어서 손님들이 앉아서 먹을 수 있는 긴 마호가니 상이 둘. 그 위로 이 지역 시인이 자청해서 써 왔다는 시가 액자 속에 시큰둥하게 붙어 있고, 냉장고 위 벽에는 아치형 나무판자에 검은 글씨로 쓴 '얍삽하게 살지 말자'가 술청을 내려다보고 있었다. 색 바랜 벽지에는 술꾼들의 낙서로 어지러웠다. 그 중 종욱이 몇 년 전에 잔뜩 취해 휘갈긴 문구 하나가 아직도 남아 있었다. '甘雨속에 스러지는 가을의 女心이 쌓이다.'

대학 2학년 때 가성교육과 꽃꽂이 전시회가 있던 날, 종욱이 평소 신경 쓰던 여학생을 그리며 전시회에 들러 방명록에 폼 잡고 썼던 말. 써 놓고 나오면서 슬쩍 돌아

봤을 때 그 학생과 다른 몇이 성급히 그 방명록을 살펴보던 모습까지 지금도 기억하고 있다. 이렇게 지나간 자취가 아직도 수천억의 세포 틈틈이 살아 있다. 종욱은 슬며시 웃었다. 이 벽에 썼던 당시의 상황도 잘 기억나지 않을 정도로 당시에 흠뻑 취했다.

두부에 돼지고기 몇 점 넣고 파와 버섯과 고춧가루를 고명으로 뿌린 두부전골이 막걸리 두 통이 든 낡은 주전자와 같이 나왔다. 다시 혼술이 시작되었다. 종욱은 이 집에서 혼술을 마실 때에는 서두르는 법이 없었다. 술잔을 느루 잡고는 천천히 소주나 막걸리, 안주를 음미하면서 마셨다. 대개 막걸리 두 통이나 소주 두 병이면 얼추 취한 상태로 술청을 빠져나갔다. 오늘은 얼마나 마시게 될는지. 뭔가 어긋난 상황이 생각의 뒷마당에서 막 춤추고 있는 그림을 어렴풋이 짐작하고 있기 때문이었다. 종욱은 아직 그 확실한 실체를 잡지 못하고 있었다. 에어컨이 돌아가면서 실내는 차츰 시원해졌고 두부전골의 구수한 맛에 차가운 막걸리는 슬슬 넘어갔다. 점심을 언제 먹었더라. 아 그렇지. 혼자 아침 겸 점심을 열한 시쯤 먹었지. 그리고 지금은 오후 세 시를 넘겼다. 속이 빌 때도 됐다. 빈속을 부연 믹실티로 새▶넌서 술기가 점점 온몸으로 퍼지기 시작했다.

막걸리 주전가가 가벼워질수록 종욱의 머리는 점차 무거워졌다. 청과물 상점을 나와서부터 술기가 슬슬 스미고 있는 지금까지, 머릿속 어느 한 곳에서 스멀스멀 움직이고 있는 희미한 실체. 그것을 뚜렷하게 그릴 수는 없지만 종욱은 분명 알 수 있었다. 몸을 움직이기는 싫지만 그렇다고 그 실체를 피해갈 수는 없는 어떤 일. '문병. 그렇지, 그것이었군.'

문병을 가야 할지 어떨지. 가면 '쾌유'를 바라는 봉투라도 들고 가야 하지 않을까. 얼마를 넣어야 할까. 그런데 그와 나 사이에서 꼭 문병을 가야만 할 그런 친밀감이 존재할까.

사실 종욱과 그는 이름 정도는 알고 지내는 사이지만 문병을 가야 할 정도로 절친한 사이는 아니다. 그렇다고 상황을 알고 있으면서도 모른 척 지나갈 수도 없는 난처함. 아예 듣지 않았으면 그냥 넘어갈 수도 있는 일이었다. 젊은이의 말을 그냥 밟아버리고 술이나 마시며 저녁을 보낼 수도 있다. 이상하게도 그렇게 시간을 죽이기에

254

는 뭔가 찜찜했다. 어느 날 이런 술자리에서 최근수 씨와 갑자기 만났을 때 그의 병상 체험을 들으면서 '난 그런 줄도 몰랐네…. 그런 일이 있었어요? 그만하길 다행이네요.' 하며 너스레를 떨어야 하는 자신을 생각해 봐도 뭔가 엇갈렸다. 오만 원 한 장을 봉투에 넣고 가기도 그렇고, 그렇다고 십만 원을 넣기에는 속에서 허락하지 않았다. 그냥 과일이나 사서 들고 가면 좋겠지만 그의 집이 청과물 가게라는 사실이 종욱을 다시 머뭇거리게 했다.

"에이, 제기랄!"

갑자기 종욱의 입에서 거친 말이 튀어나오자 주방에서 주섬주섬 움직이던 아주머니는 똥그란 눈으로 종욱을 쳐다봤다. 종욱은 머쓱해진 자신을 살피며 막걸리가 가득 담긴 술잔을 성급하게 입에 부어넣었다. 다시 빈 잔에 주전자를 기울이자 부연 막걸리가 주둥이에서 쏟아져 나오다가 잔에 다 차기 전에 그쳤다.

"한 통만 더 주쇼. 날이 더운지 잘 넘어가네. 속도 출출했는데…."

앞에서 거칠게 내뱉은 말을 돌리기 위한 헛소리였다.

두부선글을 숟가락으로 듬뿍 떠서 입안에 넣고 우물거리면서 종욱은 쓸데없는 일에 흥분하는 자신이 마음에 영 들지 않았다. 어떤 행위를 과감하게 내밀지 못하고 머뭇거리기만 하는 꼴에 스스로 화가 났다. 병원에 갈까 말까. 가면 봉투를 만들어야 하나. 만든다면 얼마를 넣어야 할까. 꼭 가야만 할까. 안 가면.

네거리에서 여학생의 팔을 잡아당겼던 광경을 떠올렸다. 종욱이 잡아당기지 않았다면 그 학생은 어떻게 됐을까. 그런데도 소녀는 종욱에게 고맙다는 말은커녕 부드러운 눈길도 보내지 않고 태연히 하던 일을 계속 하면서 횡단보도를 걸어가지 않았던가. 생명의 위험을 막아준 사람에게도 한 마디 감사의 말도 하지 않는 소녀와, 별로 친하지도 않은 그저 그런 사이일 뿐인 그 사람과 나. 종욱은 점차 고개가 숙여졌다. 막걸리 세 통이 머리를 지탱하던 목의 근육을 풀어버렸다.

"약주가 너무 높은 것 같아요. 날도 더운데 그만 하셔야겠어요."

아주머니가 종욱을 살피다가 한 마디 던졌다. 평소와는 다르게 '끼'가 사라진 종욱을 알아차린 탓이다. 종욱은 고개를 들고 다시 술잔에 손을 내밀었다. 다시 생각했다. 위험에 처한 학생을 순간적으로, 거의 본능과도 같이 손을 뻗어 위험에서 구했다. 종욱은 천천히 술잔을 입으로 가져갔다. 병원으로 가야 한다는 생각과 그것에 머뭇거리는 자신 사이에 어떤 이물질이 걸쳐 있음을 느끼고 있었다. 대단치도 않지만 그렇다고 무시할 수도 없는 가치. 그가 병원에 있건 없건 나와 무슨 상관인가. 그는 그대로 나는 나대로, 서로 삶에 충실하면 될 일. 어쩌면 두 번째 삶을 보장해준 종욱의 행동과 소녀의 태평스러운 표정. 타인의 고마움에 반응하지 못하는 삶과 공연히 타인 삶에 끼어들고 싶어하는, 인정이란 이름으로 다가서다가 보잘것없는 물질에 막혀 머뭇거리고만 있는 자신의 행위에 화를 내는 현실.

작은 이기심과 소녀를 구한 자신의 행위를 비교하면서 종욱은 더욱 깊게 가라앉을 수밖에 없었다. 자신을 이룬 수많은 몸체 한 귀퉁이에 똬리 틀고 있는 우리들의 적군! 그 적군을 위하여 종욱은 거칠게 술을 털어 넣은 후 숟가락으로 전골을 듬뿍 떠서 입에 가득 채우고는 우적우적 먹었다. 치사한 적군의 실체를 씹어 삼키려는 듯.

3. 김씨네 막걸리십

　가을볕이 슬며시 기울어지기 시작하면서 나는 공연히 안달을 냈다. 자판을 두드리다가 다 지워버렸다. 이런 때는 술. 그러나 3일째 술을 굶었다. 오늘도 공치면 4일차로 접어들 공산이 컸다. 최소한 3일에 한 번은 혈액에 알코올을 공급해 줘야 살맛이 나겠는데 어찌어찌 해서 기회를 번번이 놓쳐버렸다. 오늘은 기필코.

　색이 바랜 청바지와 붉은 스웨터를 입고 진한 쥐색 점퍼를 걸쳤다. 챙이 둥근 회색 모자를 쓴 후 청바지 포켓에 지갑을 든든히 넣었다. 그렇다고 한 번의 음주 행차에 많은 경비를 풀 수는 없는 일. 소주 두 병과 안주까지 이만 원 정도를 예상하고 집을 나섰다. 오후 네 시. 혼술을 시작하기 딱 좋은 시간이었다. 지금쯤이면 술청에 꾼들이 별로 없을 것이고, 그렇다면 항상 즐겨 앉는 내 자리에 느긋이 앉아 주인이 틀어주는 7080을 들으며 기분 좋게 한잔 할 수 있었다.

　아파트 경비실을 돌며 보도블록과 인도에 비스듬히 주차한 내 승용차를 보았다. 천오백 씨씨 십삼 년차. 유감스럽게도 뒤창에 붙인 선팅에 공기가 들어가서 허연 공기방울 자국이 듬성듬성 부풀어 있었다. 조금 기분이 꺾이는 듯했으나 이내 생각을 돌렸다. 나중에 고치지. 그래도 시내를 주행할 때나 해안 도로를 질주할 때는 늘 찜찜했다. '빌어먹을 짜석들. 그 따위로 선팅을 하다니.' 역시 영세업자가 하는 작업에는 항상 빈틈이 있었다. 값은 제대로 받아먹으면서도 결과는 저 모양이다.

공용 주차장을 지나면 우측 도로변에 태백물닭갈비집이 있다. 닭갈비에 물을 넣고 야채를 듬뿍 넣어 매운탕처럼 끓여주는 곳. 소주 안주로 딱 맞는 물닭갈비. 바로 그 곁에 황금불고기집. 밖에서 담배를 피우던 종업원 하나가 나에게 인사를 한다. 홀쭉히 키가 크고 마른 체형에 머리는 빡빡 깎아서 항상 머리통이 파르스름하게 보였지만, 이마에서 정수리를 넘어 뒤통수까지 너비 2센티 정도로 짧은 머리칼을 살려서 기괴한 느낌을 주는 젊은이였다. 나는 웃으며 고개를 까딱했다. 나중에 이 집에서 한잔 할 때를 대비한 사선 교감 차원이었다. 하여간 저 녀석들이란……쯧.

느지막한 오후의 길거리에는 왕래하는 사람들이 별

로 있었다. GS에 들러 '보램시가 미니 릴 미티' 한 값을
샀다. 담뱃갑에 담배가 몇 개비밖에 남아 있지 않으면
괜히 뭔가 빠진 것처럼 허전한 법인데, 새 담배를 주머
니에 넣자 마음이 든든해졌다. 왼쪽으로 돌아 삼십 보
쯤 걸으면 오늘의 목적지. 입구 위에 '김씨네 막걸리집'
이란 큰 간판이 붙어 있다. 정면 유리창 안쪽으로 알록
달록한 유리 매듭이 귀엽게 보이는 술집이다.

자, 이제부터 즐겁고 흔쾌한 늦은 오후의 시간을 메울
일이다. 허리를 펴고 한 손으로 출입문을 슬며시 열며
안으로 들어갔다. 전면 끝에 주방이 있고 젊은 부부가
앉아 이야기를 나누고 있는 그 옆으로 화장실로 통하는
작은 통로가 있다. 홀에는 둥근 탁자가 다섯. 각 탁자에
다섯 명이 앉으면 스물다섯은 수용할 수 있는 공간이었
다. 아직 손님은 한 사람도 없는 한적한 시간.

"오셨어요?"

"어서 오세요, 선생님."

부부가 일제히 인사를 했다. 나는 늘 가는 '내 좌석'에
앉았다. 이곳에 앉으면 홀 내부를 바라보며 느긋이 한잔
할 수 있다. 특히 주방에서 흘러나오는 7080 음악을 가

까이에서 들을 수 있어서 좋았다. 주방은 내 뒤통수 쪽에 있었다. 가끔 늦은 시간에 들르면 손님이 꽉 차고 탁자 하나만 남아 있을 때가 있었다. 그럴 때 공연히 혼자 앉아 있기가 미안했다. 들어오면서,

"이거, 혼잔데, 그냥 갈까보다. 미안해서 혼자 못 앉겠어."

하고 머뭇거리면,

"선생님, 다른 생각 마시고 그냥 앉아 드셔도 되요." 라고 나를 안심시키던 부부였다. 부부는 나를 꼭 선생님으로 불렀다. 내가 학교의 선생이 아닌데도 꼭 그렇게 부르는 이유를 물은 적이 있었다. 선생님이란 호칭을 들으면 괜히 행동이 어색해지고 다른 손님들이 나를 한번 흘긋 쳐다보는 그 표정도 부담이 되었다.

"그럼 뭐라 불러요? 마땅한 호칭도 없는데…. 그럼 작가님이라고 부를까요?"

"아, 됐어요. 그만 해요. 무슨 작가씩이나. 흐흐. 날라리 작가라도 부르면 적당하겠네."

부부는 항상 부드러운 미소를 던졌다. 모두 키가 그리 큰 편은 아니고 약간 통통한 체격이었다. 나는 늘 마시

린 '져읆져림'과 생두부글 시꼈나가 '찜깐' 하너 빅에 필린 메뉴판을 쳐다보았다. 평소에는 그냥 스치던 메뉴판이었으나 오늘은 평소 먹던 안주를 바꿔볼까 하는 마음이 일었다. 메뉴판은 엷은 황색 나무판을 주렴처럼 붙여서 검은색 캘리그래피 체로 썼다.

소주 3,500. 맥주 4,000. 우동·라면 사리 2,000. 음료수 2,000. 감자전 12,000. 명태찜 15,000. 김치전 15,000. 새치구이 15,000. 라면 3,000.

그 옆에 따로 흰 판지에 길게 내리 써 놓은 메뉴.

골뱅이무침 25,000. 홍어회 20,000. 홍어회무침 20,000. 부추해물전 15,000. 생굴 12,000. 계란찜 8,000. 두부조림 8,000. 닭똥집 8,000. 부추전 10,000. 어묵탕 5,000. 과메기 시가. 두루치기 15,000.

'평소에 저렇게도 안주가 많았던가.' 관찰력이 없는 자신을 탓했다. '이런 놈이 무슨 소설을 쓴다고 껍적대기는 제길.' 메뉴를 일별했지만 좀처럼 한곳에 마음이 찍히지 않았다. 이리저리 머리를 굴리다가 한곳에 멈췄다.

"생굴 주세요. 안주를 좀 바꿔야지. 맛있겠군."

생굴이 나올 때까지 생채와 나물 안주로 몇 잔 마셨다. 빈속에 소주가 짜릿하게 흘러들어 온몸의 신경이 위장으로 일시에 쏠리는 듯했다. 갑자기 무음의 휴대폰이 울렸다. 열어보니, 채승태. 십년 후배인 일용노동자 시인. 혼술의 즐거움은 확 달아나버렸다.

"야, 빨리 와! 여기? 김씨네 막걸리집. 응? 혼자야."

생굴을 안주로 거의 반병이나 비웠을 때 승태가 회색 작업복에 흙과 시멘트 투성이 등산화를 신고 들어와 앞자리에 앉았다. 긴 머리칼이 부스스했다. 한 컵 가득 물을 따르고는 입 속을 가신 후 꿀꺽 삼켰다. 목울대가 위아래로 슬쩍 움직였다.

"형님은 이 초저녁에 웬일이슈? 만난 지 한참 되네요."

"한 일 년 됐나? 근데, 자네야말로 웬일이야? 일이 벌써 끝난 거야?"

승태는 사뭇 심각한 표정이었다. 내가 미처 따르기도 전에 소주병을 기울여 잔에 넘치도록 붓고는 그대로 입에 틈이 났나. 내가 다시 따르사 빛 동작을 반복했다. 거푸 석 잔을 마시고서야 생굴 안주를 한 점 먹었다.

"감독 새끼와 한바탕 하고 바로 나왔어요. 그 씨발놈. 아무 이유도 없이 작업 단가를 십 프로 낮춘다고 불쑥 내뱉고는 그냥 사무실로 들어가 버리는 겁니다. 한마디로 우릴 개좆으로 보는 거지요. 쌍. 우린 황당했어요. 분명 그 새끼들이 무슨 수작을 부린다는…. 들어가서 대판 일을 벌이다가, '잘 처먹어라 좆같은 개새끼들아' 하고 퍼붓고는 와버렸어요. 씨발놈들…. 술이나 마실까 해서 형님을 찾았어요. 돌아왔다는 얘기도 들었고. 마침 잘 됐네."

"저런 쓰발. 너 그러다가 잘리는 거 아냐? 하여간 그려그려 잘 왔어. 오늘 기분도 꿀꿀한데 한잔 마시자. 나도 며칠 안 마셨더니 좀이 쑤시더라구. 오늘은 오늘, 낼은 낼 일이 기다릴 테니까."

"짜르지는 못할 겁니다. 제가 인력동원 오야진 걸 형님노 살 아시면서 그러쇼. 날 짜르면 낼부터 일할 녀석이 한 놈도 없을 텐데 흐흐."

몇 십년간 막노동으로 다져진 대살로 꽉 차 있는 단단

264

한 몸을 슬쩍 뒤젖히다가 술잔을 잡으며 앞으로 숙였다. 그의 눈에서 넘쳐나는 열기는, 비록 험한 노동에 몸을 던지고 있지만 정신만은 순백하고 당당하다는 자신감을 나에게 전하고 있는 듯했다. 오래간만에 우리는 만났다. 내가 담양에서 돌아온 지 다섯 달이 지났고 그 사이 다시 몇 달이 흘렀으니 거의 일 년 만이었다. 우리는 그동안 각자가 흘린 시간을 서로 맞추면서 소주를 계속 마셨다.

채승태는 첫 시집을 낸 지 이십 년이 흘렀다. 새벽바람에 나가서 어둠이 해를 삼키는 시간에야 돌아오는 그의 일상에서 시 창작에 손이 돌아가기는 어렵다는 점도 나는 알고 있었다. 일 년에 서너 편 정도지만 다른 시인들과 비교해도 손색없는 작품을 던지고 있었다.

"형님 생활은 페북에서 가끔 확인했지요. 작업은 마쳤어요?"

"아직 반도 안 나갔어. 돌아와서는 오늘처럼 만날 이렇게 지냈지."

"신선놀음이네요. 뭐라 뭐라 해도 형님 사는 게 부럽습다. 난 튀어나오는 게 욕밖에 없으니."

그 어떤 해인가. 젊은 시절 구토풍난 프레스에 찔려 비틀어진 그의 오른손을 보며, 나는 심장 곁에 단단히 붙어 있는 담양의 추억을 뒤좇다가 다시 그의 빈 잔을 채웠다. 시간은 흘러가는 법이다. 그는 나를 보고 신선놀음한다고 우스개로 말했지만 나는 날카로운 칼날이 번득 가슴을 긋고 지나갔던 지난 가을을 떠올렸다.

숙소 팽나무 밑 흔들의자에 죽치고 앉아 고즈넉이 흘러가는 시간을 삼키던 고적감. 붉디붉은 화순적벽의 단풍나무 그늘에서 순간 나타났다가 사라진 여인의 뒷모습. 구름을 해산하려는 듯 뒷산 등성이로 조용히 떠오른 보름달. 어둠도 빛을 뿌리는 야밤에 약초 절인 커다란 장독 무더기 옆 벤치에 앉아 말없이 마시던 술. 새벽안개에 덮인 추수 끝난 들판과, 서릿바람에 몸을 뒤집으며 쏠려가던 홍엽 무더기. 그 모든 것. 시간은 한숨과 절망을 품고 우리 손끝이 닿지 않는 미래로 지금도 부지런히 흘러가고 있을 뿐이다. 그때 그 시간은 나의 것이지만 미래는 나의 것이 아니다. 우리는 서로 말을 잊은 듯 탁자에 눈길을 깔았다. 말은 없어도 복화술사처럼 우리는 서로의 내면을 더듬고 있었다.

266

둘이 잠잠히 마시고 있는 홀에 출입문을 열고 조용히 들어오는 노인 한 분이 있었다. 몇 안 되는 헝클어진 머리칼과 주름진 얼굴을 왼손으로 가리며 들어왔다. 허리가 많이 굽었다. 뭔가 머뭇거리면서도 죄스러운 표정으로 빈 탁자에 말없이 앉았다. 그러자 아주머니는 기다렸다는 듯 컵과 물병을 노인의 탁자에 놓고,

"잠시만 기다리세요, 할아버지."

하고 말했다. 노인은 우리들 쪽은 쳐다보지도 않고 벽에 붙은 메뉴판과 앞 탁자만 바라보았다. 헐렁한 바지에 청색의 낡은 운동화. 몇 십 년은 입었을 회색 양복 윗옷에 '대한노인회' 글자가 등판에 새겨진 노란 웃옷을 걸치고 있었다. 우리는 못 본 척 술잔만 만지작거렸다. 잠시 후 김이 솟아오르는 양은 냄비와 김치보시기를 담은 쟁반을 들고 와서 조용히 노인 앞에 놓았다. 먹음직한 라면이었다. 노인의 눈길은 라면에 박혔다.

"드세요, 할아버지."

노인은 젓가락을 차분히 들고 천천히, 뜨거운 라면을 후후 불면서 묵묵히 먹었다. 처음에는 천천히 먹다가 차츰 먹는 속도가 빨라졌다. '국물이 뜨거울 텐데…' 내

직찡과 상판없이 다년 사디글 나 신서 빅은 노인은 양은 냄비를 양손에 잡고 국물까지 한 방울도 남기지 않고 다 마셨다. 빈 냄비를 쟁반에 조용히 놓고는 잠시 주위를 두리번거렸다. 그러다가 슬며시 일어났다. 나가지 않고 머뭇거렸다. 분명히 들어올 때보다 더 허리가 굽어졌다. 비록 라면 한 개만 먹었지만 그래도 속이 차면 허리도 펴지는 법. 노인의 허리는 비참할 정도로 굽어져 있었다. 난 노인의 허리가 들어올 때보다 라면을 먹은 후 왜 더 굽어졌는지를 직감으로 알았다.

"할아버지, 허리 쭈욱 펴세요!"

아주머니가 다가와서 나직이 말했다. 그러자 노인은 몇 번 고개를 숙이고 밖으로 나갔다. 무료 음식에 대한 노인의 애절함과 감사의 눈빛만 텅 빈 의자에서 흔들리고 있었다.

우리는 그 광경을 조용히 바라보기만 했다.

"들어올 때보다 먹고 나갈 때 허리가 더…."

"미안함과 감사의 깊이만큼 더 굽어졌겠지."

우리는 아주머니에게 그 노인의 정체에 대해서 묻지 않았다. 왜 돈을 받지 않는지도. 이미 완벽하게 파악했으니까. 아주머니가 왜 노인에게 허리를 펴시라고 말했는지도. '세상은 살 만한 곳이다'라는 말을 하고 싶었으나 그건 아주머니의 순수한 행위에 합당치 않은 말이었다. 그저 바라보기만 하면 충분했다.

우리는 다시 술을 마셨다. 이상하게도 취하고 싶었다. '이런 날은 크게 취해도 좋다!' 계속 마셨다. 일곱 병째에 그쳤다. 채승태가 화장실에 갔을 때 나는 여섯 병과 안줏값을 미리 계산했지만 그 후 한 병 더 마셨다. 우리는 얼큰한 기분으로 일어섰다.

"다 계산했고, 한 병 값만 더 내면 돼. 그건 너가 내라. 흐흐…."

승태는 비틀거리면서 주방 앞 계산대로 갔다. 나도 따라갔다. 승태는 주머니에서 퍼런 지폐 석 장을 꺼내더니,

"한 병 값 삼천오백 원과, 나머지로는 그 노인이 오실 때 꼭 따뜻한 밥도 한 공기 주세요."

"아니, 이러실 필요 없는데요? 제가 평소에도 그렇게 합니다. 오늘은 마침 밥이 떨어져서 라면만 드린 거예요."

"그래도 받아두세요. 저도 좀 보태는 겁니다."

나는 거들었다.

"히구미니, 믿으세요. 믿으셔야 힙니다. 그대아 오늘 술자리가 마무리되거든요. 하하."

부부도 그 뜻을 알아차렸다. 부부의 얼굴에 미소가 번졌다. 우리는 기세 좋게 허리를 펴고 술집을 나왔다. 밖은 늦가을답지 않게 시원한 바람이 불었다. 우리는 천천히 걸으며 시원한 세상을 깊게 마셨다. 승태가 하늘을 쳐다보더니 한 마디 했다.

"세상 그 어떤 유명 시인의 시구보다도 오늘 아주머니의 그 한 마디가 더 멋있었어. '할아버지, 허리 쭈욱 펴시라.'는 그 말!"

나는 갑자기 이 일용노동자의 든든한 어깨를 깊게 안아주고 싶었다. 승태의 한 마디로 평소 나를 어지럽히던 흐릿한 기운, 적군이 말끔하게 정리되었다. 문단 구석에 기대어 내로라하는 엄숙한 표정의 시인들에게 평소 진저리가 났던 터라, 일용노동자의 만만치 않은 석 장 지폐에서 번지는 광휘는 진저리나는 시인들—적군—을 말끔하게 지워버렸다.

오늘 술 자알 마셨다.

내일 다시 한잔 할 수도 있겠다.

270

4. 촛불잔치

한중대학교 앞 3층 원룸에서 생활한 지 석 달째. 이곳에서 살아온 주민들이 쟁골이라 부르는 곳. 처음 무슨 뜻인지도 몰랐으나 후에 이곳에 밝은 사람한테 들었다. 예전에 지양사라는 절이 있어서 지양골, 줄여서 쟁골이라 불렀단다.

내 방.

세 평의 좁은 공간이지만 그래도 나에게 집필실로는 충분했다. 두터운 매트리스를 깔고 그 위에 누워 공상에 잠기기도 하고 생각나면 책상에 앉아 부지런히 자판을 치기도 했다. 혼자 소주에 과자 안주로 취하도록 마실 때도 있었다. 삼척 집에서 아홉 시쯤 일어나면 아내는 이미 출근한 후였다. 우물쭈물하다가 대충 아침을 해결하고 열한 시쯤 체육관에 가서 두 시간 운동. 집에서 밥을 싸서 이곳으로 오면 오후 두 시가 넘었다. 그때부터 진정한 내 세계를 펼쳤다.

창문 전면으로 야트막한 산이 있었다. 그 등성이를 밟고 올라가면 이 지역에서 가장 높은 봉우리인 초록봉으

도 동했나. 구궁에 사뿜 소폭꽁으노 흘났나. 우실에는
눈에 밟히는 사람들이 싫었다. 내 방에서 1층으로 내려
오면 골짜기치곤 제법 큰 편의점이 있었다. 손님들은 대
개 한중대 학생들이었다. 그들은 돈도 많았다. '부모 잘
만난 녀석들….' 하루 라면 하나로 때우던 대학 시절의
막막함은 저들에게는 전설일 뿐이다. 물론 저 중에는 알
바로 궁핍을 견디는 학생들도 있겠지만, 편의점에 어른
거리는 학생들은 모두 부티가 철철 넘쳤다. 나는 담배와
우유, 마실 물은 이곳에서 샀다. 물론 소주도.

어둠이 밝음을 슬슬 빨아들이는 시간이면 가끔 책상
위 노트북 곁에 촛불을 켜고 실낱같은 바람에도 미세하
게 흔들이는 촛불로 혼자만의 작은 술잔치를 벌렸다. 전
깃불은 잠시 아듀

비웃지 마시라, 점잖은 제군. 나잇살이나 먹은 내가
촛불을 켜고 의자에 앉아 나이에 걸맞지 않은 분위기를
잡고 어색하게 술잔을 기울이는 광경!

그러나 촛불만으로 술잔치를 벌리기에는 부속한 무
엇이 있다. 아, 당신의 말이 맞다. 음악이 있어야. 이럴
때는 슈베르트 씨나 베토벤 씨도 좋고 바흐 씨의 음악도

좋지만, 그러나 너무 심각하게 분위기를 잡는다는 작은 폐단이 있다. 역시 당신이 한 마디 적절하게 던지시는 군. 바로 7080이 제격이라고? 묘하게도 당신은 내 속사람을 잘 이해하고 있군.

나는 노트북에서 유튜브로 들어간다. 이런 땐 비트가 약간 살아있는 음악이 좋다. 검색란에 이재성의 '촛불잔치'를 찾아 1986년 판을 찍는다. 이재성의 초기 미성이 생생하게 흘러내리는 젊음의 소리.

촛불의 아늑함에 이재성의 빠른 비트가 어울려 술잔을 드는 속도가 평소보다 빠르다. 그 속에서 온 방안 구석구석 파고드는 전주곡이 보인다. 촛불의 검은 심지 위로, 심지보다 세 배 정도 긴 타원을 이루며 가늘게 솟아 창틈으로 밀려드는 바람 기운에 가늘게 떨고 있는 엷은 황색 불꽃. 검은 심지 맨 위의 새빨간 점 같은 불꽃. 그리고 여러 번 굽어진 작은 유리관을 통해 울리는 소리처럼 공명하는 전주곡의 비틀림, 그 바탕에 드럼의 간단없는 회초리 울림.

바람에 별이 떨어지고

어둠만이 밀려오면,

　'어둠만이'에서 반 박자 늦추고 '밀려오면'이 뒤따르
는 순간을 나는 좋아한다. 그 부분을 계속 음미한다. 한
박자 늦추면 노래는 늘어져버린다. 딱 반 박자만 늦춰
라. 그때 나는 반 박자 늦추는 법을 몰랐다. 모르는 공간
은 젊음이란 새파란 괴물이 자리하고 있었다.

　2학년.

　자취방에 촛불을 켰다. 11월 6일. 나는 많이 취했다.
오후부터 밤이 이슥할 때가지 강릉 시내 술집을 돌아
다녔으니까. 혼자 마시기 시작하다가 어느 순간 친구들
얼굴이 앞에 어른거렸다. 다시 정신을 차리면 친구들이
나를 부축하며 시내를 돌아다니고 있었다. 그리고 다시
혼자.

　첫눈이 내렸다. 11월 초순에 너무 많은 눈이 쏟아졌다.

　행여나 빌자국 소리에
　창밖을 보며 지샌 밤.

274

우리는 뒷산에 올라 잔디 위에 앉아 멀리 펼쳐진 때늦은 논밭을 바라보기도 했다. 그가 파동 없는 호수 표면에 투명 구슬이 구르는 듯한 음성으로 자기 생활을 조금씩 집어내면, 난 응, 응. 그래! 하며 그의 구르는 음성을 즐겼다. 슬쩍 그의 허벅지에 내 머리를 얹고 바람에 흔들이는 소나무 우듬지를 바라보기도 했다. 그는 말했다. '아이, 일어나세요. 누가 봐요.'

그도 가난했다. '고등학교 때 피아노를 그렇게도 배우고 싶었는데, 결국 포기했죠. 교습소 주위를 빙빙 돌다가 그냥 맥없이 돌아설 땐 너무 슬펐어요. 엄마한테 말하면 엄마만 괴롭겠죠. 하지만 언젠가는 배울 수 있을 거예요. 졸업하고 직장을 잡으면 그때….'

어느 날 늦잠 자고 일어났을 때 살짝 열린 창문틀에 신문 봉지가 놓여 있었다. 일어나 펼쳐본 후 나는 피식 웃었다. 물론 비웃음은 결코 아니었다. 내가 자고 있을 때 살며시 창문을 밀고 찐 옥수수 몇 개를 신문지에 싸서 올려놓던 모습을 그렸기 때문이었다. 신문은 강원일보였다. 강원일보는 보는 집이 드물었다. 반장 집 빼고는. 그는 반장 어른 동생이었다.

니는 속이 디흫랐디. 그는 걸고 언인으로 이시기는 면을 거부했다. 그냥 두 살 많은 친구가 좋다고 했다. 아, 난 반 박자만 늦춰야 했지만, 그러나 젊음에는 박자 관념이 없었다. 최후의 찻집. 나는 이 상태로는 더 이상 견딜 수 없다고 말하자 그는 슬픔으로 얼굴을 싸고 내 앞에서 나갔다. 난 잠시 멍한 정신을 추슬렀지만, 헛일이었다.

밖으로 나오자 태양은 머리 위에서 강하게 내리쬐고 있었다. 지진이 일어난 듯 도로가 울렁거렸다. 온 세상이 계속 흔들렸다. 서 있을 수가 없었다. 플라타너스 가로수를 한참이나 잡고 있었다. 그리고 술집으로. 술집에는 항상 친구들이 죽치고 있었다. 그들 틈에 비집고 들어가 그들에게 의지하고 술에 기대어 한없이 마셨다. 밖으로 나오자 태양은 사라지고 눈이 날리기 시작했다. 다시 술집으로 들어가서 친구들은 나에게 계속 술을 권했다. 꼭 지 덜 떨어진 한심한 놈아, 여자 하나에 그리도 무너질 녀석이 무슨 글줄이나 쓴다고 폼을 잡아. 때려 쳐!

첫눈은 발목을 덮었다. 친구들은 나를 어깨동무하고 거리를 휘저으며 돌아다녔다. 정신을 차리자 나는 혼자였다. 친구들은 다 사라졌다. 좁은 골목길로 들어섰다. 눈은 계속 내리고 내 자취방을 지나쳐버렸다. 십 분 더 올라가면 반장 집, 그녀의 숙소. 계속 올라가서 그녀의 철대문 앞에 섰다. 이상하게도 철대문에 붙은 작은 출입문이 열려 있었다. 난 소리 없이 안으로 들어가서 섬돌 위에서 그녀의 방문을 조용히 두드렸다. 두드렸다. 기척 없음. 없음.

난 퍼뜩 정신을 차렸다. 조심스럽게 되돌아 나오면서 하늘에 빌었다. '제발 폭설이 쏟아져서 내 발자국을 지워버려라.' 취한 중에도 내가 남겨 놓은 발자국이 원망스러웠다. 눈이 그치고 아침에 자신의 방 앞까지 뚜렷이 남은 내 발자국을 그가 보게 된다면, 그건 정말 못 견딜 일이다.

내 가슴 멍울지게 해도
나 그대 미워하지 않아.
나의 작은 손에 초 하나 있어 이 밤 불 밝힐 수 있다면
나의 작은 마음에 초 하나 있어 이 밤 기도할 수 있다면,

근처 상점에서 소수 한 병을 샀다. 물기 없는 잔 방으로 돌아와 촛불을 켜고 소주를 마셨다. 안주는 없었다. 차가운 소주에 가장 맞는 안주는 '자학'이었다. 소주 한 잔에 자학 한 점. 다 비운 후 어지러운 머리를 정리하다가 책상 서랍 속의 작은 보랏빛 병을 떠올렸다. 휴학한 친구들 중에 수면제를 갖고 있던 애가 있었다. 그 친구는 이불과 책과 기타 잡동사니를 몽땅 내 방에 던지듯 팽개치고 가버렸다. 그 속에 수면제가 수십 알 들어 있는 작은 병도 있었다.

머뭇거릴 아무런 이유가 없었다. 그는 내 눈동자였다. 그동안 내 '눈동자'를 통해 나는 세상을 보고 느끼고 숨 쉬면서 지냈다. '그'라는 '눈동자'가 사라진 지금 난 캄캄한 세상을 볼 뿐. 그가 없으므로 난 눈동자를 잃었고 장님이 되었다. 더 이상 캄캄한 세상에서 존재할 수 없었다. 차가운 냉수와 같이 수십 알을 입에 털어 넣고 이불 속으로 파고들었다.

부슬부슬 비마져 내리면
울음이 터질 것만 같아

그 사람 이름을 되뇌이다

하얗게 지새우는 밤.

새벽에 깼다. 어렴풋이 보이는 친구들 얼굴. 포근한 잠자리. 너무 포근했다.

"괜찮니?"

대답하기가 힘들었다.

"짜슥아, 우리가 잘 데 없어 자정 무렵에 너 집에 갔는데, 불은 켜져 있고 넌 그냥 고꾸라져 입에 거품투성이더라. 아무리 깨워도 일어나지도 않고. 그래서 급히 병원으로 모신 거다. 한심한 놈아."

"위세척도 했고, 이젠 괜찮을 거야. 퇴원하면 염라대왕 문전에서 쫓겨 온 경험담이나 들려줘. 홍!"

"빙신새끼. 그딴 일에 약이나 처먹고 흐흥. 그 여자애에게 알릴까?"

난 발작했다.

"노노노! 절대로!"

처음으로 터져 나온 말씀이었다.

아, 지금 비가 내려야 한다.

비와 음악과 촛불 그리고 술.

그 후 나는 페시미즘 속으로 잠겨들었다.

고 2때부터 그런 싹수가 보였다. 그때 쓴 일기장 한 부분을 기억하고 있다. 비가 오는 날, 까닭 없이 고개가 꺾인 나는 소주 한 병을 사서 골목길 구석에서 병나발을 불었다. 달아오르는 몸을 내리는 비에 맡기고, 그것도 모자라 나무 밑에서 밑동을 발로 세게 걷어찼다. 우두두 쏟아지는 빗물이 그렇게도 시원할 수가 없었다. 온몸을 비로 흠뻑 적신 그날 쓴 일기 구절.

    '너는 회오리바람을 타고 하늘로 끝없이 올라가서 산산이 흩어져 사라져라.'

대학 2학년의 페시미즘은 심각했다. 자취방의 촛불은 밤의 시간을 한없이 잡아먹었다. 수없이 되뇌던 이름·얼굴·엷은 미소·맑은 목소리·희고 갸름한…. 그랬다. 내 가슴에 칼날이 스친 자국처럼 흉터를 남긴 그였지만 난 그를 미워하지 않았다. 미워하다니. 오리려 칼자국은 더욱 깊어갔다.

생활은 무겁게 다가왔다. 아버지의 돌연한 죽음 후 남은 가산을 정리하고 서울로 간 가족은 섣부르게 음식점을 하다가 다 날려먹었다. 송금이 끊긴 당시의 가장 중요한 먹을거리는 라면과 건빵.

겨울, 찬바람은 매서웠다. 불을 때지 않은 방안은 얼음집처럼 쌩하니 차가왔다. 친구들이 팽개친 이불 더미가 그렇게도 고마울 수 없었다. 이불과 요 각각 두 채를 덥고 깔고 잤다. 물론 두터운 추리닝과 양말을 걸친 채로. 아침에 일어나기 싫었다. 텅 빈 위장은 마른 보리이삭처럼 가벼웠다. 그래도 무얼 먹어야 살 일이었다. 할 수 없이 골목 끝 작은 상점으로 가서 사정을 했다. 난 이미 그 분야에서 명성이 자자한 음지의 제왕이었다. 이 상점에서 라면 몇 개, 저 상점에서 건빵 몇 봉지…. '몇'이란 말은 사치스럽다. 한 개라도 건지면 대성공이었으니까.

건빵 한 봉지를 겨우 구해서 봉지 윗부분을 조심스럽게 뜯는다. 일순 풍겨오는 구수한 냄새. 허기지고 종이처럼 얇은 위장이 맹렬하게 요동친다. 그 냄새가 사라질

세라 소심한가. 냄새도 넝쌍가 있는 음식으로 취급했나. 대략 서른 알 정도의 건빵이 들어 있다. 그 중 반은 내일을 위해 남겨둬야 한다. 우선 하나를 꺼내서 냄새를 맡는다. 세상 어떤 음식보다도 더 구수한 냄새.

앙증맞은 직육면체. 연황색 표면이 뽀얗게 생긴 건빵 알. 두께가 대략 7mm 정도. 둘레는 속으로 살짝 홈이 파인 것처럼 들어갔다. 뒷면 노란 부분은 십자 형태의 무늬가 박혔다. 부풀어 오른 정면을 입에 물고 홈이 파인 부분을 앞니로 살짝 깨물면 건빵은 얇게 두 갈래로 뜯어진다. 입 안에 들어온 조각을 아주 천천히, 천천히 맛본다. 아쉽게도 목구멍으로 다 들어가면 나머지 한 조각을 혀로 녹이면서 먹는다. 그리고 차가운 냉수 한 모금. 이렇게 열다섯 개 정도를 아침 성찬으로 소비하고 나머지는 내일의 비상식으로 남겨놓는다.

건빵을 먹으면서도 그를 떠올렸다. 그리고 눈물을 흘렸다. 어리석게도 눈물을.

세상의 건실한 제군! 사내대장부가 여자 문제로 질질 짠다고 손가락질 하지 말 일. 그대들은 진정 울어본 적이 있는가. 부정의 세계를 부셔버리기 위해 몸을 던지다가 그들이 친 돌부리에 걸려 뜻을 이루지 못한 좌절감, 혹은 한목숨 건 사랑에 울어본 적이 정말 있는가. 그것도 꺽꺽 소리 내어 울 수도 없는, 가슴속으로 우는. 난 그때 벙어리가 어떻게 우는지를 터득했다.

촛불은 그때나 지금이나 조용히 타오른다. '촛불잔치'를 몇 번이나 반복해서 들었는지도 모르겠다. 계속 듣고 또 듣고 또또 듣고…. 당신은 이런 모습을 보고 웃을 지도 모른다. '저 궁상맞은 꼬라지' 하며. 그래도 난 상관하지 않겠다. 어디 있는지도 모르는 당신, 무엇을 하며 소일하는지도 모르는 당신이 나를 어떻게 보든 나에게 무슨 의미가 있을까. 있을까….

취한 눈으로 촛불을 껴안는다. 뜨거움은 없다. 혹시 이 타원의 불꽃을 누군가가 훔쳐갈세라 나는 단단히 껴안는다. 내 가슴속에 깊이 도사리고 있는 지나간 모든 눈물. 이젠 이별할 때도 되지 않았는지. 당신은 항상 말했지. 세상이 밝음으로 빛날 수 있도록 힘을 기르라고. 그럴까.

아냐. 그건, 밝음은 진정한 힘을 오도시키는 나의 적

군일 뿐이야. 오늘 이 촛불도, 내 가슴속 뜨거운 심지도 적군을 살라버리겠어. 어둠으로도 행복을 재단할 수 있다는 사실을 알려주겠어. 그런 힘을 찾겠어.

새벽바람에 실려 오는
저 멀리 성당의 종소리
나 무릎 꿇고 두 손 모아
그를 위해 날 태우리라.

5. 너

아침. 너는 늦게 자리에서 일어난다. 아내는 이미 출근했고 식탁 위에 차려놓은 간단한 아침을 천천히 먹은 후 컴 앞에 앉아 세상을 본다.

수많은 죽음. 북한 핵미사일. 트럼프의 괴성. 푸른 기와집 아이들이 저질러 놓은 거미줄. 거기에 걸려든 철면피들. IS 배후로 의심되는 차량돌진사고. 증시는 사상 최고를 치고 빠지는 중. 중년 부부의 자살. 중국의 사드 보복에 질질 짜는 기업. 기름값 연속으로 치솟아. 정규직 소원 이룬 딸의 교통사고 사망 소식에 울부짖는 엄마. 이합집산의 정치. 대통령의 뇌물죄 칼날….

대충 훑고는 이를 닦고 면도를 한 후 몸을 씻는다. 얼굴에 스킨과 엷은 크림 몇 방울. 청바지를 입고 밖으로 나온다. 환한 세상. 인터넷으로 세상을 읽을 때와는 다른, 오직 밝은 천지. 이럴 때마다 너는 자유를 느낀다. 현직에 있을 때 항상 그리워했던 자유로움이 지금 네 앞에 널려 있지 않으냐. 시가지를 천천히 걷는다. 네거리 신호등에 적색등이 들어와도 마음 편히 기다린다. 녹

새들이 반짝이면 다시 천천히. 건너편에 닿은 순간 저 새 등으로 바뀐다. 인도를 걷다가 벤치에 앉아 잠시 담배의 구수한 맛을 즐긴다. 낮의 거리에는 사람들이 별로 없다. 나다니는 사람들은 모두 나같이 시간을 마음껏 늘리고 줄일 수 있는 족속들이겠다. 자, 이제는 건너편 오층 헬스장으로 간다.

헬스장이다. 이곳에서 땀을 흘린 지 17년째. 전날의 과음으로 지금까지 남아 있는 술기와 담배 니코틴을 땀으로 배출시킬 유일한 장소. 오전이라 운동하는 사람도 별로 없다. 뚱뚱한 아주머니와 날씬함을 자랑하는 젊은 여인. 그리고 단골처럼 이곳에 죽치고 있는 나이 지긋한 두 사람. 대학생인 듯한 젊은이 하나. 너는 수건과 운동복을 들고 탈의실로 간다. 사물함 앞에서 온몸을 드러낸 후 잠시 대형 거울 앞에 서서 몸의 곳곳을 살핀다. 잠시 나르시시즘에 잠기는 순간을 즐긴다. 탄탄하게 다듬어진 자신의 몸을 지긋이 바라보다가 아쉬운 듯 운동복으로 갈아입는다.

준비운동. 허리와 목 무릎 어깨를 부드럽게 움직이면서 근육을 풀어준다. 다 됐으면 이제 기구운동. 먼저 벤치 프레스. 누워서 40kg를 일 회에 열 번씩 삼 회 실시. 사이사이 충분한 여유를 갖고 들어올린다. 대흉근에 자극이 강하게 느껴진다. 물 한 컵. 시티드 레드컬로 옮긴다. 엎드려서 발목에 무게를 걸치고 발을 허리 쪽으로 올린다. 대퇴 이두근이 뻑뻑해진다. 시간을 여유 있게 갖자고 너는 계속 다짐하고 있다. 숨이 가라앉을 때 레그 익스텐션으로 간다. 앞 발목에 무게를 걸치고 들어 올리는 동작. 십이 회씩 두 번 반복. 힘들다. 하이플리 머신의 두 손잡이를 잡고 60kg 무게를 잡아당긴다. 등근육을 키우는 동작이다. 다시 평소 순서대로 버터플라이에 앉았다. 가슴을 활짝 펴고 두 팔을 벌려 손잡이를 가슴 앞으로 모은다. 순간 아픔. 오늘 이 종목은 쉰다. 무리할 필요는 없으니까. 항상 몸을 아끼듯 운동을 해야 한다. 하이퍼 익스텐션에 엎드려 상체를 들어 올렸다가 내리기를 반복한다. 등하부와 허리를 단련시키는 운동이다.

다음은 인너사이. 허벅지 안쪽 근육을 단단하게 한다. 역시 이 회 실시. 다음은 역기를 들고 일어섰다가 앉았다 하는 운동. 십이 회씩 삼 회. 이건 조심해야 한다. 조금 삐끗하면 허리를 다친다. 그 후 암컬 머신 앞에 앉는

디. 긴니던 빙을 집고 딕끼지 들이 올리는 운동이다. 싱완 이두근이 단련된다.

이젠 아령이 남았다. 9kg짜리 아령으로 한 손에 사십 회. 모두 팔십 회 반복. 땀이 나기 시작한다. 마지막 기구 운동. 벤치에 누워 양손에 아령을 들고 아래에서 위로 올리기를 육십 회 반복한다.

휴우—. 기구운동은 이 정도로 끝내야지. 한 시간이 흘렀다. 이제 마지막 코스. 러닝머신에서 한 시간을 빠르게 걷기. 위로 5도 정도 올린 발판에서 빠르게 연속으로 한 시간 가량 걸으면 칠천 보 정도를 걷게 되지만 평지에서 걷는 걸음보다 몇 배 많은 칼로리가 소모된다. 온몸에 땀이 흐르고 수건으로 계속 땀을 닦는다. 운동복이 몸에 들러붙었다.

다 끝냈다. 샤워장에서 미지근한 물로 씻고 거울 앞에 선다. 온몸의 근육이 부풀어 올랐다. 운동한 직후는 이런 펌핑 현상이 당연히 생기는 법. 보기 좋은 몸 이곳저곳을 자세히 살피고 옷을 걸친다. 몸이 아주 가볍다. 밖으로 나오자 시원한 바람.

이 순간을 즐긴다. 운동하고 땀을 말끔히 씻고 가볍게

거리를 걸을 때 어두운 세상조차 환하게 다가오는 느낌. 앞에 젊은 여인이 검은 원피스를 타이트하게 입고 분홍 구두를 신고 경쾌하게 걸어가는 모습을 본다. 너의 눈길은 좌우로 탄력 있게 움직이는 둥근 힙과 짧은 원피스 밑으로 뻗은 흰 종아리와 늘씬한 허벅지에 머문다. 특히 걸을 때 살짝 보이는 허벅지나 종아리의 부드러운 근육이 가늘게 움직이고 있는 모습. 참으로 탐스럽게 다가온다. 바지 지퍼 앞부분에 어떤 감각이 전해졌다. 너는 신공을 발휘해서 팔을 십 미터나 길게 뽑아 슬쩍 쓰다듬고 싶은 충동을 느낀다. 그녀는 부지런히 걸으면서 계속 근육을 뒤로 흘리다가 어느 옷가게로 사라진다. 너무 섭섭하다.

너는 잠시 아득하게 서 있다. 반짝이던 무엇이 사라져 버린 지금 어디로 가서 무엇을 해야 할까. 그렇군. 우선 집으로 가서 점심을 먹고 북평 한중대 입구 너의 작업실에 가서 죽치고 앉아야지. 그러기 전에 아메리카노 한 잔을 마셔야겠다. 제일 싼 곳을 알고 있다. 삼척 정보관 내 커피 파는 곳. 취업을 위한 고교생 실습장으로도 운영되는 곳이고 바리스타가 후배 부인이다. 저 앞 건물만

들면 된다.

정보관은 좀 어지럽다. 아이들이 뛰고 젊은 엄마들의 수다가 한창이다. 너를 보고 웃으며 인사하는 바리스타에게 너는 천오백 원을 내고 따뜻한 아메리카노 한 잔을 주문한다. 너는 여름이나 겨울이나 항상 따뜻한 아메리카노를 마신다. 커피가 나오기까지 약간의 틈에 내부를 살핀다. 저기 등을 보이고 있는 시인 한 분. 정보관에 있는 모든 신문을 탁자에 쌓아놓고 한 장 한 장 훑고 있다. 저 분의 모든 지식은 신문에서 얻고 있음이 틀림없다. 여기 올 때마다 저런 행동을 계속해 왔으니까.

너가 말로 떠들지는 못하지만 속으로 당당하게 내세울 수 있는 일. 바로 신문과 TV 뉴스를 보지 않는다는 사실. 너는 항상 인터넷으로 세상을 보고 느끼고 배운다. 불과 한 달 후면 전에 뱉었던 모든 뉴스가 거짓임이 들통나는 그런 신문이나 TV 뉴스를 볼 필요가 없다. 커피가 나왔다. 두 손으로 감아쥐고 따뜻한 온기를 느끼며 밖으로 나와 걸었다. 씁쓰름하고도 향긋한 커피향이 마음을 포근하게 하는 듯.

먹는 일도 귀찮아 점심을 대충 먹고 승용차로 십 분

거리에 있는 북평 작업실로 간다. 삼 층 원룸의 아늑함에 기대어 노트북을 켜고 전날에 쓰다 만 단편을 읽어본다. 마음에 들지 않지만 어쨌든 완성하고 고칠 수 있을 게다. 다시 '귀차니즘' 발동. 너는 컴퓨터 바둑 앱을 띄우고 결전의 세계에 뛰어든다. 오로바둑에서 3단으로 활동하는 너. 그러나 1승 2패의 전적을 확인하고 다시 단편으로 간다. 오후 네 시. 슬슬 몸이 비틀리는 때가 왔다.

휴대폰을 열어 페북을 확인한다. 최근에 올린 너 담벼락에 좋아요 37회. 댓글 여럿이 붙었다. 일일이 확인하면서 글을 올린다. 감사합니다. 고맙…. 부끄럽습니다. 아, 단풍이 아름답군요. 야, 이런 데서 만나지 말고 술집에서 만나자! 사진이 너무 밝아 눈부시네요. 오늘도 혼술이냐? 위장 빵꾸난다. 오냐, 네 걱정이나 해라. 요즘은 과붓집에 들락거리지 않는 모양이군. 시꺼!

이런 일에도 많은 시간이 소비되는 법.

모든 일이 지겨워지는 때를 잘 살리면 맛있는 술을 찾을 수 있다. 몇 자 쓰지도 않고 벌써 자리를 비울 마음이 풍선처럼 부풀어 오른다. 그러자 저 멀리 깊은 곳에서 너에게 속삭이는 음성.

니는 핀핀 하나글 끝들고 노내세 머실이나 +불서럴 생각이냐. 벌써 마감일에서 이틀이나 지났고, 이젠 도망 갈 데라고는 책상밖에 없을 너. 아직도 육십 매를 더 두드려야 초고가 완성될 텐데, 다시 수정하자면 또 며칠 잡아먹을 일. 오늘밤을 새더라도 일을 마쳐야 되지 않느냐.

너는 다시 자판 앞에 바짝 몸을 붙이고 이야기 한 줄기를 떠올린다. 다시 앞을 막는 그림! 전화번호도 주소도 모르는, 아니 다 잊어버린 그림 한 장! 넘겨버리자. 지구는 넓고 세상은 좁다더라만 너에게 한정된 세계는 낡은 승용차와 발걸음의 한계로 그어진 곳에서 숨 쉴 뿐.

돌연 울컥 솟아나는 기운.

이게 다 뭐냐. 보잘것없는 글 나부랭이를 붙들고 앉아 있는 이 꼴을 한번 봐! 헬스장에서 벌거벗은 자신의 몸을 보며 나르시시즘에 젖는 너는 도대체 누구냐. 지나가는 여인의 살결을 음흉한 눈길로 더듬는, 그러고도 그동안 여러 사람 앞에서 문학과 책읽기를 떠들고 다닌 너.

너는 자유 속에서만 숨 쉴 수 있는 존재야. 자유를 찾아 떠나버려! 동해안 해파랑길을 따라 걷던 그 자유 속으로 뛰어들어. 너를 어지럽히고 한정시키는 빌어먹을 적군을 과감히 집어던지고 시간의 탄력 속에서 새로운 삶을 찾아. 왜 그렇게도 적군에 매달려 느지럭거리며 시간만 죽이고 있는 거야. 과감하게 밟아버려.

너는 슬며시 일어난다.

너를 죽이든 적군을 죽이든 선택해야 할 시점이야.

망설이지 마.

너!

지은이 박문구

강원도 삼척에서 태어나고
강릉에서 젊음을 소비했다.
가톨릭관동대학교를 졸업했다.
강원일보 신춘문예 소설 당선.
그 후 강원일보에 중편을 연재했다.
산과 바다를 좋아해서 배낭 하나로 혼자 헤집고 다니다.
떼술보다 혼술에 집착, 지금도 그 버릇을 버리지 못하고 있다.

단편소설모음집: 환영이 있는 거리
장편소설: 투게더

안개 사냥

© 박문구, 2018

1판 1쇄 발행__2018년 11월 20일
1판 1쇄 발행__2018년 11월 30일

지은이__박문구
펴낸이__양정섭

펴낸곳__도서출판 경진
　　　등록__제2010-000004호
　　　이메일__mykyungjin@daum.net
　　　블로그(홈페이지)__mykyungjin.tistory.com
　　　사업장주소__서울특별시 금천구 시흥대로 57길(시흥동) 영광빌딩 203호
　　　전화__070-7550-7776　팩스__02-806-7282

값 13,000원
ISBN 978-89-5996-591-5 03810